KB166143

그리고 하나 더ㅡ

우리에게 중요한 일을 보고하기 위해서

© Shirabii

긴코의 4단 승단 소식을 보고하려고

우리는 사부님 댁에 왔다.

제위전 제3국 다음 날.

나와 아이는 둘이서 카나자와에 남아

하루를 관광하면서 보내기로 했다.

©Shirabii

© Shirabii

목차

저　자	시라토리 시로	작품명	용왕이 하는 일! 14	제 0 보	4P
				제 1 보	11P
				제 2 보	71P
일러스트	시라비	감　수	사이유키	제 3 보	135P
				제 4 보	193P
				제 5 보	261P
페이지		발행처	발행연월일	후　기	320P
336페이지		노블엔진	2022년 5월 1일	감 상 전	321P

이상 336페이지로
용왕이 하는 일! 제14권 전부

ryuoh no oshigoto!

용왕이 하는 일!

14

시라토리 시로

일러스트 🔖 **시라비**

감수 🔖 **사이유키**

등장인물 소개

쿠즈류 **야**이치

용왕. 첫 상경은 초등학생 명인전 방송 때. 시부야역 하치 동상 앞에서 찍은 사진을 사저에게 자랑하다가 찢겼다.

소라 **긴**코

야이치의 사저. 사상 최초의 여자 프로 기사. 사제가 상경한 다음 해, 염원하던 하치 동상에서 기념 촬영. 지금도 상경할 때마다 보러 간다.

히나츠루 아이

야이치의 제자. 도쿄에서 대국할 때는 전에 여초연 멤버들과 갔었던 하토노모리 신사에 가고, 후지즈카 정상에서 승리를 맹세한다.

야샤진 아이

야이치의 두 번째 제자. 부모님의 모교인 도쿄 모 대학을 방문. 은행나무 길을 걷고, 생협에서 기념품 찻잔을 사서 돌아간다.

쿠구이 마치

산성앵화. 관전기자로도 알려졌다. 도쿄에 갈 때 '내려간다'고 표현하는 교토 사람. 하지만 초밥은 도쿄 스타일을 좋아한다.

키요타키 케이카

야이치의 스승의 딸. 고등학교 졸업여행으로 친구들과 처음으로 도쿄에 갔다. 편의점 삼각김밥의 김맛이 밋밋해서 충격을 받았다.

샤칸도 리나

여류명적. ×십 년 전에 내제자가 되려고 카마쿠라에서 상경. 하라주쿠의 패션족을 동경해서 가게를 열었다.

♟ 프롤로그 : 히나츠루 아이

『서반이 더 정밀해졌는걸. 무슨 일이 있었던 걸까?』

모니터 너머에서 웃고 있던 그 사람들과 연구회를 가진 건, 이번이 두 번째였다.

처음 연락을 받았을 때는 농담이나 사기를 의심했지만…… 장기를 둬 보니, 상대가 진심임을 바로 알 수 있었다.

그래도 이렇게 통화 앱을 사용한 감상전에서 얼굴을 보면, 긴장된 탓에 말이 잘 나오지 않았다…….

『지난번에는 서반에서 따돌리면 그걸로 끝이었지만, 이번 대국은 예상보다 서반에서 차이를 내지 못했어. 소프트를 이용한 공부를 시작한 걸까? 후후…… 초등학생은 금방 성장하는걸! 야이치 군이 너를 소중히 여기는 것도 이해가 돼.』

하지만, 중반에 차이가 확 벌어지고 말았다.

실력 차이.

내가 모르는 수순을 몇 번이나 선보였다. 연이어 펼쳐지는 다채로운 기술에 농락당하면서, 어느새 구상과는 전혀 다른 국면으로 유도되고 말았다…….

『그래. 중반에 네 수는 공중 분해되고 말았어. 그 바람에 특기인 종반에 들어서기 전에 장기가 끝나고 만 거야. 소프트가 알려 주는 전법을 자기 것으로 만들기엔 아직 형세 판단의 정확성이 떨어져. 이건 내 상상인데…… 사부님이 소프트의 사용을 금지

한 것 아니려나?』

"윽……!"

정곡을 찔린 나는 입술을 깨물었다.

『후후. 사부님의 말을 어기다니…… 나쁜 애네.』

화면 너머에도 마음의 동요가 전해진 건지, 상대방은 웃음을 흘렸다.

『야이치 군은 심술을 부리는 게 아니야. 오히려 그건 부모 마음에서 한 말이지. 조심하는 게 좋아……. 네가 발을 들인 여류명적 리그는, 어설픈 지식이 통할 만한 상대가 한 명도 없거든. 타마요 양을 포함해서, 말이지.』

이 사람은 내가 느끼는 조바심을 전부 꿰뚫어 보고 있다.

개막을 앞둔 여류명적 리그는 샤칸도 리나 여류명적에게의 도전자를 결정하기 위한 리그전.

정원은 아홉 명. 그중 네 명이 강등되며 교체되는 가혹한 리그전은, 과거 『여류 A급 리그』라 불렸다. 거기에 들어간다는 건, 일류가 됐다는 증거다.

나보다 약한 사람은 없다. 다들 나보다 강한 사람들이며, 상대의 기보를 연구하면 할수록 절망적인 기분에 사로잡혔다……. 그래도, 이겨야만 해!

사부님, 그리고 부모님과 한 약속을 지키기 위해서라도——.

『자기보다 강한 사람과 붙는 건 정말 최고라니깐.』

어……?

강한 사람과 붙는 게…… 최고? 그게, 무슨……?

『강한 상대에게 지는 건 당연해. 부담은 느낄 필요는 없고, 과감하게 맞서기만 하면 되니 실력 이상의 결과를 낼 수도 있어.』

그건 안다. 나는 항상 그래왔으니 말이다.

『오히려 주위에서 '이기는 게 당연하다'고 여기는 상대와 붙는 게…… 문제야. 아마추어 시절에는 쑥쑥 성장했는데, 프로나 여류가 된 순간에 빛을 잃는 사람이 많은 것도 그래서지. 나도 데뷔전에서 그 부담감에 무너지고 말았거든.』

강해진 후에 맞이하게 되는 지옥을, 그 사람은 이야기했다.

최근까지 아마추어였던 나는 상상도 할 수 없는 세계다.

『덕분에 A급 기사가 되어도, 타이틀에 도전해도, 조롱을 들어. 이기면 이길수록 그런 조롱의 목소리는 커지지.』

언제나 웃고 있는 저 사람의 표정에 처음으로 어두운 그림자가 드리워졌다. 잘생긴 저 새하얀 얼굴에 새겨진 흉측한 흉터가 보인 듯한 느낌이 든 나는 숨을 삼켰다.

프로가 되고 20년 넘게 흘렀는데도 그 상처가 아물지 않았다는 것을, 그 표정이 여실히 알려주고 있었다.

『데뷔전에서 ──에게 진 프로 기사란 조롱을 말이야.』

◎ 프롤로그 : 야샤진 아이

오래간만에 방문한 센다가야의 장기회관은 기묘한 공기가 지배하고 있었다.

"정말…… 유지하는 거야? 이사회도…… 참 너무…………."

"오늘 기자회견으로……이야기가 달라…………."

건물 곳곳에서 소곤거리는 소리가 들려왔다. 대국실 안에서도 쑥덕거리고 있는 여류기사들을, 나는 차가운 눈길로 응시했다.

오늘, 내가 이곳에서 온 것은 『여류옥좌』의 본선 대국을 치르기 위해서다. 소라 긴코가 프로가 되면서, 여왕과 함께 보유자가 빈 타이틀이다.

무패의 백설공주가 사라지자, 처음에는 다들 기뻐했다. 천재 일우의 기회라면서 말이다.

하지만 이제 와서 다른 이야기가 나왔다. 저들이 동요한 이유는, 바로 그것이다.

"그딴 건, 이기고 나서 걱정하면 되잖아."

나는 내뱉듯이 그렇게 중얼거린 후, 하석에 앉아서 상대를 기다렸다.

하지만 지정된 시간인 10시가 됐는데도 상석은 비어 있었다. 관계자가 허둥대기 시작했을 즈음…… 드디어 그 녀석이, 모습을 드러냈다.

규정에 따라 지각한 시간의 세 배를 제한시간에서 뺐으니까,

이제 저 녀석의 제한시간은 바닥난 거나 다름없다.

　대국이 시작하기 전부터 압도적으로 유리해졌지만, 나는 딱히 개의치 않고 대국 개시의 인사를 했다.

　"잘 부탁드립니다."

　대답은 없다. 상관없다.

　오늘 상대는 기행으로 유명하니 말이다.

　요즘 들어서는 기행을 하지 않게 됐다……는 말을 들었지만, 그렇지 않다는 것을 칸토에 와 보고 알았어.

　위험하지 않게 된 것이 아니다.

　너무 위험해진 바람에 드러나지 않게 됐다. 그것이 정답이다.

　동공이 풀리고 초점이 맞지 않는 눈. 시계추처럼 좌우로 흔들리는 상반신. 검지 하나로 아마추어처럼 장기말을 옮기는 손놀림…… 전부 여류 타이틀 보유자에 걸맞지 않은 행동이었다. 분노보다 연민의 정이 샘솟은 나머지, 나는 이렇게 중얼거렸다.

　"불쌍하네……. 이게 옛날에 사부님과 VS를 하던 여자의 말로인 거야?"

　그 말에 상대방은 움직임을 멈추더니, 처음으로 눈에 초점이 맞았다. 그 안구가 내 얼굴을 향했다.

　"너……야이치, 의……?"

　"응. 제자야. 일단은 말이지."

　그렇다. 일단은 말이다. 지금은 그저 제자에 지나지 않는다. 하지만, 그걸로 끝날 생각은 없다. 지금은 다른 여자에게 맡겨졌지만, 마지막에는 내 것으로 삼을 것이다. 이 여류옥좌 타이틀처럼 말이다.

그리고 내가 야이치의 제자란 것을 안 상대는━━.

"…………아하."

그런 소리를 흘리더니, 갑자기 달려들었다! 물론 장기판 위에서 말이다.

이 타이밍에 전투를 시작하는 건 정신 나간 짓이기에, 나는 당황했다. 왜냐하면 전혀 준비가 갖춰져 있지 않았던 것이다.

내가 아니라, 상대방의 준비가 말이다.

"옥을 7이에 둔 채로 싸우는 거야?"

미노 싸기에 도달하기 직전이기에, 상대방의 옥은 대충 방치되어 있었다. 나는 반사적으로 물었다.

"깔보는 거야?"

옥을 초기 위치에 두고 싸우는 것보다 더 위험한 짓이다.

악형(惡形). 우형(愚形). 어느 쪽으로 표현하든 간에, 이딴 건 장기가 아니다.

"좋아…………. 박살을 내주겠어."

함정일지도 모른다는 생각이 들었지만, 그렇다면 그 함정째로 깨부숴 주겠다!

그리고 승부는 순식간에 갈렸다.

애초에 상대는 제한시간이 바닥이 난 상태였기에, 두는 수의 정확성도 낮았다. 점심 휴식 시간이 되기도 전에 후수의 옥은 퇴로가 막히고 말았다.

"일곱, 여덟, 아호오오오옵━━━━."

기록 담당이 부자연스러울 정도로 말끝을 늘어뜨렸다. 상대는 장기말을 옮기려고 하지 않았다. 둘 수가 없는 것이다.

"저, 저기…… 수를 두셔야——."

"타임 오버야. 내가 이겼어."

반칙패를 한 상대는 말받침에 손을 얹지도, 고개를 숙이지도 않으며…… 그저 검지로 자신의 옥을 톡톡 두드리고 있었다.

지면에 나뒹굴며 꿈쩍도 하지 않는 죽은 벌레를, 어린애가 재미 삼아 건드려보는 듯한 모습이다.

이 태도는, 뭐야?

자기보다 어린 나한테 진 게 분한 걸까? 뭐, 아무래도 좋아.

"역시 옥의 위치가 좋지 않았네. 싸기를 하지 않고 싸우더라도, 너무 허술했어. 급전을 할지 지구전을 할지 방침을 정하지 않아서, 중반에 수순 자체가 공중 분해된 거야."

그런 내 의견에 대한 답변은 짤막했다.

그 녀석은 귀까지 찢어질 것처럼 입을 크게 벌리더니, 이렇게 말했다.

"아하~."

감상전은 그것으로 끝이다.

자신의 옥을 손가락으로 계속 만지작거리는 그 녀석을 내버려둔 채, 나는 자리에서 일어났다. 빨리 코베에 돌아가고 싶었지만, 아직 도쿄에서 해야 할 일이 있다.

그 사람을 만나고 싶다……왠지, 그런 마음이 샘솟았다.

제1보

소라 긴코

🔔 탄생의 날

9월 9일.

원래라면 장려회 3단 리그 최종일에 도쿄 장기회관에서 할 예정이었던 신 4단 기자회견이, 메이지 기념관에서 치러졌다.

그것도…… 한 명의 새로운 4단을 위해서.

『장기연맹 회장이신 츠키미츠 님께서는 오늘 코베에서 치러지는 제위전 제2국에 출석해야 하는지라, 대리로서 여류기사 회장이신 샤칸도 님께서 동석해 주셨습니다.』

광대한 행사장을 가득 채운 보도진에게, 초로의 사회자가 담담히 설명했다.

『또한 소라 4단의 스승인 키요타키 코스케 9단께서도 오늘은 오사카에서 다른 공무를 봐야 해서 동석하지 못했습니다.』

"스승이 오지 않았다고?!"

"사상 첫 여자 프로 기사 탄생 기자회견인데요?! 역사에 남을 텐데요?!"

"제자의 프로 데뷔 회견보다 중요한 공무가 대체 뭐죠?"

보도진에게서 고함인지 비명인지 분간이 안 되는 목소리로, 사회자가 태연히 대답했다.

『초등학교 장기 보급 활동입니다.』

의외의 이유인지라, 행사장 안에는 당혹스러운 정적이 감돌았다.

매스컴은 나와 사부님이 포옹을 하며 우는 감동의 기자회견을 기대했을 것이다.

　하지만 사부님은 이런 자리에 모습을 보이는 것을 좋아하지 않는다. 게다가——.

　"몸이 약한 내가 장려회에 들어가는 것도 반대하셨는걸."

　그래서 3단 리그 최종반에 나는 사부님을 피했고, 사부님도 나를 피했다. 만나면 다툴 게 뻔하니까⋯⋯.

　프로가 된 지금도 사부님은 심경이 복잡하기에, 그래서 이 자리에 나타나지 않은 것이다.

　"하지만 쓸쓸하지는 않아. 오히려⋯⋯ 잘 됐어."

　문 하나를 사이에 둔 대기실에서, 나는 중얼거렸다. 대국을 앞둔 것처럼 몸을 희미하게 떨면서 말이다.

　왜냐하면 내가 이제부터 하려는 건, 기쁨과 감동의 회견 같은 게 아니다.

　모든 프로 기사에게 하는⋯⋯선전포고다.

　『소개가 늦었습니다만, 사회는 장기연맹 직원인 저, 미네가 맡겠습니다.』

　초로의 남성은 가볍게 이름을 밝힌 후⋯⋯.

　『그럼—— 사상 첫 여자 프로 기사, 소라 긴코 신 4단께서 입장하겠습니다!』

　나는 행사장을 향해 걸음을 내디뎠다.

　오늘 기자회견은, 명인의 7관 제패에 버금갈 만큼 성대할 것이라고 여겨졌다.

그때처럼 일본 전체가 축복해 줄 것이다.

하지만 그때…… 7관 제패를 축복하지 않은 사람도 있다는 것을, 나는 안다.

"오늘, 이렇게 모여주셔서 감사합니다."

목소리가 떨리지 않도록, 다리가 떨리지 않도록, 나는 신중한 목소리로 말했다.

"4단 승단이 결정된 후로 며칠이 흘렀지만, 프로가 됐다는 게 실감 나지는 않아요. 그저——."

《나니와의 백설공주》의 미소와 눈물을 기대하는 보도진에게, 그렇게 말했다.

"오늘, 저는 열여섯 살 생일을 맞이했습니다. 그것을 솔직하게 기뻐하는 저 자신에게 놀랐어요."

사람들이 영문을 모르겠다는 표정을 지었다.

그 와중에 단 한 사람, 사회를 맡은 미네 씨만이 헉하는 표정을 지었다.

"장려회에는 연령 제한이 있어서, 생일이 무서웠어요. 9월 9일이 올 때마다…… 제 가능성이 시드는 듯한 느낌이 들었죠."

장기계는 재능이 전부다.

"특히 중학생이 된 후로는…… 매년, 약해지고 있는 듯한 느낌이 들었어요."

그리고 재능이란, 나이다.

내가 쫓고 있는 그 녀석은 중학생 때 기사가 됐다.

그 등이 점점 멀어지는 것 같아서…… 항상 초조했다.

"그런 제가 3단 리그를 1기만에 돌파한 건, 행운이었어요. 너무 기뻤고, 마음이 놓였죠……. 하지만 그 이상으로, 지금은 프로 무대에서 제 실력을 시험해 보고 싶다는 생각에 사로잡혀 있어요."

과거에 명인이 일곱 개의 타이틀을 전부 제패한 그 날.

기쁨에 사로잡힌 세간과는 대조적으로, 어느 프로가 이렇게 말했다고 한다.

『오늘은 모든 장기 기사에게 굴욕의 날입니다.』

이제 나는 그런 사람들과 싸워야 한다. 프로는 아무도…… 아니, 단 한 명을 제외하고는 누구도 여자가 프로가 되기를 바라지 않았으며, 내가 결과를 내놓지 못하면 이런 말을 들으리라.

『3단의 레벨이 떨어져서 여자도 프로가 될 수 있었다.』

──카가미즈 씨와 카라코 씨…… 나를 강하게 만들어 준 장려회 회원(동지)들의 장기(인생)까지 부정되고 만다.

중학생 기사는 되지 못했다. 쫓아가야 하는 등은, 아직도 멀다.

하지만 사상 첫 초등학생 기사인 쿠누기 소타.

그 소타에게, 나는 장려회에서 한 번도 지지 않았다.

──나는 강해! 나도 됐어……. 그저 올려보기만 했던, 장기별 사람이……!

미소도, 눈물도, 이 회견에는 필요 없다.

프로가 된 직후의 기자회견에서 질질 짜서는 의미가 없다. 프로가 된 것만으로 만족하는 기사와 대국을 하는데, 누가 무서워할까?

그러니 나는 울지 않겠다. 반드시.

"어릴 적, 프로가 되는 게 제 꿈이었어요. 장려회에 들어가면서, 그 꿈은 악몽이 되어서 저를 괴롭혔습니다만…… 이렇게 현실이 됐죠. 그러니 이번에는 꿈이 아니라, 목표로써——."

그리고 나는 선전포고를 했다.

"반드시, 프로 타이틀을 따겠습니다."

행사장 안이 술렁거렸다. 플래시가 무수히 터져 나왔다. 이 자리에 모인 매스컴의 태반은 남성이며, 그들 대부분은 방금 발언에 회의적…… 아니, 그저 재미있어하는 것처럼 보였다.

——말했어……. 이제 돌이킬 수 없어…….

건방진 계집애를 깨부수려고, 프로는 진심으로 싸울 것이다.

내가 타이틀을 손에 넣는 건…… 모든 남자 프로에게 굴욕이나 다름없다.

『소라 4단, 감사합니다.』

인사하고 자리에 앉은 나에게 건네진 그 목소리는, 떨리고 있었다.

『용기와 배려에 찬 발언이라, 무심코…… 실례…… 무, 무심코………….』

손수건으로 눈가를 훔치는 사회자의 모습에, 보도진은 의아한 표정을 지었다.

미네 씨는, 장려회 회원 출신이다.

그리고 연령 제한으로 탈퇴했다.

장기연맹에 취직한 후로는, 관두는 장려회 회원들을 배웅하는 게 너무 괴로워서 몇 번이나 퇴직하자는 생각을 했다고 한다.

그런데도 정년인 올해까지 버틴 건…… 내가 프로가 되는 모습을 보기 위해서라고, 3단 리그 도중에 말해 줬다.

그런 미네 씨가 우는 모습을 보자, 내 눈시울도 뜨거워졌다. 아마 우리 둘뿐이었다면 엉엉 울었을 것이다.

하지만, 오늘은 절대로 울지 않기로 결심했다.

『실례했습니다. 그럼 다음으로 여류기사 회장인 샤칸도 님께서 여성 첫 프로 기사 탄생에 관해 한 말씀 하시겠습니다.』

"앉은 채로 이야기하는 걸 이해해 주기를 바라느니라. 짐은 다리가 불편해서 말이지……."

샤칸도 선생님은 그렇게 운을 뗀 후…….

"우선 사무적인 연락부터 하도록 할까."

마치 잡담을 이야기하듯, 중대한 발표를 했다.

"어제 열린 임시 이사회에서…… 여류 타이틀 보유자가 프로 기사가 될 경우, 타이틀을 그대로 유지하게 하기로 결정됐노라."

"네엣?!"

"자동적으로 타이틀을 잃는 게 아니었던 거야?!"

"어, 어느 직함으로 기사를 쓰면 되지……?"

하룻밤 만에 규정이 바뀌었으니 세간이 동요하는 것도 무리는 아니다. 게다가 이것은 명백한 꼼수다. 여류기사 사이에서는 상당한 불만이 터져 나올 것이다. 하지만 나는 당황하지 않았다.

──이제까지 지원해 준 걸 갚으란 거네.

앞으로는 여류 타이틀전에 나가는 것만이 아니라 스폰서의 CF 와 이벤트에도 출연해야 할 것이다. 시간과 체력을 꽤 허비하게 되리라. 고등학교 졸업은 힘들지도 모른다.

"소라 4단은 타이틀을 잃을 때까지, 여류옥좌 타이틀전 한정으로 여류기전에 출전하게 됐느니라. 자아——."

샤칸도 선생님은 나를 쳐다보더니…….

"프로에게 불경한 일이겠지만…… 이제부터는 『긴코』라고 부르도록 하마."

평소 호칭으로 나를 불렀다.

오늘은 『사상 첫 여성 4단』을 강조하기 위해 나를 단위로 부르라고 이사회 측에서 지시를 내렸지만, 선생님은 그것을 깔끔하게 무시했다.

"짐이 긴코와 처음으로 장기를 둔 건, 이 아이가 초등학교 5학년…… 열한 살 때이니라."

기억하고 있다.

장려회에서 벽에 부딪혔던 시기에 사부님의 반대를 무릅쓰고 출전한 마이나비 여자 오픈. 여왕에게의 도전자 결정전에서, 나는 이 위대한 여류기사와 붙었다.

그리고 감상전에서 그녀가 해 준 말이, 내 인생을 바꿔놨다.

『드디어, 내 꿈을 이뤄줄 인재를 만났구나.』

——처음이었다. 여자인 내가 프로가 될 수 있을 거라고 믿어 준 사람은…….

그 말, 그리고 상경할 때마다 열어준 프로 기사와의 연구회가 없었다면, 나는 지금도 장려회에서…… 오늘을, 9월 9일을 두려워하고 있었으리라.

"긴코와 장기를 두고, 짐은 그 뛰어난 실력에 놀랐느니라."

그래서 나는 샤칸도 선생님이, 그때처럼 내 재능을 칭찬해 줄 거라고 생각했다.

하지만——.

"왜냐하면 짐이 키요타키 9단에게 들었던 내제자 여자애는, 장기에 재능이 전혀 없는 평범한 여자애였기 때문이지."

"어?"

내가 그 뜻밖의 말을 듣고 고개를 들자, 상냥하기 그지없는 눈길로 나를 쳐다보며 밝혔다.

내가 전혀 알지 못했던 사실을…….

"그 애는 몸이 약하고, 자주 열이 나며, 울보에, 제멋대로인데다 지는 걸 싫어해서, 스승의 말을 전혀 듣지 않을 뿐만 아니라, 자기한테 이긴 키요타키 9단에게 복수하기 위해 멋대로 스승의 집에 눌러앉은 골칫거리다. 그렇게 들었느니라."

사부님이…… 나에 대해, 그렇게……?

"하지만 그런 제자에게 무슨 일이 있을 때마다, 키요타키 9단은 다급히 짐에게 전화를 했느니라. 마치…… 그래. 마치 나이 먹고 늦둥이를 얻은 것처럼 말이다."

"윽…………!"

그 말을 들은 순간, 사부님의 목소리가 머릿속에 울려 퍼졌다.

『리나, 긴코가 또 열난데이! 우짤꼬?!』

『긴코가 장려회에 들어가겠다는디…… 우짜지?』

불안해하며 몰래 전화를 거는 사부님의 모습이, 본 적도 없는데 눈앞에 어른거렸다.

아아…… 안 돼…….

"그런 키요타키 9단과…… 코스케 씨와 이야기를 나누다 보니, 어느새 짐도 저 애의 엄마가 된 듯한 심정이 됐지. 후후…… 아이를 낳은 적은 고사하고 결혼조차 한 적이 없는 이 노처녀의 헛소리를 비웃어도 되느니라……."

누구도 비웃지 않았다.

그뿐만 아니라, 백 명이 넘는 보도진이…… 눈을 새빨갛게 붉힌 채 귀를 기울이고 있었다.

"짐의 옆에 앉아 있는 건, 누구보다 아름답고 누구보다 재능이 넘치는 《나니와의 백설공주》가 아니니라."

나는 이야기를 들으며 이를 악물었다.

"누구보다 약하지만, 그 누구보다도 노력을 거듭해온, 평범한, 열여섯 살 소녀다."

안 돼. 울면 안 돼.

오늘은…… 절대로……!

"그래서 자랑스러운 것이지. 그래서 기쁜 것이지. 처음으로 프로가 된 여성이, 하늘에서 내려준 재능의 그릇이 아니라―― 자기 힘으로 꿈을 이뤘지 않느냐."

샤칸도 선생님의 눈에서, 눈물이 한 줄기가 흘러내렸다.

"여자도 프로 기사가 될 수 있다고 하는…… 장기를 두는 모든

소녀들의 꿈을 말이다."

그것은 내가 처음으로 보는, 선생님의 눈물이자…….

그리고 샤칸도 선생님은, 부끄럼쟁이이자 울보인 사부님을 대신해, 이 말을 해 줬다.

"고맙구나, 긴코. 정말 수고 많았다……."

"으……!! 선……생님…………."

절대로 울지 않겠다고 결심했는데, 내 눈물샘은 간단히 무너지고 말았다.

웃으면서 맞이하려 했던, 열여섯 살 생일.

결국…… 평생을 통틀어 가장 많이 운 날이 됐다.

눈물의 여운에 젖을 틈도 없이, 회견 후에는 숨 쉴 짬도 없는 스케줄이 기다리고 있었다.

이날은 주로 스폰서에게 인사를 하러 다녔다.

"《나니와의 백설공주》의 부탁이면 거절할 수 없지! 자, 생일 선물이다!"

내가 재정난으로 고생하는 장기연맹에 지원을 요청하자, 다들 믿기지 않는 금액을 약속해 줬다. 몇억 엔이나…….

장려회 회원 시절에는 '수행 중'이라는 이유로 피할 수 있었던 권력자와의 교류도, 프로가 되면 거부할 수 없다.

수상 관저에서는 국민영예상을 해 주겠다는 이야기가 나왔다.

"그건 받을 수 없어요. 명인과 달리, 저는 아직 이룬 것이 없으니까요……."

"그럼 타이틀을 따면 받아줄 겐가?"

되도록 빨리 부탁하마. 내가 수상으로 있는 동안에…… 농담인지 진담인지 알 수 없는 소리를 하는 이 나라의 최고 권력자에게, 나는 어설픈 미소를 지어 보였다.

예정을 전부 소화하고 입원 중인 병원으로 돌아간 것은 밤늦은 시간이었다.

지칠 대로 지쳤지만…… 그래도, 아직 끝이 아니다.

"아직 잠들면 안 돼……. 메시지에 답장을 보내야……."

불을 켤 기력도 없어서 그대로 침대에 쓰러진 채, 겨우 움직이는 손가락으로 스마트폰을 조작했다. 장기를 시작하고 14년 동안 신세를 진 사람들에게서 수천 통의 메시지가 와 있었다.

하지만 기뻤던 것은 처음의 열 건 정도였고…….

도중부터는…… 미안하지만, 이 시간과 체력을 이용해 장기 공부를 하고 싶단 생각을 하고 말았다.

"프로 타이틀을 따겠다고 큰소리쳤는데, 아직 출발선에서 한 걸음도 나아가지 못했어……. 아니, 오늘 하루 동안 장기가 얼마나 약해졌을까……."

겨우 백 통 정도의 메시지에 답장하고 마음이 꺾이려던 때였다.

띠딩 소리와 함께 동영상이 도착했다.

"케이카 씨한테서? 동영상만이라니…… 뭐지?"

마치 내 마음이 꺾일 타이밍에 맞춰 보낸 듯한 그 영상을 재생해 보니──.

『긴코의 생일과 승단을 기념해서, 다 같이 케이크를 구웠어.』

화면에 나온 것은 형태가 좀 이상한 홀 케이크였다.

마치 어린애가 만든 것 같네…… 하고 생각했을 때였다.

『소라 선생님! 생일, 축하해요!!』

생크림이 볼에 묻은 앞치마 차림의 초등학생이 그렇게 외쳤다. 야이치의 첫 번째 제자다.

그리고 야이치가 아내로 삼아주기로 약속한 프랑스인 금발 여아와 안경을 낀 수수한 초등학생도 있었다.

『생일 추카해~』, 『축하해요』라는 목소리고 들린 후, 이번에는 케이카 씨의 지휘에 맞춰 그녀들은 생일 축하 노래를 합창하기 시작했다.

항상 빨간색 체육복 차림인 애와 야이치의 제자 2호가 안 보이지만…… 그 대신, 사부님과 케이카 씨가 있었다. 뭐 하는 집단인지 알 수 없는 이 5인조는 노래를 마치자마자 케이크에 양초를 열여섯 개 꽂았다.

『그럼 외람되지만 긴코를 대신해서 내가……. 어험!』

사부님은 헛기침을 한 후, 하늘거리는 촛불을 향해 얼굴을 내밀었다.

『아버지, 수염에 불 안 붙게 조심해.』

『걱정 말그라. 그것보다 케이카, 촛불을 끄는 순간을 동영상에 꼭, 아뜨뜨뜨뜨뜨뜻!! 뜨거워어어어어————!!』

『하, 할아버지 선생님~!!』

『이럴 것 같아서 조심하라고 한 거야, 이 수염 영감아! 부엌에서 물 떠올 테니까 다다미에 불똥 떨어뜨리지 마!』

『할부지, 수염, 불타~. 반짝반짝~☆』

『샤를 양! 불붙은 수염을 만지면 안 돼~!!』

『여, 여보세요?! 소방서인가요?! 소방차 한 대를 빨리 보내주세요!!』

『아야노 양, 관둬!! 이런 일로 소방차를 불렀다간 부끄러워서 집 밖에 못 나가~!!』

케이카 씨의 비명이 들렸다.

그리고 불붙은 사부님이 다다미 위에서 버둥거리는 모습이 영상에 나왔다.

나는 대체…… 생일 밤에 뭘 보고 있는 거지……?

마지막에는 물이 든 양동이에 사부님이 얼굴째로 수염을 집어넣어서 『치익……!』 하는 소리가 들려오며, 영상이 끝났다.

"하하하…… 왜 내 생일에, 사부님이 불타는 거야……."

너무 어처구니가 없어서 웃음을 터뜨렸다.

정신을 차리고 보니, 나는 어두컴컴한 병실에서 눈물을 질질 흘리며 혼자서 웃어대고 있었다.

"하하하…… 아하하하하……하아…………."

그리고 스마트폰을 쥔 채 잠에 빠져들었다.

그런 나를 동정한 걸까?

항상 엄격하던 장기의 신이 선물을 줬다.

내가 이날, 가장 만나고 싶었고, 가장 함께 축하하고 싶었던 사람과, 꿈속에서 만난 것이다.

『생일 축하해요. 사저…… 긴코.』

아직 익숙하지 않은 호칭으로 나를 그렇게 부른 그 녀석은……

분하지만, 강하고 멋져 보여서…….

『바보, 늦었잖아.』

어리광부리듯 그렇게 말하며, 나는 그의 품에 뛰어들었다.

그리고 우리는──── 장기를 뒀다.

기모노 차림으로, 고급 여관의 화려한 다다미방에서, 실컷 장기를 뒀다. 영원히 끝나지 않을 듯한 선승제 승부를.

꿈속에서, 나는 눈치챘다.

오늘…… 자기가 진정으로 말하고 싶었던 목표가 무엇인지를.

⌂ 사제 교차점

"어?"

신오사카역의 신칸센(고속철도) 쪽 개찰구를 지난 나는 문뜩 본 소녀에게 시선을 빼앗겼다.

까마귀 깃털처럼 긴 흑발.

고딕한 느낌의 검은색 양복과, 소악마 같은 미모. 그런 그녀는 검은색으로 도색된 특별주문 태블릿을 조그마한 손가락으로 조작하고 있었다.

인파 속에서도 확연하게 돋보이는 이 초등학생은────.

"아이잖아! 이런 우연도 다 있네!"

야샤진 아이.

사상 최연소인 열 살에 여류 2단이 된, 나의 자랑스러운 제자다.

"대국을 마치고 돌아가는 길이야? 도쿄에서 여류옥좌전을 치 렀지?"

무심코 다가가서 말을 걸자, 검은색 옷에 검은 머리카락의 미 소녀는 놀라거나 기뻐하는 게 아니라······ 미심쩍은 표정을 지 으며 이렇게 말했다.

"···········우와. 스토커야?"

"스스스스, 스토커 아니거든?! 우연이라고 말했잖아?!"

"하지만······ 내가 도쿄에서 대국을 치렀다는 것도 파악하고 있는데······."

"격무 중에도 제자의 공식전을 체크하는 스승의 애정이거든?!"

"비틀린 애정을 강요하지 말아줄래?"

그런 우리의 대화를 들은 주위 사람들이······.

"뭐야?", "애정이라고 말했지?", "사랑싸움?", "하지만 상대 는 초등학생······."

큰일 났다! 철도경찰이 오겠어!

나는 야샤진 아이를 으슥한 곳으로 끌고 간 후, 낮은 목소리로 물었다.

"아키라 씨는······?"

"551의 돼지고기 만두를 사러 갔어."

오사카 기념 선물의 정석이다.

코베에도 파는 곳이 있는데······ 확실히 신오사카역의 신칸센

콘코스 매점에는 포장 전용 보냉팩에 넣어서 팔며, 줄도 길지 않으니 여러모로 편하다. 신코베까지 바로 가지 않고 내린 이유가 그것일까…….

"그런데 너는 그걸 좋아해?"

"몰라. 먹어본 적 없거든."

"뭐어? 그럼 왜 일부러 신오사카에 내려서 사는——."

아, 그러고 보니…….

551의 돼지고기 만두는 아버지의 전근 때문에 해외에 간 미즈코시 미오 양이 좋아하던 음식이다.

"그래. 친구가 그리워져서, 그 친구가 좋아하던 걸 먹어 보고 싶어진 거구나."

"아, 아니야! 그딴 시끄러운 꼬맹이가 좋아하던 음식을 내가 왜 먹고 싶어 할 거라고 생각하는 건데?! 아키라가 먹어 보고 싶다고 했어! 착각하지 마, 이 쓰레기야!!"

"어라라~? 이상하네~! 나, 미오 양 이야기는 안 했는데~."

"…………죽어버려!"

오래간만의 설전은 1승 1패.

평소처럼 대화를 나눌 수 있다는 사실에, 나는 안심했다.

야샤진 아이한테서…… 마지막으로 만났을 때, 뜻밖의 말을 들었으니까…….

『좋아해, 야이치.』

코베의 결혼식장에서, 나에게 그렇게 말하며…… 키스했다.

하지만 아직 그 고백이 진심인지 장난인지 확신이 서지 않았다. 타이틀전에 집중하기 위해, 일부러 생각하지 않으려 했는데…….

"그것보다 이 국면에 대해 가르쳐 줘."

야샤진 아이는 내 갈등을 전혀 눈치채지 못한 것처럼, 평소처럼 말을 건넸다.

그 손에 들린 태블릿에 표시된 것은 당연히 장기인데──.

"응? 이건…… 제위전 제2국이잖아. 나를 보고 있었던 거야?"

"네가 아니라 네 장기를 본 거야."

아이는 그렇게 말한 후, 덧붙여 말했다.

"네가 진 장기를 말이지!"

"이건…… 소프트의 운용에선 상대방이 한 수 위라는 걸 깨달았어. 설마 일주일 만에 이런 방법을 짤 줄은 몰랐다니깐……."

제1국에서 나는 『봉함수』라는 2인제 특유의 제도를 이용해서 부분적으로 소프트의 수읽기를 능가했고, 상대가 소프트를 이용해 도출한 연구를 분쇄했다. 회심의 장기였다.

하지만 오키토 제위는 제2국에서 매우 간단한 방법으로, 나에게 승리를 거뒀다.

그야말로 마술 같은 방법이었다.

"후수의 서반은 짜기라도 한 것처럼 마이너스 100점 부근을 유지하고 있어. 그 사이보그 같은 기사가 소프트의 최선수에서 벗어난 수를 일부러 둔 이유는 뭐야?"

"확실히 오키토 씨는 최선수를 두지 않았어."

나는 고개를 끄덕이며 말을 이었다.

"최선이 아니기 때문에 우수한 작전인 거야."

"··········아하. 역시 그렇게 된 거구나."

아이는 수수께끼 같은 그 대답을 듣고 전부 이해했다. 이 말을 듣기 위해서 이 자리에서 기다린 것이더라도, 나는 이상하다고 생각하지 않았다. 장기 기사에게는 그만한 가치가 있는 대답이니 말이다.

"그런데 너는 이제부터 도쿄에 갈 거야?"

"응. 순위전을 치러야 하거든. 이것만은 오사카에서 대국을 할 수가 없어."

장기계 최고위 타이틀인 용왕을 지니면 다른 타이틀에 도전할 때 이외에는 전부 상석에 앉으며, 상대방이 오사카까지 찾아오게 된다.

하지만 순위전은 공평성을 중시하기 때문에 타이틀을 지니더라도 도쿄로 이동해야 한다.

고속철도로 첫차를 타면 대국이 시작되는 10시 전에 도착할 수 있지만…… 보통은 전날에 이동해서 도쿄에서 묵는다.

그래서 타이틀전의 이틀 후에 대국이 잡힐 경우, 느긋할 여유가 전혀 없다.

"아까 갈아입을 옷을 가지러 호텔에 들렀는데, 이 시간대잖아? 아이는 아직 학교에 있을 시간이거든. 그래서 그런지 휑뎅그렁한 게…… 오래간만에 자택에 들렀는데, 왠지 남의 집에 온 것 같은 느낌이 들더라니깐……."

"별거 중인 부부 같은 소리 하지 말아줄래?"

"역시 귀여운 제자가 따뜻한 밥을 해놓고 맞이해 주면서 '사부님~? 식사하실래요? 목욕하실래요? 아니면…… 장, 기, 두, 실, 래, 요?' 하고 말해 줘야 프로 기사의 자택이란 느낌이 나지 않을까?!"

"징그러워."

아이는 내 말을 일도양단했다. 으으…… 나도 알아요…….

"애초에 그 녀석은 대사부님의 집에 맡기지 않았어?"

"응. 아이의 짐은 대부분 사부님 댁에 있어서 방의 분위기가 달라진 것도 이유이긴 할 거야……."

"'텐짱도 놀러와!' 라면서 되게 끈덕지게 군다니깐."

"아……. 2단 침대에서 혼자 자면 쓸쓸하거든."

나와 긴코가 쓰던 침대다.

긴코가 병원 검사 때문에 내가 혼자 잘 때는 '끼얏호오오오오, 자유!!' 같은 텐션이었지만, 신기하게도 혼자 잠자리에 들면 이상하게도 사저가 그리워졌다.

"같은 학교에 다니던 그 시끄러운 녀석도 없잖아. 사랑하는 사부와 만나지 못해 힘든 것 아닐까? 신경 좀 써 주지?"

"나도 마음 같아서는 그러고 싶지만, 제위전 다음에 바로 용왕전이 시작되니까……. 연말까지는 이런 식으로 바쁘게 지낼 것 같아."

"용왕전도 오키토 요우가 도전자가 됐지? 보는 사람으로서는 질리겠어. 한숨 나오는 대진 카드야."

"선생님이라고 불러, 선생님이라고……."

오키토 요우 2관은 오이시 미츠루 9단, 나타기리 진 8단과 같은 세대다. 명인보다 한 세대 아래의 기사이며, 야샤진 아이가 태어나기 전부터 최정상 기사로서 활약해온 선생님이다.

아이는 왠지 차가운 느낌이 감도는 눈으로 나를 보며…….

"제자들보다 오키토 선생님과 더 많은 시간을 보내고 있잖아. 여행도 가고, 좋은 호텔에도 묵고, 같이 명물 요리와 디저트도 먹지?"

"그래…….."

2일제 타이틀전에서는 이동하는 시간을 포함하면 구속시간이 총 나흘이다. 그게 매주 잡힌다면 집에서 보내는 시간보다 일을 하는 시간이 더 길다.

게다가 다른 기전도 잡힌다면 집에 돌아가지 못하며, 각지를 전전하게 되는 것이다.

그뿐만 아니라 대국 중에는 핸드폰을 쓸 수 없기에 며칠 동안 메시지를 주고받지 못하는 경우도 발생하고 만다…….

매일 만나던 내제자와도 일주일가량 연락조차 주고받지 못했다……. 내가 야샤진 아이를 보고 무심코 다가간 심경도 이해되지?

"순위전을 치러야 하거든? 상금왕전을 치러야 하거든? 게다가 옥장 리그도 시작되니까, 제자에게 장기를 가르칠 시간은 고사하고 집에 갈 시간도 없어……. 너희한테는 정말 미안해."

그렇게 걱정했던 긴코는 프로가 됐고, 히나츠루 아이를 사부님의 집에 맡겼다. 덕분에 자신의 장기에만 최대한 집중할 수 있는 환경이 갖춰졌다.

덕분에 성적도 나쁘지 않지만, 장기계에는 이기면 이길수록 대국이 늘어나면서 바빠진다고 하는 무간지옥이 존재한다.

『타이틀을 두세 개 가지고 있을 때가 가장 바쁘고, 일곱 개 전부 가지면 오히려 편하다.』

이것은 현재도 4관을 유지하고 있는 명인이 한 말이다.

심오하다…… 아니, 무시무시하다.

"복수의 타이틀을 노리게 되어 보니, 명인이 얼마나 대단한지 새삼 깨닫게 돼……. 이런 상황을 30년 가까이 이어오면서 가정까지 가지다니, 시간 조작 능력자인 거 아닐까?"

"그럼 빨리 남은 여섯 개의 타이틀도 차지해서, 우리에게 장기를 가르쳐 줘."

"무리거든? 내 말을 듣긴 한 거야? 초등학교에서 '남이 하는 말에 귀를 기울이지 않는 애' 란 소리 안 듣나요? 아가씨?"

"흥. 내 입술을 빼앗았으면서……."

"윽?! 그, 그건 내가 빼앗은 게 아니라, 너한테 빼앗긴――."

어……. 이러면 안 되지.

냉정해져야 해. 떠올리지 마. 도발에 넘어가지 마. 수비에 치중하지 마…….

"코베에서 하는 사부의 타이틀전 보드 해설을 거절하는 매정한 제자면서 말이야."

"어쩔 수 없잖아. 내 대국이 더 중요한걸."

"대국이라니…… 네가 제2국의 보드 해설을 맡고, 아이가 카나자와에서 하는 제3국의 보드 해설. 그건 내가 제위전의 도전자가 됐을 때에 정했던 거잖아? 그런데 네가 그 예정을 시합과에 전하지 않았거든?!"

"내가 그랬어?"

뻔뻔한 애라니깐……

어제까지 코베에서 제위전 제2국을 치른 나는 이 아이가 현지 보드 해설에서 리스너를 해 주리라 예상했지만, 모습이 보이지 않아서 실망했다. 그 탓에 졌다……고는 생각하지 않지만…….

역시 그 고백은 장난이 틀림없다. 방금 확신했다.

만약 진짜로 좋아한다면, 조금이라도 더 함께 있고 싶어 할 거잖아?

"게다가 나는 타인의 타이틀전에 가는 걸 좋아하지 않아. 설령 그게 스승의 타이틀전일지라도 말이야."

바로 이거야.

하지만 야샤진 아이란 소녀의 이런 부분에 끌렸기 때문에, 나는 타인에게서 빼앗으면서까지 자기 제자로 삼았다.

"저기, 야이치."

갑자기 제자가 나에게 불쑥 다가왔다.

그리고 내 넥타이에 손가락을 대면서――.

"실은, 내가 여기서 너를 기다렸다고 말하면…… 어떡할래?"

"윽……!!"

심장이 쿵쾅거리면서 온몸에 피를 공급하자, 얼굴이 급격하게 달아올랐다.

──아이가…… 나를 기다려? 왜……?

설마…… 제위전의 결과를 알고, 상처 입은 나를 위로해 주려고 신 오사카역에서 쭉 기다린 걸까……?

그 순간, 나는 패배의 아픔이 아무는 것을 느꼈다.

그리고 초등학교 5학년 여자아이에게 마음을 농락당했다는 수치심과…… 그것을 기분 좋게 느끼는 자기 자신에 대한 갈등 탓에, 정신이 나갈 것만 같았다.

나락에 빠지려 하는 나를 구원해 준 건──.

"아가씨! 돼지고기 만두 사 왔습니다! ……어? 쿠즈류 선생님이잖아. 이런 데서 다 보네."

『551HORAI』라고 크게 쓰인 보온팩을 안은 이케다 아키라 씨가 등장하자, 이 승부는 중단됐다.

──그, 그래……. 우연이야. 우연…….

이 넓은 신 오사카역에서, 만날 수 있을지 알 수 없는 나를 쭉 기다리다니…….

사랑에 빠진 소녀나 할 짓을, 야샤진 아이가 할 리가 없다.

♠ 도쿄 진출

"여어! 잘 왔어, 야이치!"

멋진 정장 차림에 머리카락을 새끈하게 넘긴 남자가 나를 보고 손을 흔들자, 나는 상대가 누군지 한순간 생각하고 말았다.

"형⋯⋯?"

너무 달라진 모습에 깜짝 놀랐다.

마지막으로 만난 건⋯⋯ 작년 용왕전 제4국. 『히나츠루』에서 치른 전야제에 초대됐을 때만 해도 아직 가난한 대학생이었다.

"그 흐리멍덩한 형이 호텔맨이라니 말이야. 대학 시절에는 동아리 활동과 알바에 빠져서 공부도 제대로 안 했으면서, 취직했다고 이렇게 달라지다니⋯⋯."

"하하하! 몰라보겠지?"

형은 유급하는 바람에 대학 5년째 겨울에도 취직처가 정해지지 않는다고 하는, 쓰레기 천지인 쿠즈류 일족 중에서도 손꼽히는 쓰레기였다.

게다가 동생인 나를 이용해 취직하고, 히나츠루 아이의 부모님의 마음에 들어서 순조롭게 출세하고 있는 것 같았다. 쓰레기!

"뭐, 아이의 어머니 밑에서 단련을 받았다면 몰라보게 달라진 것도 이해가 돼."

"회장님한테는 진심으로 감사하고 있다니깐. 자, 너도 회장님의 저서를 읽어 봐. 이걸 읽으면 2관이 아니라 7관 제패도 꿈이 아닐걸?"

"뭐? 형, 그걸 항상 가지고 다니는 거야⋯⋯?"

포스트잇이 잔뜩 붙어 있는 책(『여주인력』 히나츠루 아키나/SB크리에이티브)을 내미는 형의 눈빛은 내가 아는 형의 눈빛이 아니었다. 사이비 종교 신도의 눈빛이다⋯⋯.

아이의 어머니를 얼마 전까지 사장님으로 불렀는데, 어느새 랭크업했어…….

"그건 그렇고! 야이치가 보기엔 어때?! 새로운 이 『히나츠루』 말이야!!"

호구리구의 온천 여관에 취직한 형이 도쿄에 있는 이유.

그 이유는, 내가 손에 쥔 전단지가 알려주고 있다.

『이곳에서, 도쿄는, 최고의 기쁨을 알게 된다.』

도쿄 야경 사진에 흰색 글씨로 아파트 광고 문구 같은 글자가 적혀 있지만, 이것은 아파트 광고지가 아니다. 다음 내용을 읽어 보겠다.

『호쿠리쿠의 유명 여관《히나츠루》가, 드디어 도쿄에 진출. 전통과 격식으로 증명된 세계 최고봉의 서비스를 TOKYO라는 도시에서 맛본다…… 당신의 인생에《히나츠루》란 선물을.』

즉, 히나츠루 아이의 본가에서 도쿄에 여관을 차린 것이다.

아직 개업하지 않았지만 관계자는 숙박이 가능하다고 해서 호의를 받아들이기로 했다.

내부 장식에 시선을 빼앗기고 있을 때——.

"쿠즈류 선생님. 와 주셔서 감사합니다."

"아! 오, 오래간만이에요……!!"

여주인 등장. 나는 반사적으로 그 자리에서 넙죽 엎드릴 뻔했다. 형은 망설이지 않고 엎드렸다.

"순위전 전날에 묵어 주셔서 영광입니다. 앞으로도 애용해 주세요."

"저야말로 정말 감사해요! 긴코…… 소라가 프로가 됐으니 일문 전체가 도쿄에 올 기회가 늘어날 거라고 생각하니까요."

『긴코 버블』 덕분에 일이 급증했다. 이벤트와 언론에서 서로 모셔 가려 안달이다. 슈마이 선생님까지 바빠졌다고 한다…….

게다가 여류기사는 칸토 소속이 극단적으로 많기 때문에, 히나츠루 아이, 야샤진 아이, 케이카 씨는 기전에서 이기고 올라갈수록 도쿄에서 치르는 대국이 늘어난다. 특히 히나츠루 아이는 여류명적 리그에 들어갔으니, 금년도에도 열 번은 도쿄에 와야만 한다.

"그런데, 왜 이 타이밍에 도쿄에 진출한 건가요? 이제까지도 그런 제안을 자주 받지 않았나요?"

"물론입니다. 전전대 시절부터 도쿄 진출은 물론이고 해외 진출 제안도 받았어요."

"하지만 거절했죠?"

"1년쯤 전일까요. 괜찮은 개발회사와 인연이 닿았답니다. 마침 딸도 시집을 가서 여유가 생겼기에, 도쿄 진출을 결심했죠."

"아하…… 잠깐만요? 시집 안 갔는데요? 제자만 됐는데요?"

"쿠즈류 선생님, 기억하시죠?"

내가 정정하려고 하자, 여주인은 내 말을 끊으며 날카로운 어조로 말했다.

"아이가 중학교를 졸업할 때까지 타이틀을 획득하지 못하면 여류기사를 은퇴하고 여관을 물려받기 위해 재교육을 받기로 한 약속 말이에요."

"그리고 저도 히나츠루 가의 데릴사위가 되어서, 아이의 버팀목이 되어 준다……고 했죠."

물론 기억하고 있다. 단 한 번도 잊은 적이 없다.

아이의 연수회 시험. 마지막으로 막아선 소라 긴코 2단에게 져서 호쿠리쿠로 돌아가게 된 그 애를 제자로 삼기 위해, 나는 무릎을 꿇고 이 사람에게 애걸복걸했다.

『아이 양을, 저에게 주십시오!!』하고 말하며 말이다.

그 대가로 제시한 약속을, 여주인이 다시 언급한 것이다.

"여기서라면 쿠즈류 선생님도 장기 기사를 계속하면서 여관 일을 배울 수 있을 거잖아요?"

"그럼 도쿄 진출은 성급한 판단이었을지도 모르겠는걸요. 아이라면 꼭 타이틀을 딸 테니까요."

그 약속을 하고 1년 반이 지난 현재, 아이는 여류 최정상 자리에 손이 닿을 만큼 강해졌다.

시간을 들여 소중히 키워 왔지만…… 아이의 성장 속도는 느려지기는커녕 더 빨라지는 느낌마저 들었다. 지금은 내가 가르쳐 주는 건 고사하고, 그 아이가 둔 장기에서 내가 뭔가를 배우는 경우가 있을 정도였다…….

"하나 더. 도쿄 진출을 결심한 중요한 요소가 있답니다."

내 눈을 똑바로 바라보며, 여주인은 도쿄 진출을 결심한 뜻밖의 이유를 밝혔다.

"쿠즈류 씨예요."

"저 말인가요?"

"아뇨. 형님분 말이에요."

"형 말인가요?"

취직한 지 반년밖에 안 된 이 신입사원이 뭘 할 수 있다는 거지? 대학교에서도 유급하는 낙제생인데 말이야.

"회……회장니이이이임……!"

형은 엉엉 울면서 '평생 따르겠습니다!!' 하고 지면에 이마를 찧어댔다. 이딴 인간이 진짜로 도움이 되는 거야?

뭐, 도쿄에서의 귀중한 활동 거점을 확보했어!

다다미방을 갖춘 여관에서라면 장기 연구회나 합숙도 할 수 있다. 아이가 마음 놓고 원정을 할 수 있을 뿐만 아니라, 칸토 소속 기사를 상대로 무사 수행을 하기에도 최적의 장소다.

──이러니저러니 해도, 아이에게 가장 큰 기대를 걸고 있는 건 여주인이야.

도쿄 진출의 진정한 이유.

여주인은 절대로 말하지 않겠지만, 나는 처음부터 알고 있었다.

이 사람은 딸아이를 위해서 도쿄에 여관을 차릴 만큼의 딸바보란 사실을…….

△ 백설공주의 SNS 데뷔

"취재 제한……을요?"

각교환 정석 수순처럼 한 치의 빈틈도 없는 살인적 스케줄을 협의하러 병실을 찾은 오가 사사리 여류 초단에게, 나는 호소했다.

회견의 사회를 맡아줬던 미네 씨는 바로 오사카로 돌아갔고, 교대하듯 코베에서 회장과 오가 씨가 왔다. 그리고 내 스케줄 관리는 회장 안건이 됐다. 신입사원이 중역 대우를 받는 것 같아서 좀 그랬다.

그건 그렇고 취재 제한 이야기 말인데, 오가 씨는 딱 잘라서 이렇게 대답했다.

"그건 무리예요, 소라 4단."

"왜? 장기 보급에 필요한 이벤트 출연과 스폰서에게의 인사를 줄여달라는 건 아니잖아? 하다못해 취재 정도는 줄여도———."

"왜냐하면 이미 하고 있기 때문입니다. 신청된 숫자의 100분의 1로 줄인 거죠."

"100분의…… 1? 이, 이게?!"

"네. 더 줄였다간 잘못된 방향으로 취재가 과열될지도 모른다는 우려를, 이 오가는 느끼고 있습니다."

"불법 촬영이나 스토커 같은 식으로?"

"그리고 말도 안 되는 중상모략을 기사랍시고 써재끼는 거죠. 예를 들어 장기간 입원하고 있는 건 난치병을 앓고 있기 때문이 아니냐는 식으로 말입니다."

"그건 짜증 나겠네."

심장은 완치됐지만, 태어날 때부터 몸이 허약한 것은 사실이다. 그 사실이 세세하게 보도되어서 대국 상대에게 알려지면 승부에서 불리해질 수 있다.

"그리고 연애도 어려워질 겁니다. 《나니와의 백설공주》에게 연인이 있는지는 현재 국민적 관심사가 됐으니까요."

"어이가 없네……. 내가 누구와 사귀든, 장기와는 상관없지 않아?"

"세간은 장기에 관심이 없으니까요. 인기가 급등한 건 소라 긴고라는 소녀이지, 장기 붐이 온 것은 아니라는 것이 오가의 분석입니다."

"더 짜증 나. 연애도 자유롭게 할 수 없는 거야?"

"어머? 소라 4단은 연애하고 싶은 분이 있는 건가요?"

"없어. 있을 리가 없잖아?"

"그렇겠죠. 신성한 3단 리그를 치르는 도중에 연인과 여행을 했다는 소문이 퍼졌다간 난리가 날 테니까요. 아, 어디까지나 만약의 이야기입니다."

"…………."

3단 리그에서 3연패를 한 내가 오사카에게 도망쳤을 때, 야이치가 동행하도록 숙박 예약을 해 준 사람은 츠키미츠 회장이라고 한다.

즉, 실제로 손을 쓴 건…….

"방법이 하나 있습니다."

오가 씨는 내 스케줄로 빽빽한 수첩을 덮더니, 이런 제안을 했다.

"SNS를 시작해 보는 건 어떨까요?"

"SNS…… 인터넷에 직접 정보를 퍼뜨리라는 거야?!"

"본인이 전한다면 올바른 정보만 세간이 알릴 수 있을 테고, 억

측 기사가 나도는 것도 줄일 수 있을 겁니다. 불법 촬영을 하는 것보다 당사자가 내놓은 정보로 기사를 쓰는 게 편하니까요."

"정보를 통제하는 거네? 아하……."

수세에서, 공세로 전환한다.

확실히 그편이 국면을 뜻대로 유도할 수 있다……. 장기꾼다운 방식이다.

"소라 4단은 SNS를 써본 경험이 있습니까?"

"없어."

"비밀 계정이나 감상 계정 같은 것도 없나요?"

"비밀 계정? 감상 계정? 무슨 소리인지도 모르겠네."

"인터넷의 거대 게시판이나 장기 관련 정리 사이트의 코멘트 란에 '모 용왕은 초등학생과 동거하는 로리콤이다. 빨리 체포되어야 한다' 란 글을 올린 적은 없습니까?"

"…………답변을 거부하겠어."

흥. 올바른 정보를 세간에 알렸을 뿐이거든? 성범죄자를 풀어 뒀다간 아이들이 위험할 거란 말이야.

"그럼 간단하게 설명하겠습니다. 젊은 여성에게 압도적으로 인기가 있는 게 인스타입니다만, 이쪽은 기본적으로 사진과 영상을 투고하는 형식입니다. 그래서 부담도 큰 만큼, 추천하고 싶지 않군요."

"왜?"

"인터넷 주민은 사진이나 영상의 세세한 부분을 분석하니까요. 눈동자에 비친 경치를 해석해서, 투고자의 주소를 알아내기도 합니다."

"그, 그런 게 가능해?!"

"바둑이나 장기의 AI도 이미지 처리용 GPU로 작동되는 시대니까요. 예를 들어 인터넷에 존재하는 쿠즈류 용왕의 이미지를 해석하면, 그가 누구와 어디를 갔는지 얼추 알 수 있습니다. 소라 4단이 원한다면——."

"그딴 스토커 같은 짓 안 해!"

질투가 심한 그 꼬맹이도 아니고, 야이치의 사진을 일일이 체크하는 귀찮은 짓을 왜 해.

나라면 더 간단한 방법을 쓰겠다. 두들겨 패서 실토하게 하면 된다.

"하지만…… 갑자기 SNS를 시작하는 건, 좀 부담이……."

"오가가 관리하는 계정을 빌려드리죠. 그걸로 체험해 보세요."

"연맹의 공식 계정?"

"아뇨. 개인적으로 관리하는 익명 계정입니다."

오가 씨는 내 스마트폰을 건네받더니, 앱을 설치한 다음에 계정을 띄웠다.

『전력 응원! 츠키미츠 세이이치 9단 팬클럽【공식】』

아이콘은 회장의 얼굴 사진. 트윗에는 회장의 대국 정보만이 아니라 소소한 일들도 망라되어 있었으며, 명백하게 회장 이외의 누군가가…… 유심히 보면 전부 같은 여성이 촬영했다는 것을 알 수 있는 회장의 사진이 실려 있었다. 오가 씨의 그림자나, 유리창에 비친 오가 씨의 모습이 실린 이미지가…….

회장과 자신의 관계를 암시하기 위한, 디지털 마킹……

"우선 트윗은 하지 말고, 이 계정을 이용해 분위기만 파악해 주세요. 그 후에 자신의 계정을 만들지 판단을 내리는 겁니다."

"…………고마워."

익숙하지 않지만 어찌어찌 조작해 보니, 장기 관계자의 계정이 차례차례 표시됐다.

흐음. 이 사람도…… 아, 이 선생님도 트위터를 하는구나. 의외야……

"그런데? 뭘 하면 돼?"

"자기 이름으로 검색해 보는 건 어떨까요?"

오가 씨의 조언에 따라 『소라 긴코』로 검색해 보니…… 우와, 잔뜩 나왔어.

"어?! 왜, 왜 내 이름으로 된 계정이 잔뜩 있는 거야?!"

"유명인이란 그런 거죠. 그런 가짜를 없애기 위해서라도, 연예인들은 자기 계정만 만들어서 내버려 두기도 합니다."

"그렇구나……"

나는 마음을 진정시킨 후, 다시 자기 이름을 입력해 봤다. 그러자——.

『소라 긴코 연인 쿠즈류 야이치』

우왓?! 이, 이게 뭐야~?!

"아, 아아아, 아니거든?! 내가 검색한 게 아니라, 이름만 입력

하니 멋대로——."

"압니다. 검색 예측이죠. 대량으로 검색된 키워드를 자동으로 표시해 주는 기능이에요."

오가 씨는 웃음을 감추려는 듯이 안경을 고쳐 쓰며 말을 이었다.

"아무래도 소라 4단과 용왕의 관계에 대한 소문이 돌고 있나 보군요."

"뭐? 말도 안 돼……. 진짜 민폐라니깐……정말!"

이상한 소문이 돌게 두면 곤란할 테니, 일단 인터넷에서 나와 야이치가 어떤 소리를 듣고 있는지 검색해 보기로 했다.

『소라 긴코 4단의 연간 수입은? 연인은? 다니는 학교는? 정보를 정리해 봤습니다!』

대부분 이런 느낌이다.

학교는 교복을 보면 알 수 있고, 연간 수입도 『장기 프로의 수입은 평균적으로 이 정도』라는 일반론이 적혀 있을 뿐이다. 블로그로 유도해서 접속자 숫자를 늘리려는 것 같았다.

"문제는 연인에 관한 정보네……. 어디 어디?"

아무래도 나와 야이치가 십 년 가까이 동거했다는 거나, 일 때문에 자주 함께 있는 것 때문에 '연인……일지도?'라는 느낌으로 화제가 되고 있을 뿐인 것 같았다.

아하. 낚시질로 조회수를 늘리려는 속셈이네.

이런 건 진짜 민폐라니까. 민폐 덩어리야. 에헤헤……♡

"참, 소라 4단. SNS를 할 때 주의해야 할 점을 말하겠습니다."

"응."

오가 씨의 이야기를 대충 흘려들으면서, 나는 다른 글을 고속으로 스크롤해 봤다.

『소라 긴코와 쿠즈류 야이치가 연인 사이라는 이야기가 돌고 있는데 사실이야?』

『잘못된 정보겠지. 쓰레기 용왕은 로리콤 확정이잖아.』

『초등학생과 동거하는 데다, 다른 여초딩도 제자 후보로 점찍어두고 있나 봐.』

『그딴 쓰레기가 긴코 양한테 어울릴 리가 없어.』

좋아요 버튼을 연타하면서 계속 스크롤을 했다. 트위터, 좋네. 즐거워.

그런 내 손가락이 어떤 글을 본 순간에 움직임을 멈췄다.

『쿠즈류 야이치의 연인은 여류기사인 사이노카미 이카. 몇 년 전에 3단 리그로 상경할 때마다 단둘이 만난 건 유명.』

트윗을 터치해 보니…… 이미지까지 나왔다.

『증거 사진. 사이노카미가 3단 리그가 끝날 때까지 장기회관 앞에서 기다린 것은 칸토의 장려회 회원이면 누구나 아는 일.』

흐음…….

아하? 트위터는 참 재미있는걸…….

"우선 이미지 말인데, 인터넷 상에서는 합성한 것이나 전혀 다른 이미지를 '이게 바로 증거다!' 라고 하며 올리는 행위가 일상다반사입니다. 안이하게 믿어선 안 되죠."

"응."

오가 씨가 무슨 말을 하고 있지만, 전혀 귀에 들어오지 않았다.

눈에 익은 센다가야 장기회관 앞에서, 사복 차림에 검은 테 안경으로 어설픈 변장을 한 사이노카미 이카가 중학생 때 교복을 입은 야이치와 억지로 팔짱을 끼려고 하는 증거 사진⋯⋯.

투고한 계정은⋯⋯『JA』? 누구지? 농협 사람인가?

장려회는 휴일에 열린다. 도장을 비롯한 일반 손님도 장기회관을 찾을 수 있는 만큼, 누가 촬영한 건지는 알 수 없다⋯⋯. 하지만, 그런 건 아무래도 상관없다.

저 쓰레기⋯⋯! 신성한 3단 리그를 치르는 와중에 여자애와 꽁냥거리다니⋯⋯ 진짜 시건방지기 그지없네⋯⋯.

나는 거기에 달린 댓글로 전부 확인해 봤다.

『에이. 이카와는 이미 끝났어.』

『응. 장기연맹의 이사와 스승이 헤어지게 했다고 들었다고.』

『굳이 따지자면 이카 쪽이 쓰레기한테 미련이 있는 느낌?』

『마이나비 일제 예선에서 사이노카미가 다시 사귀자며 매달린 건 장기 팬 사이에선 일반상식이거든?』

『나도 현지에서 봤어~. 제자인 초등학생한테 져서 재결합 챌린지는 실패로 끝났잖아~.』

『솔직히 말해 백설공주는 안중에 없는 느낌이었어요.』

『실제로 실버는 한물갔어. 시대는 여초딩이야.』

실버?!

왜, 왜 내가 고령자 취급을 당해야 하는 건데?!

그리고 안중에도 없어?! 그 마이나비 일제 예선 자리에는 나도 있었거든?! 거짓 뉴스를 퍼뜨리지 말아 줄래?!

아무래도…… 진실을 알려줄 필요가 있을 것 같네…….

"트위터에는 사실과 다른 정보과 중상모략 및 비방도 잔뜩 있습니다. 오히려 그런 정보가 대부분이죠. 거짓말을 꿰뚫어 보는 능력이 필요해요."

아까부터 오가 씨가 계속 이야기를 하고 있지만, 나는 듣지 못했다. 그것보다 더 중요한 일이 있는 것이다.

"그리고 무엇보다, SNS에서도 장기와 마찬가지로 냉정함이 필요합니다. 사실과 반대되는 정보를 보고 발끈했을 때에, 무턱대고 반론을 하거나 개인 정보가 드러나는 이미지를 올리는 건 절대 금지――."

나는 스마트폰의 앨범 안에서 야이치와 함께 찍은 사진을 뒤진 후…….

『소라 긴코와 쿠즈류 야이치는 사귀기 시작했나 봐.』

『이 사진이 증거.』

『사이노카미나 로리도 가보지 못한 쿠즈류의 본가에 소라만 데려갔대.』

좋아! 투고.

"어?! 기, 긴코 양, 뭐하는 거예요! 이런 짓을 하면 안 된다고 방금 제가 말했잖아요――!!"

"시끄러워! 나는 냉정해!!"

오가 씨는 나한테서 스마트폰을 빼앗더니 계정과 함께 트위터도 삭제했다. 쳇…….

곧 삭제한 덕분에 그 사진은 퍼지지 않았지만 오가 씨는 그런 계정이 존재한다는 것을 회장에게 들켜서 혼났고, 회장은 나에게 직접 SNS 금지령을 내렸으며, 스케줄도 전혀 줄어들지 않은 데다, 덤으로 여자관계가 복잡한 쓰레기 때문에 스트레스까지 받았으니, 그 녀석을 확 담가버리고 싶어졌다.

🔔 절반의 용서

그것은 '언짢음'이란 말이 옷을 입고 침대에 앉아 있는 것만 같았다.

"⋯⋯⋯⋯⋯⋯⋯⋯⋯⋯⋯⋯."(뿌우)

한밤중까지 이어진 순위전을 승리로 끝낸 나는 대국 다음 날, 도쿄에서 상금왕전 대국을 치르는 센다이로 이동하기 전에 긴코의 병실에 들렀다.

하지만 긴코의 반응은, 무시. 노골적인 무시.

"⋯⋯⋯⋯⋯⋯⋯⋯⋯⋯⋯⋯."(뿌우)

내가 병실에 들어서자마자 고개를 획 돌리더니, 아무리 말을 걸어도 들은 척조차 하지 않았다. 그러면서도 '나가.'란 말은 하지 않았다.

이유는 안다.

대국 때문에 바빠서 생일에 만나러 오지 않은 탓에, 일시적으로 호감도가 급락한 것이다.

하지만 나는 비관하지 않았다!

예전 같으면 사저의 기분이 나쁘다는 이유만으로 겁먹었지만…… 나와 긴코는 이제 연인 사이다. 아무리 냉담한 반응을 보여도 '그래도 나를 좋아하잖아?' 하고 밀어붙일 수 있는 것이다! 이제 어린 사저에게 완전 복종하는 나날은 끝! 주도권을 잡자!

보여주겠어…… 연상 남친의 포용력이라는 것을 말이야!!

"저, 저기…… 긴코, 씨? 나, 남친이 왔으니까, 저기…… 무, 무시하는 건 좀 그렇지 않을까 싶은데……."

주도권 쟁취 실패.

하지만 여섯 살 때부터 상하 관계가 이어져 왔거든요? 무리라고요……. 무서워요…….

긴코는 한쪽 눈으로만 나를 째려보며 말했다.

"내 생일에도, 그다음 날에도 얼굴을 비치는 건 고사하고 연락 한 번 주지 않았으면서 남친인 척해? 어제도 대국이 끝난 후에 메시지 정도는 보내줄 수 있지 않았어? 돈사(頓死)하기라도 한 거야?"

"아, 끝난 다음에 아침까지 감상전을 하느라…… 도중에 스마트폰을 꺼내는 건 실례니까……."

"3단 리그에서는 도중에 여자애와 만났으면서……."

"어? 무슨 말 했어?"

"네놈한테는 돈사도 물러. 고통에 몸부림치다 죽어버려."

우오오……. 대, 대체 왜 이렇게 화가 난 거야……? 몇 년 동안 쌓인 분노가 한꺼번에 터진 느낌마저 들잖아…….

"미, 미안해……. 하지만 감상전이 길어진 바람에 병원 면회 시간이 끝났으니까, 전화나 메일을 자제한 거야. 그리고──."

"그리고? 그리고, 뭐?"

"이건 직접 만나서 건네주고 싶었어."

나는 몰래 가지고 있던 비장의 수를 꺼내 들었다!

"생일 축하해. 긴코."

코베에서 산 생일 선물이다. 아이템 투입 작전이다.

처음에는 미심쩍은 표정으로 상자를 열어본 긴코가…… 내용물을 보더니, 눈을 확 떴다.

"어……? 이건──."

"응. 내가 쓰는 것과 같은 메이커에서 만든 손목시계야."

평소에는 스마트폰을 시계 대신 쓰니까, 손목시계는 주로 대국 때 바닥에 두고 시간을 확인할 때 이용한다. 손목에 차지 않는 손목시계. 장기 기사 사이에서는 흔한 일이다.

"실은……바, 반지를 선물할까도 생각했거든?"

"?!?!?!?!?!?!"

"생각했는데!! 하지만! 그, 그건 부담이 될 것 같아서…… 일상에서도 대국 때도 쓸 수 있는 걸 골라봤어. 내가 채워 줘도 돼?"

"아……으, 응……."

나는 긴코의 가는 손목에 시계를 채워 줬다.

대국에서도 쓸 수 있도록 실용성을 중시했다. 귀엽지만 심플한 시계다.

그래도 긴코가 차니…… 그 어떤 고급 브랜드 시계보다 찬란해 보였다. 선물한 사람인 내 눈에만 그렇게 보이는 건 아니리라.

"예뻐. 긴코."

그리고 나는 이 순간을 위해 준비한 말을 입에 담았다.

"앞으로는……나와 같은 시간을 새기며 살아줬으면 해."

느끼한 대사지만, 주눅 들면 안 된다.

긴코는 연애 관련으로는 면역이 제로니까, 이런 대사가 매우 효과적이다. 특효약이다.

"야이치……."

이제까지 얼음처럼 딱딱하던 표정이, 점점 녹더니——.

"정 그렇게 말하면……써 줄 수도…… 있어……♡♡♡♡♡"

말끝에 하트가 다섯 개 정도 달린 듯한 반응을 보였다!!

뭐, 시계를 고르면서 대사도 생각해 준 사람은 제위전 제2국에 관전기자로 코베까지 따라와 준 쿠구이 씨지만.

하지만 그것도 긴코를 소중하게 여겨서 그런 거야! 사귀기 시작하고 처음으로 주는 선물이니, 실패할 수 없다. 여성의 의견을 참고하는 게 당연했다.

그대로 긴코와 깍지를 끼며, 나는 물었다.

"다행이야. 용서해 주는 거지?"

"…………반만 용서해 줄게."

"반만?"

"응……."

긴코는 고개를 숙이더니, 기어 들어가는 목소리로 '반만' 용서해 주는 이유를 말했다.

"생일 밤에……꿈에 나와 줬으니까, 반만…… 용서해 줄게."

그 순간, 나는 자신도 연애에 면역이 없다는 전혀 사실을 깨달 았다.

그래서 평소 항상 가시 돋친 듯한 태도였던 긴코가 얼굴을 새빨 갛게 붉히며 이렇게 귀여운 말을 입에 담자, 그것만으로도 이성 이 돈사했다. 특효약이었다.

무리. 더는 무리.

"긴코!!"

이 세상에서 가장 귀여운 내 연인을, 확 끌어안고 말았다.

"꺄앗?! 잠깐, 야, 야이치……. 갑자기 끌어안으면 어떡해……. 누가 오기라도 하면——."

"결혼하자."

"뭐어……."

무심코 그런 말이 입에서 튀어나왔다.

하지만 진심이다. 예전부터 쭉 생각했었다.

"함께 사부님에게 인사하러 가자. 결혼 허락을 받는 거야."

"아, 안 돼…………. 나는 아직, 열여섯 살이니까……."

"법률로는 남자는 열여덟 살, 여자는 열여섯 살부터 결혼할 수 있잖아? 우리 둘 다 이미 결혼이 가능한 나이야. 무슨 문제라도 있어?"

"하지만 곧 법률이 바뀌면서 여자도 열여덟 살부터……."

이 아가씨, 세세하게 아네.

"그럼 더 서둘러 결혼해야 해! 자, 서두르는 거야."

"화, 확실히……아, 아니야! 역시 안 돼!!"

긴코는 내 품속에서 저항하려 했다.

"그리고 야이치는 그 꼬맹이가 중학교를 졸업할 때까지 타이틀을 못 따면 여관에 데릴사위로 들어가게 되어 있잖아? 그, 그런데 나 같은 애와 결혼해도 되는 거야?"

"아이는 틀림없이 타이틀을 따."

나는 단언했다.

"아직 4년 반이나 있잖아? 그때까지 아이가 여류 타이틀을 따지 못한 미래를 상상하는 게 더 어려울 지경이야. 긴코도 마찬가지 아니야?"

"그 금발 꼬맹이는? 아내로 삼아주기로 약속했잖아? 나보다 먼저……."

"샤를 양은 프랑스인이니까 중혼도 허락해…… 아야얏! 농담이야!! 그 애는 내 아내보다 제자가 되는 걸 원하는 눈치니까, 제대로 설명해 주면 괜찮을 거예요!!"

"그래도, 결혼은 안 돼……."

"그럼 약혼이라도 괜찮아. 아무튼 결혼을 전제로 사귀자."

"하지만……."

"우리 둘 다 이제 어엿한 프로 기사잖아? 같이 살거나 세간에 공표하는 건 무리더라도, 소중한 사람들에게는 설명해 두고 싶어. 아이와 샤를 양에게 설명하는 것도 빠를수록 좋을 거야."

"하, 하지만……."

"나와 결혼하는 게, 싫어?"

"그게……"

"그게…… 뭐?"

대체 긴코는 뭐가 마음에 걸리는 걸까?

내가 대답을 재촉하자, 긴코는 충격적인 이유를 입에 담았다.

"그게, 야이치…… 만약, 저기……아, 아아, 아기가 태어나서, 그 애가 여자애라면……나보다 그 애를 더 좋아할 거잖아?"

"팔불출이란 의미지?"

"아니, 로리콘이란 의미야."

올해 들은 것 중에서 가장 강력한 대사가 나왔다. '아니, 로리콘이란 의미야'!!

"우리 딸이니까 괜찮지 않아?!"

"싫어!! 내가 첫 번째가 아니면 싫어!!"

아아, 그게 뭐야.

이 귀여운 생물은 대체 뭐지. 대체 뭐냔 말이야. 귀여운 소리를 안 하면 죽는 생물인 거야? 그 전에 내가 먼저 죽겠거든?

"그럼 약속할게. 만약…… 우리 아이가 태어나더라도, 긴코를 가장 사랑하겠어. 그러니까 결혼해 줄래?"

"생각해 볼게……"

긴코는 작게 고개를 끄덕였다. 손을 맞잡은 채. 얼굴을 새빨갛게 붉힌 채.

그 후로 침대에 나란히 앉아서, 결혼식 이야기를 했다.

'결혼식 때는 머리를 기른 긴코를 보고 싶네~' '칸토 기사도 부르고 싶으니까 도쿄에서도 피로연을 할까?' 같은 말을 했다.

하지만 그 이야기는 오래가지 않았다. 결국 우리가 아는 건 장기뿐이다. 결혼식 지식이라고는 어렴풋한 이미지밖에 없다.

그러니 자연스럽게 장기 이야기를 나누게 됐다.

"……같은 느낌으로, 손가락이 자연스럽게 급소를 향해 뻗어가더라니깐!"

어제 순위전에 관해, 나는 신나서 이야기를 늘어놨다. 제위전 제2국에서는 졌지만, 순위전에서는 이제까지 전승을 거뒀다. B급 2조가 시야에 들어왔다.

"기운이 좋을 때는 그런 느낌이야. 끝나고 나서 돌아보니, 나도 3단 리그에서 그런 식으로 손가락 운에 구원을 받은 적이 몇 번이나 있어."

"초읽기 때는 더 그래! 수를 완전히 읽지 못하니 직감을 믿는 게 중요한 느낌이야. 자신을 믿을 수 있으니 리스크를 감수하는 결단을 내릴 수 있고, 그게 선순환으로 이어지는 걸려나?"

"…………."

"대국 간격이 짧은 게 나한테 맞는 걸지도 몰라. 이렇게 바쁜 건 처음이지만…… 강제로 다음 장기를 생각해야 할 만큼 스케줄이 빡빡하니, 패배한 대국을 돌이켜보며 우울해할 겨를이 없거든!"

"…………."

"2관이 될 수 있을까? 여기까지 오니 따고 싶어지네……. 하지만 그 후에 바로 오키토 씨와 용왕전을 치러야 하고, 타이틀을 잃으면 다시 1관으로 돌아가잖아. 어쩌면 제위전과 용왕전에서 전부 져서 무관으로 전락할지도…… 윽! 안 돼! 이런 생각을 안 해도 된다고 방금 말해 놓고 뭐 하는 거야."

"나도……."

"아, 미안해. 나 혼자 떠들었네."

오래간만에 긴코를 만났더니 신난 것 같다. 대국 후라 텐션이 상승한 걸지도 모른다.

"나도? 뭐?"

"나도……용왕전, 봉함수가 있으니까…… 연습하고 싶어."

"뭐?"

봉함수?

갑자기 무슨 소리를 하나 했더니…… 긴코의 새빨개진 얼굴을 보고, 그 의도를 눈치챘다.

"다음 기 용왕전이 내 데뷔전이 될 테고…… 이기고 올라가서 타이틀전을 치르게 된다면, 봉함수를 하게 될 거잖아?"

"아하. 응, 맞는 말이야."

아직 성급한 이야기지만, 나 자신이 그 루트를 밟았으니 부정할 수 없다. 긴코의 실력은 당시의 나와 비교해도 손색이 없으니까.

"하지만 문제는 내가 이번 기에서 타이틀을 방어할 경우, 그 타이틀전 상대는 내가 될 거라는 거잖아?"

"그럼 야이치도 연습이 될 테니까 일석이조 아니야?"

그렇게 말한 긴코는 눈을 감더니, 입가를 살며시 내밀었다.

처음으로 긴코가 키스해달라고 졸랐다.

그것만으로도 극도로 흥분하고 말았다. 이런저런 스위치가 켜지고 말았다.

헉?!

서, 설마…… 내가 긴코를 쉬운 애로 생각했듯이, 긴코도 나를 쉬운 애로 생각하는 걸까?! 아니, 내가 지나치게 생각한 거겠지…….

""으응……♡""

평소보다 길게, 우리는 서로의 입술을 빨았다.

"쪽……좋아해……야이치, 좋아해…………♡"

선물이 통한 건지, 아니면 못 만나는 동안 쓸쓸했던 건지, 아니면 결혼 이야기로 몸이 달아오른 건지…… 긴코는 적극적이었다.

또 한동안 만나지 못할 거잖아…… 하고 생각한 순간, 내 안에서 야심이 싹텄다. 흑심이라고 불러도 될 것이다.

——할 수…… 있을까?!

나는 리스크를 감수하는 결단을 내렸다.

요즘 들어서는 대국 때도 자연스럽게 손가락이 상대방의 급소로 향한다. 이럴 때는 직감에 따르는 편이 좋은 결과로 이어질 것이다.

——나 자신을 믿으며……만지자!

입술이 떨어진 그 한순간의 틈을 이용해, 나는 그대로 긴코의 목덜미에 키스를 했다.

"꺄앗?! 흐응…… 자, 잠깐만……아앙♡ 아, 안 돼……♡"

아, 이건 된다는 의미의 『안 돼』구나.

게다가 이렇게 흥분되는 표정으로 안 된다고 말하면, 더 하고 싶어지는 법이다. 내 잘못이 아니다.

나는 긴코의 어깨를 안은 손을…… 천천히, 아래로 옮겼다.

그리고 가슴에 있는 작은 언덕을, 손바닥으로 감쌌다.

"흐응……! 안 돼…… 안 된다니깐……♡♡"

흠.

호오? 이건…….

옷 위이기는 하지만, 예상보다 잘 부풀었다.

빨래판이니 절벽이니 장기판 같은 소리를 했던 것을 반성해야 할 정도의 크기다. 마음속으로 사과하자. 잘못했습니다.

"앗……하응…… 하아…………♡"

서로의 입을 막던 입술을 떼자, 긴코는 반사적으로 고개를 숙였다. 희미하게 몸을 떠는 모습이 참 사랑스러웠다. 귀엽다.

그 반응을 이용해 이번에는 긴코의 귀로 입술을 가져갔다. 살며시 혀로 핥으면서, 숨결을 불어넣었다.

"하응?! 야…………♡♡♡"

흠칫!

희미하지만, 긴코의 온몸이 경련하듯 떨렸다.

아까와는 전혀 다른 반응에, 나는 자신이 긴코의 급소에 손댔다는 사실을 깨달았다.

딱딱한 은관 동굴곰을 공략할 실마리를 움켜쥔 것이다……!

점점, 점점 움직임이 대담해지고 있을 때——— 갑자기 긴코의 반응이 둔해졌다.

"어? ……왜 그래? 아팠어?"

"…………………………해."

해?

잘 들리지 않아서 긴코의 귓가에 얼굴을 댄 순간…….

달콤한 분위기를 갈가리 찢듯 새하얗고 가는 손가락이 다가와 ——— 내 목에 날카롭게 박혔다!!

△ 옛날 여자

"커억?!"

"실토해."

내 목울대에 엄지를 댄 긴코가 낮은 목소리로 물었다.

"옛날 여자와는, 어디까지 갔어?"

"예, 옛날…… 여자……?"

"사이노카미 이카 말이야. 언제까지 시치미를 뗄 생각인데?"

"사귄 적 없다고 말했잖아요! 그 녀석과는…… 윽! 지…… 진짜로…… 장기만 몇 번 뒀을 뿐……이라고요……!!"

"단둘이 노래방에서, 뒀댔지? 그런 장소에서 그 야수 같은 여자가 장기만 뒀을 리가 없거든?"

사이노카미 이카 여류제위는 나와 같은 학년이었던 칸토 소속 여류기사다.

나는 신주쿠교엔에서 이카에게 고백을 받았지만 제대로 거절했으며, 그 녀석이 알몸으로 내 방에 쳐들어왔을 때도 손가락 하나 대지 않았다. 아니, 무서워서 다가가고 싶지 않았다고!

"실토해. 전부 실토하란 말이야."

하지만 긴코는 내 말을 전혀 믿어 주지 않았다. 나와 이카의 관계를 계속 의심하는 것 같았다……. 장기 재능으로 이카에게 뒤진다는 패배감도 영향을 끼치는 걸까?

그런 열등감은 프로가 됐으니 사라질 법도 한데…….

긴코는 엄청난 악력으로 내 목에 손가락을 쑤셔 넣고 있었다. 이러다 죽는다고.

"걔가 널 덮쳤어? 아니면…… 네가 덮친 거야?"

"윽…………!!"

너스콜 버튼은…… 젠장! 멀찍이 떼어놨어!!

도, 동굴곰으로 공세를 펼치는 줄 알았는데…… 역공을 받고 있었던 건가……?! 완전히 패배 패턴이잖아……!! 공세가, 호흡이…… 끄, 끊기겠어……!!

"지…… 진짜로……아무 짓도 안 했다……고!!"

"그럼, 어째서……."

이번에는 자신감이 없는 것처럼 우물쭈물하며, 긴코는 의문을 입에 담았다.

"왜 이렇게……엉큼한 짓이…… 능숙한 거야……?"

그 순간, 긴코가 나와 이카의 관계를 의심하는 이유를 완전히 이해했다.

그렇다. 그래서 불안했던 건가…….

목에 박힌 손가락에서 힘이 약간 빠지자, 나는 신선한 공기를 탐닉하며 대답했다.

"나, 남자를 끼린 그런 이야기를 자주 해요. 음담패설이라고나 할까……. 도장 손님이 술에 취해서 그런 이야기를 해 주거든요. 그리고——."

이 타이밍에 우쭐대며 솔직하게 '그렇고 그런 동영상을 보며 배웠어요.' 하고 말했다간 '나한테도 보여줘.' 라는 대답이 돌아올 테고, 보여준 영상에 나온 여배우가 케이카 씨를 쏙 빼닮은 글래머라면 '확 담가버린다.' 코스일 것이다. 간단한 3수 외통장군이다. 어디로 도망치든 나는 지고 만다.

이 상황에서는 어떻게든 얼버무릴 수밖에 없다!

"그리고—— 학교에서 배우기도 했어요."

"학교……?"

"네. 남녀가 따로 성 교육을 받죠? 그때, 남자는 이런 상황에서 여자를 리드하는 방법을 좀 배워요. 여자들은 안 배워요?"

"…………."

"아, 긴코는 학교에 거의 안 갔으니까, 그런 수업을 안 들었겠네. 맞아. 그래서 이런 것도 모르는 거구나……."

"아, 알거든?! 그 정도는 상식이잖아? 무시하지 말란 말이야."

이 아이는 바보야.

"아무튼, 사귄다고 우쭐대지 마. 그런 건……좀 더…… 나중에……."

"좀 더 나중에? 그럼 구체적으로 몇 주 후에——."

"시, 시끄러워! 안 된다면 안 되는 줄 알아! 돈사해버려, 이 에로왕!!"

"아, 네~."

침대 밖으로 나를 걷어찬 백설공주는 모포를 뒤집어썼다. 동굴 곰 공략 실패다.

고백한 후로 드디어 로리왕이라 불리지 않게 됐다고 생각했더니, 이번에는 에로왕이옵니까……. 뭐, 귀여우니 됐어요.

"얼마든지 기다릴게. 긴코가 바란다면, 결혼한 후에 해도 돼."

"윽…………!!"

"가족끼리 장기 리그전을 하게, 아이는 짝수가 좋겠는걸~."

"으으으~~~………………!!"

버둥버둥버둥버둥. 모포 안의 공주님이 발을 버둥거렸다.

천천히, 천천히 나아가면 된다. 너무 나아간 것 같으면, 이렇게 약간 되돌아갈 수 있는 정도가 딱 좋다.

나와 긴코가 떨어지는 일은, 절대로 없을 테니까…….

🔔 그 상흔을 확인하고

"병동 출구까지 배웅할게."

"뭐? 괜찮은데……."

"배웅할 거야!"

내가 다음 대국 장소인 센다이로 가려고 했을 때, 긴코가 내 옷

자락을 움켜쥐고 병실 밖까지 따라왔다. 너무 귀여운 거 아니야?

"그런데…… 다친 데는 이제 괜찮아?"

배웅해 주는 건 기쁘지만, 입원할 정도의 부상자를 걷게 하는 게 마음에 걸렸다.

"3단 리그 최종국에서 정신을 잃을 뻔해서, 기합을 넣으려고 가슴을 두드렸다가 갈비뼈가 골절됐다며?"

"골절은 과장한 거야. 금이 살짝 간 거라서 심장과 폐와 혈관은 무사해. 통증도 거의 가서 약만 복용하고 파스도 안 붙여."

"그건 아까 내 손으로 직접 확인했어. 내가 만져 주니 긴코가 기분 좋아하는…… 아야야야, 부러져, 부러져! 내 뼈가 부러진다고오오오!!"

긴코의 가슴을 만진 것은 흑심 때문이 아니다.

아, 물론 흑심도 좀 있기는 하지만…… 이 아이의 몸이 괜찮은지 내 손으로 확인해 보고 싶었다.

처음에는 기분이 나빠 보여서 말을 꺼내지 못했지만, 그것을 확인하지 않고 돌아갈 수는 없다.

그리고 만약 부상이 악화됐다면 일을 쉬게 할 생각이다. 누가 뭐라고 하든 말이다.

그런 내 결의를 느낀 걸까.

긴코는 갑자기 이런 이야기를 했다.

"이 병원은 말이지? 츠키미츠 선생님이 젊은 시절에 눈 치료를 받았던 병원이래."

"회장님이?"

장기연맹 회장, 츠키미츠 세이이치 9단.

장기 기사에게 있어 생명이나 다름없는 시력을 잃었지만, 맹인이 되고 영세 명인의 자리에 올라선 인물이다. 회장으로서 격무에 시달리면서도 A급을 지키고 있는 괴물이기도 했다.

우리 스승님의 사형에 해당하며, 그래서 그런지 어릴 적부터 몇 번이나 도움을 받았다.

"츠키미츠 선생님은 처음으로 명인을 차지하기 전부터 눈이 나빠지고 있었대."

"정말?!"

회장은 중3에 프로가 됐으며, 그 후로 논스톱으로 순위전에서 계속 올라갔다.

명인을 차지한 것은 스물한 살 때 일이다.

30년간 깨지지 않았던 사상 최연소 기록……이지만, 방금 이야기를 들으니 그렇게 빨랐던 진짜 이유를 알 것만 같았다.

"그럼…… 10대부터, 눈이……?"

"응. 하지만 이 병원은 그 비밀을 계속 지켜줬나 봐."

회장은 눈 상태가 알려지기 전에 어떻게든 명인을 따려고 했을 것이다. 자신의 약점이 알려진 후에도 이길 수 있을 만큼 프로는 만만하지 않다.

그리고 앞이 보이지 않아도 장기를 둘 수 있게 준비했다…….

"나는 심한 부상이 아니었지만, 회장님이 이 병원을 소개해 줬어. 치료가 필요한 건 사실이고, 기자들도 병원까지 쳐들어오지는 않잖아."

현재 긴코는 화제의 중심이다.

도쿄에서 해야 할 일이 산더미처럼 있을 것이며, 프로가 됐으니 그것을 거절할 수 없다. 안전한 활동 거점이 필요하며, 병약한 이 아이가 마음을 놓을 수 있는 장소로서 병원은 최적이라 해도 과언이 아니다. 회장의 예측은 정확했다.

그것은 알지만……

"하지만 아무리 설비를 잘 갖춰도 병원에서는 편히 쉴 수 없지 않을까? 내가 신용할 수 있는 숙소를 소개해 줄 테니까, 거기로 옮기는 건 어때?"

"어딘데?"

"실은 말이지? 도쿄에 『히나츠루』가 생겼어!"

"…………."

"순위전 전날에 묵었는데, 정말 최고였어~! 온천도 들어갈 수 있고, 요리도 맛있는 데다, 다다미방도 있어서 장기도 실컷 둘 수 있다니깐! 게다가 키요타키 일문이라면 가족이나 다름없으니 싸게 묵을, 아야야야얏! 부러져, 부러진다고! 왜, 왜 숙소를 추천했을 뿐인데 폭력을 휘두르는 건데?!"

"그냥?"

별 이유도 없이 남의 뼈를 부러뜨리려고 한 거야……?

아연실색하는 내 마음을 꿰뚫어 본 것처럼, 긴코는 이렇게 말했다.

"걱정하지 마, 야이치."

"나는 어릴 적부터 병원 생활을 해서, 병원이 더 편해…… 라고 했나."

토호쿠 신칸센에 탄 나는 약간 안심했다.

긴코가 평소와 다름없다는 사실에 말이다.

3단 리그는, 가혹하기 그지없는 싸움을 강요했다. 육체적으로, 정신적으로도…….

그리고 내가 걱정한 건…… 몸보다, 마음이다.

열여섯 살밖에 안 된 여자애가, 다 큰 남자들도 도망치고 싶어지는 지옥에서 싸웠다.

게다가 마지막에는 은인의 목을 치는 역할까지 맡은 것이다.

──나였다면, 그 고통을 견딜 수 있었을지…….

게다가 긴코는 평범한 사람보다 섬세했다. 도중에 장기로부터 도망치려 했던 것을 나는 안다.

──나만은…… 장기가 긴코에게 상처를 줬다는 걸 안다.

그래서 확인하고 싶었다. 그 상처를. 어떤 의사도 눈치채지 못할…… 나만이 정확하게 확인할 수 있을 그 상처를.

그건 그렇고──.

"역시, 이게 아니라 손목시계를 주기 잘했어……."

나는 양복 호주머니에 들어 있는 조그마한 상자를 꺼내 보며 쓴 웃음을 머금었다.

서로의 손가락 치수도 모르면서, 너무 가지고 싶어서 사고 만, 커플링을…….

제2보 쿠구이 마치

△ 리벤지

"정각이 됐으니, 히나츠루 선생님의 선수로 대국을 시작해 주십시오."

"잘 부탁드립니다!"

드디어 시작된, 여류명적 리그의 개막전.

히나츠루 아이는 대국 개시와 거의 동시에 첫수로 비차 앞의 보를 전진시켰다.

──이 사람과 다시 붙게 된다면, 꼭 이 수를 두기로 결심했던 것이다.

"…………아앙?"

한쪽 무릎을 세운 채 상석에서 장기판을 내려다보던 그 여성은, 아이의 첫수를 보더니 한쪽 눈을 치켜떴다.

"오호라. 여왕전 때의 리벤지냐……. 눈물나겠는걸."

아이의 상대는── 여류옥장, 츠키요미자카 료.

여류기사가 되기 직전, 여왕전 본선에서 아이를 격파한 사람이다.

──그때는 제대로 된 장기도 두지 못했어……. 게다가 나쁜만 아니라, 사부님까지 모욕을……!

아이의 『절대로 용서하지 못할 사람 리스트』 꼭대기에 피로 이름이 적혀 있는 여류기사다.

"좋아. 초등학생이 모처럼 준비한 여름 방학 숙제잖아. 이 몸이 직접 심사해 주지……!"

츠미요미자카도 손가락을 매끄럽게 놀리면서 비차 앞의 보를 전진시켰다. 서로걸기를 받아준다는 계약서에, 손가락으로 지장을 찍듯이 말이다.

──좋아!!

아이는 왼손에 쥔 부채를 몰래 움켜쥐었다.

필승의 비책이 있다.

──쓸게. 미오.

절친인 미즈코시 미오가 가르쳐 준, 새로운 서로걸기.

상기 소프트가 최선이라 산출한 전법으로. 아이는 여류옥장에서 도전했다!

"스으읍──……하앗!!"

비차 앞에 있는 보의 돌진을 도중에 중단한 후, 그 대신 옥의 위치를 조정한 후에 3열의 보를 전진시켜서 계마가 날뛸 공간을 만들었다.

여류기사가 되면서 이용할 수 있게 된 공식전 기보 데이터베이스에 검색해 보니, 이 전법을 어느 시기부터 수십 번의 대국에서 쓰였으며 선수의 승률이 7할을 넘었다.

그 전례를, 아이는 전부 암기했다.

──미오가 남겨 준 편지도, 전부 기억했어.

게다가 아이는 대사부인 키요타키 코스케 9단의 집 2층에 설치된 고성능 컴퓨터를 빌려서, 최선의 수를 더욱 깊게 파악했다.

소프트가 좋다고 평가한 수를 통째로 암기한 것이 아니다.

자기 나름의 논리로, 어디까지나 인간 대 인간의 대국에서 출현할 만한 수를 중심으로 최선의 수에서 파생되는 나뭇가지를 열심히 좇아갔다.

　한 그루의 커다란 나무를 기르는 듯한 감각…… 아이는 그 행위에 열중했다. 어설펐던 서반은 극적으로 개선됐다.

　──그 선생님도 서반이 능숙해졌다고 인정해 줬는걸!

　대천사라 불리는 츠키요미자카는 서로걸기와 횡보잡기 같은 공중전이 특기다. 그런 뛰어난 서반 연구와 대국관에, 아이는 전혀 맞서지 못했다.

　대국관은 하루아침에 생기는 게 아니다. 아이도 그 정도로 장기를 얕보지는 않았다.

　하지만 소프트가 혁명을 일으키면서, 인류가 천 년 넘게 세월을 들여서 쌓은 감각이 하루아침에 무너진 것 또한 사실이다.

　히나츠루 아이는 혁명을 일으키려 하고 있었다. 스승인 야이치처럼…….

　──넘어서야만 해. 이 사람을…… 예전의 나를!!

　이상적인 진형을 완성한 아이는 츠키요미자카가 어떻게 나오는지 살폈다.

　하지만──.

　"어? …………어엇?!"

　츠키요미자카가 움직인 장기말을 본 순간, 아이는 벼락을 맞은 것처럼 충격을 받았다.

　"이, 이런 수가…… 성립하는 거야?!"

영문을 모르겠다.

공격도, 방어도 아니다. 컴퓨터도 이런 수는 후보로 제시하지도 않았다.

당연했다. 인간이 보기에도 한눈에 알 수 있는 수준의 악수였으니까……

"영문을 모르겠다는 표정인걸?"

《공세의 대천사》는 악마처럼 날카로운 송곳니를 드러내며 웃더니……

"바보야~. 이딴 병신 같은 수에 의미가 있을 리 없잖아? 핸디캡이야, 핸디캡. 자, 얼마든지 달려들어 보라고."

츠키요미자카는 자기 볼을 오른손으로 찰싹찰싹 때리며 아이를 도발했다.

"큭……!!"

아이는 반사적으로 장기판을 향해 오른손을 뻗을 뻔했지만, 치맛자락을 움켜쥐며 참았다.

『경솔한 수를 두지 않으려고 오른손으로 바지를 움켜쥐니까, 오른쪽 무릎 부분만 구겨진다.』

키요타키 일문에 들어오고 처음으로 배운 것이다.

그것은 말이 아니라 스승인 야이치의 대국을 보며 자연스럽게 익히게 된 것이지만, 아이는 항상 그 가르침을 지켰다.

"후우————………"

아이는 심호흡을 한 후, 지참한 물통에 있는 차를 한 모금 마셨다. 진정해. 진정하자……

진정하고————패 죽이자.

"⋯⋯⋯⋯⋯⋯⋯이렇게⋯⋯."

아이는 몸을 앞으로 기울이고, 앞뒤로 크게 흔들기 시작했다.

이상적인 형국 이상의 상태에서 단숨에 투료 국면으로 변화시키기 위해, 생각의 날개를 펼쳤다.

"이렇게⋯⋯이렇게⋯⋯이렇게⋯⋯이렇게⋯⋯ 이렇게⋯⋯ 이렇게⋯⋯ 이렇게, 이렇게, 이렇게, 이렇게, 이렇게이렇게이렇게이렇게이렇게이렇게이렇게이렇게이렇게이렇게이렇게이렇게이렇게이렇게이렇게이렇게————이렇게!!"

그리고 아이는 드디어 치마에서 손을 뗐다. 총공격에 들어간 것이다.

츠키요미자카는 노타임으로 응수했다. 옥을 싸지 못한 진형으로 말이다.

그런데도 아이는 방심하지 않고 시간을 들여 수읽기를 하면서 공세를 펼쳤다. 상대의 심장이 멎을 때까지 쉬지 않고 계속해서 공격한다!

"이렇게이렇게이렇게이렇게이렇게이렇게이렇게이렇게이렇게이렇게이렇게이렇게이렇게————이렇게!!"

"하하! 좋아, 얼마든지 공격해 보라고!!"

맞서는 츠키요미자카는 노타임으로 계속 수를 뒀다. 지난번에는 서로가 노타임으로 수를 뒀기에, 아이는 그것이 이상하다는 것을 눈치채지 못했지만——.

"이렇게이렇게이렇게이렇게이렇게이렇게이렇게이렇게이렇게이렇

©shirabii
©shirabii

게이렇게이렇게이렇게이렇게이렇게이렇게이렇게이렇게이렇게이렇
게이렇게이렇게이렇게이렇게이렇게이렇게이렇게이렇게이렇게이렇
게이렇게이렇게···························을?!"

읽고.

읽고, 읽고, 읽고 읽고 읽고 읽고 읽고 읽고 읽고 읽고 읽고 읽
고——.

극한까지 읽은, 끝에······.

아이는 눈치채고 말았다.

"내, 내가 유리해지는 변화가······없어?!"

경악했다.

이상적인 형국을 만들었다고 생각했다.

그것은 인류보다 훨씬 강한 장기 소프트가 『최선』이라고 결론
내린 것이다.

게다가 상대의 명확한 악수로, 그 이상적인 형국마저 능가하는
형국이 만들어졌다.

——그런데······ 어째서?!

혼란스러워하는 아이에게, 기록 담당이 무정한 말을 건넸다.

"히나츠루 선생님. 이제부터 1분 장기입니다."

"어?!"

——아, 아차! 우세를 점할 수 있을 줄 알고 시간을 너무 많이
썼어······?!

절망에 빠질 시간조차 없는 절체절명의 상황에서, 아이는 선택
을 강요받고 있었다.

형세가 불리하다는 것을 인정한 상황에서 남겨진 길은, 둘뿐.

불리하다는 현실에 눈을 감고, 상대가 실수하길 빌며 계속 장군을 걸 것인가.

아니면 자신이 불리한 형세를 눈치챘단 것을 상대에게 들킬지라도, 방침을 전환해 끈질기게 버틸 것인가.

아이가 선택한 것은——.

"이렇게!!!"

자신의 볼을 때리는 듯한 격렬한 손놀림으로, 자기 진지에 장기말을 올렸다.

그것은 끈질기게 버티겠다는 수였다.

"흥! 이제야 눈치챈 거냐. 뭐, 솔직하게 잘못을 인정하는 건 초등학생치고 대단하네."

이제까지 자기 방침을 부정하는 수를 둔다…… 『반성』한 아이의 판단을 거친 말투로 칭찬한 츠키요미자카는 몸의 정면에 팔받침에 팔꿈치를 올려놨다.

"그 태도를 봐서 가르쳐 주겠어. 왜 네가 소프트가 알려준 최선의 수를 뒀는데도 지게 됐는지를 말이지."

"윽!!"

아이는 고개를 들어서 츠키요미자카를 쳐다봤다.

"제위전 제2국에서 오키토 아저씨가 한 짓거리와 같은 거야. 사부와 제자가 똑같은 함정에 걸려들다니, 참 사이가 좋은걸."

"어……?"

"어라? 안 본 거냐? 혹시 사이가 나쁘냐? 아니면…… 자기 대국 생각으로 머릿속이 가득 차서, 스승의 타이틀전도 신경 못 쓴 거냐? 아앙~?"

"윽…………!!"

"하하! 주인님의 뒤를 졸졸 쫓아다니기만 하던 강아지가 꽤 인간다워졌는걸?"

츠키요미자카는 그렇게 말하더니, 장기판 위의 한 곳을 손가락으로 가리켰다.

아이가 악수라고 판단했고, 츠키요미자카가 핸디캡이라고 말했던 그 수다.

"내 뻔한 악수로 네가 얻은 건 평가치 100점 정도라고."

"어?!"

아이는 무심코 엉덩이를 바닥에서 떼며 외쳤다.

"겨, 겨우 그 정도……?"

"의외지? 이딴 악수를 뒀는데도 100점밖에 달라지지 않았다는 게 말이야."

인간들 간의 대국에서는 형세에 전혀 영향을 끼치지 않는, 미세한 차이다.

"이 수를 본 순간, 너는 이렇게 생각했을 거야. '후수가 악수를 뒀으니, 선수는 이득을 봤다. 그러니 국면은 꽤 유리해졌을 것이다'라고 말이지. 하지만 실제 형세는 호각이었던 거라고."

형세를 낙관시한 아이는 무리하게 전투를 시작했다.

하지만 차이가 더 벌어지기는커녕, 오히려 패색이 짙어지고 말았다.

왜냐하면──.

"이 상황 이후의 국면을 연구한 건 나뿐이거든. 너는 장기판 위의 미세한 차이를 방치하고서 수를 둔 거야. 어이, 가르쳐달라고. 뭘 처먹으면 머릿속이 그렇게 꽃밭이 되는 거야?"

"아……아아…………."

아이의 얼굴이 점점 새파랗게 질렸다.

소프트는, 최선의 수를 얼마든지 가르쳐 준다.

──하지만…… 소프트를 활용하는 방법은 인간이 생각해야만 하는 것이다……!

"이게 진짜 연구야. 이게 소프트를 이용한다는 거지. 최선의 수를 따라 그냥 두기만 해서 이길 수 있다면, 아무도 고생하지 않을 거라고!!"

"…………."

아이는 반론의 여지가 없을 만큼 충격을 받았으며, 장기도 패색이 짙어지고 있었다.

아이는 하늘을 올려다보았다.

그리고──.

"그래……. 역시, 무리구나…………."

그래…… 그래…… 하고, 몇 번이나 중얼거렸다.

그 모습을 본 기록 담당은 대국이 곧 끝날 거라 여기며 몰래 책상 위를 정리하기 시작했다.

금방이라도 투료할 거라 생각했던 아이는, 크게 숨을 들이마시더니──.

"스으읍――…………이렇게, 이렇게, 이렇게, 이렇게, 이렇게이렇게이렇게이렇게――."

다시 장기판과 마주했다.

게다가, 아까보다 몸을 앞쪽으로 더욱 숙이면서…….

"호오~? 더 하려는 거냐? 끈기 있네."

츠키요미자카는 혀로 입술을 핥으면서 장기판을 향해 손을 뻗더니…….

"하지만 이 상황에서 이 몸을 상대로 끈질기게 버텨 보겠단 생각이냐? 죽어버려."

팔받침을 거칠게 옆으로 밀쳐낸 《공세의 대천사》는 자기 별명대로 공세를 펼쳤다. 여류 타이틀 보유자의 정확하기 그지없는 공세는 정확하게 상대 진영의 약점을 최단거리로 파고들었다!

그래도 아이는 포기하지 않으면서 곡선적인 수순으로 저항을 계속했다.

"이렇게이렇게이렇게이렇게이렇게이렇게이렇게이렇게이렇게이렇게이렇게이렇게이렇게이렇게!!"

"이렇게이렇게, 더럽게 시끄럽네! 이 조무래기가아아앗!!!!"

――촌스럽더라도! 끈질기게!!

아이가 입문하고 두 번째로 배운 것이 그것이다.

――마음이…… 마음이 꺾이지 않으면 진 게 아니야……!!

끝까지 승리를 믿으며 전력을 다한다. 자신의 뇌가 짜낸 수를 둔다.

그것이 칸사이 장기의 혈맥. 피가 흐르지 않는 컴퓨터가 실현할 수 없는 장기를, 아이는 장기판 위에서 펼치려 하고 있었다.

"쳇! 이미 둘 수가 없는데 의미도 없는 수로 기보를 어지럽히긴! 더 두어 봤자 시간 낭비라고! 옥이 잡힐 때까지 해 보겠단 거냐?"

그 말대로, 아이는 의미 없는 수를 두는 것처럼 보였다. 기록 담당조차도 차가운 눈길로 한숨을 내쉬고 있었다.

"스승을 닮아서 포기할 줄은 모르네! 바라는 대로 외통수로 옥을 잡아 주마!!"

츠키요미자카는 장기말을 움켜쥐더니, 장군을 걸기 위해 그것을 장기판 위에 올렸다.

그리고 투료를 재촉하듯, 계속 몰아붙였다.

그 노골적인 손놀림이————츠키요미자카를 구원했다.

"으응? ···········으으으으으으응~?"

올려둔 장기말에 손을 댄 채, 츠키요미자카는 장기판 쪽으로 얼굴을 내밀었다. 손가락은 아직 장기말에서 떼지 않았다.

"윽?!"

이번에는 츠키요미자카가 벼락을 맞은 것처럼 굳어버렸다.

"서, 설마……?! 어이어이어이어이…… 장, 장난하냐……?"

그 모습을 본 아이는 분하다는 듯이 부채를 몰래 움켜쥐었다.

형세가 불리하다는 것을 인정한 기사에게 남은 길은, 두 가지뿐이다. 평범한 기사라면 말이다.

하지만 아이는 세 번째 길을 골랐다.

불리하단 것을 눈치챘단 사실을 상대에게 드러낸 후—— 상대가 눈치채지 못할 함정을 준비한다.

"가, 간단하게 옥만 잡으면 끝날 줄 알았는데…… 마지막에 타보(打步) 외통이 숨겨져 있었던, 거냐……?"

츠키요미자카는 손가락을 떼기 직전이었던 장기말을 다시 말받침으로 옮겨뒀다.

"진땀 났네…………. 우연이겠지만, 마지막에 이런 장기 묘수풀이 같은 수순이 남았을 줄이야. 큰일 날 뻔했잖아."

그것은 매우 정교하게 만들어진, 시한폭탄이다.

츠키요미자카는 남아 있던 제한시간을 전부 써서, 아이가 만들어둔 함정을 하나하나 해제했다.

열세 속에서의 1분 장기를 두면서, 겨우 열 살 소녀가 의도적으로 타보 외통 국면을 만들어냈다…… 란 사실을 츠키요미자카는 믿지 않았다. 장기말을 옮기는 손가락은 격렬하게 떨리고 있지만 말이다.

"사, 30초…… 40초…… 50초, 하나, 둘, 셋, 네, 다섯——."

그때까지 담담히 초를 세던 기록 담당의 목소리 또한 떨리고 있었다.

시간이 다 될 때까지 패배 국면을 살펴보던 아이는 그제야 고개를 숙였다.

"졌습니다."

자신의 패배를 인정하는 그 목소리는, 이 자리에 있는 그 누구의 목소리보다도 맑았다.

■ 화풀이

"어이, 하는 짓거리가 너무 조무래기 같은 거 아니야?"

기록 담당이 자리를 비우고 대국실에 단둘이 남게 되자⋯⋯ 무심결에 그런 말이 입 밖으로 터져 나왔다.

"소프트 발상의 서로걸기. 몰이비차 파가 넘쳐나는 여류기사들이 그딴 것의 대책도 세우지 않았을 거라고 생각했냐?"

돈사할 뻔한 바람에 아직도 벌렁거리는 심장 소리를 숨기려는 듯이, 나는 아직 고개를 숙이고 있는 그 녀석에게 독설을 퍼부었다.

"네가 한 짓은 인터넷에 올라온 『여름 방학 숙제』를 그대로 베껴서 제출하는 짓거리야. 이 선생님은 그딴 짓거리를 바로 알아볼 수 있다고. 자기가 한 짓이 얼마나 쓰레기 같은 짓거리인지 모르는 거냐? 아앙?"

손에 쥔 부채로 꼬맹이의 턱을 들어 올려서, 얼굴을 봤다.

엉엉 울고 있을 줄 알았더니——.

"윽⋯⋯?! 이 꼬맹이가⋯⋯!!"

그 녀석은 내 얼굴을 똑바로 바라보고 있었다.

울지도, 노려보지도 않으며, 강렬한 의지가 담긴 눈길로⋯⋯.

너무 화가 났다. 화가 나서 참을 수가 없었다.

"소프트를 써서 공부하면, 사부님이나 긴코처럼 자기도 이길 줄 알았냐? 여류기사를 다 쳐부수고 리그 전승으로 타이틀을 딸 줄 알았어?"

"그렇지는———."

"생각했잖아! 장기를 보면 알 수 있다고, 이 바보야!!!"

반론을 하려고 하는 초딩의 말을 끊듯, 나는 부채로 말받침을 세게 때렸다.

"꺼져. 장기를 얕보지 말라고."

내가 그렇게 내뱉듯 말하자, 초딩은 그 자리에서 고개를 깊이 숙였다.

그리고 이렇게 말했다. 또렷한 목소리로…….

"가르침 감사합니다."

"큭…………."

자기 장기말을 중앙으로 모아둔 후, 초딩은 한 번 더 인사를 하고 대국실에서 나갔다.

내가 자리에 앉아 있자…… 인쇄한 기보를 들고 대국실로 돌아온 기록 담당이 손에 쥔 기보용지를 뭉쳐서 내 머리를 때렸다.

"너답지 않아, 료찡."

코이지 린 여류 4단.

여류기전 기록은 여류기사가 맡게 하라는 지시가 내려진 후, 대국자보다 고단의 기사가 기록석에 앉는 경우도 생겼다.

"시끄러워……. 연구로 농락해서 이기는 게 타이틀 보유자답지 않은 짓이라는 비판이라면———."

"아니야. 장기 자체는 좋았다고 생각해."

"뭐?"

"사무국에서 다른 장기의 결과도 확인했는데…… 오늘 장기회관에서 열린 대국은 하나같이 난리도 아니었나봐. 베테랑이 이보(二步)로 진 대국이 하나. 각을 잘못 옮겨서 반칙패한 대국이하나. 건성으로 대충 두다 끝난 대국이 셋. 그리고 서로 입옥의진흙탕 싸움이 벌어진 대국이 둘이나 있어서 다시 두고 있어. 너희 대국이 그나마 정상적이었다고 생각해."

"뭐……라고?"

비정상적이다. 다들 정상이 아니다.

긴코가 프로가 되면서…… 여류기사는 '자신들은 이제 필요없다'는 공포와 강제로 마주하게 됐다.

포기하는 자. 인정하지 않는 자. 반발하는 자.

다들 긴코를 지나치게 의식한 바람에, 자기 자신을 잃었다. 나도 포함해서…….

"작전은 치졸했지만…… 승리만을 바라며 진심으로 장기를 둔사람은 그 애밖에 없을지도 몰라."

초딩이 앉아 있던 자리를 쳐다보면서, 코이지는 부럽다는 듯이중얼거렸다.

방석에는 조그마한 무릎 자국 두 개가 확연하게 남아 있었다.

한순간도 자세가 흐트러지거나 정좌를 풀지 않으며, 최선을 다해 싸운 흔적이다.

이 장기회관에서 히나츠루 아이만이…… 긴코가 아니라, 장기를 생각했다.

좋아하는 사부님의 장기조차 눈에 들어오지 않을 만큼…… 자신의 승리만을 생각하며, 끝까지 물고 늘어졌다…….

"그 애, 소문 자자한《용왕의 병아리》지? 미리 준비한 연구에서 벗어난 후부터 서반과 중반은 엉망이었지만, 종반에는 함정도 준비했잖아. 료찡 레벨이 아니었으면 졌을 거야. 아니, 료찡도 위험하지 않았어?"

"일부러 그걸 노렸을 리가 없거든? 우연이야, 우연."

"짓밟고 싶더라도, 아까 같은 방식은 자제해 주지 않겠어? 긴코와 동문이라 화제성도 있으니, 여류 장기계의 귀중한 인재잖아. 가능하면 소속도 칸토로 옮겨서 이벤트와 중계에 팍팍 출연해 줬으면 좋겠네. 더 주목을 받지 않았다간, 모처럼 나온 그 이야기도 물건너갈지도——."

"나도 안다고!"

나는 코이지가 내민 기보용지를 잡아채서 그대로 쓰레기통에 넣은 후, 장기말도 정리하지 않고 대국실을 나섰다. "너무해!!"라는 절규가 들려왔지만, 내 알 바 아니라고.

세워뒀던 바이크에 탔다.

그리고 목적지도 없이 달리면서, 나는 외쳤다.

"가르침 감사합니다……? 빌어먹을!! 꼬맹이 주제에 자기만 개운한 표정 짓기는……!!"

가르쳐 줬으면 하는 건 나다.

아무리 달려도 따라오는 이 패배감에서 벗어날 방법을.

⌂ 키요타키 케이카의 분투

"없습니다."

대국 상대가 그렇게 말하면서 머리를 숙인 순간, 나는 무심코 되묻고 말았다.

"어? 뭐가…… 앗!!"

이겼어?

어?! 내가 이긴 거야?!

"가, 감사합니다!"

혀가 꼬이면서 몇 번이나 고개를 숙였다. 오늘 상대는 우바구치 미도리 여류 3단. 타이틀에 도전한 경험도 있는 강호이기에, 이길 거라고는 생각도 못 했다.

끝난 후에 냉정히 기보를 살펴보니, 중반 이후로 내가 우세했다. 아니, 결정타를 몇 번이나 놓쳤다. 상대는 '여기서 공세를 펼친다면 투료할 텐데…….' 라는 심정이리라.

"키요타키 양, 오늘 너무 강해서 제대로 맞서 보지도 못했네. 역시 대단해."

감상전에서는 우바구치 선생님이 섬뜩할 정도로 칭찬해 줬다.

"아, 아뇨……. 우연히 작전이 잘 통했을 뿐……."

"하지만 중반의 수가 참 강력했어. 역시 샤칸도 선생님에게 이긴 실력자다워!"

"아, 그것도 운이 좋았을 뿐……감사해요."

"저기, 부탁이 있는데……."

"네?"

"그게……소라 선생님의 사인 색지를 받을 수 없을까……?"

상대방이 일부러 져 준 게 아니라는 것은 알지만, 첫 승리의 기쁨이 퇴색된 것은 부정할 수 없었다.

"휴우. 손바닥 뒤집듯 태도가 바뀌었네……."

우바구치 선생님만이 아니라, 기록 담당을 맡은 여류기사와 관전기자, 연맹 직원까지도 긴코의 사인을 부탁했다. 이제까지 나를 완전히 무시하던 칸토의 프로 기사까지 간드러진 목소리로 인사했을 때는 무심코 '히익' 하고 이상한 소리를 내고 말았다.

자기 집에 장식하려고 긴코의 사인지를 받으려는 게 아니다.

신세를 지고 있는 유력자에게 부탁을 받았거나, SNS에 올려서 매스컴과 장기 팬에게 긴코와의 관계를 어필하는 용도…… 즉, 장기계 밖에서도 화제가 되고 있는 『소라 긴코 4단』에게 기생해 자기 가치를 높이려는 것이다.

"그 자리에서 거절했어야 하는데…… 나도 '좀 있다 긴코를 만날 거니까, 한번 물어볼게요~.' 같은 한심한 소리나…………. 가장 들뜬 사람은 바로 나네."

긴코와의 관계를 과시해서, 자기를 돋보이게 한다. 친하게 지낼 가치가 있는 사람으로 여기게 만드는 것이다.

『케이카 언니한테 도움이 된다면 사인 정도는 얼마든지 할게.』

긴코라면 그렇게 말할 것이다. 그러니 나는 거절해야 한다.

우바구치 선생님이 웃음을 흘리며 긴코를 『선생님』이라고 불렀을 때…… 자기도 그 애를 『선생님』이라 부르며 무릎을 꿇었던 일을 떠올렸다.

"이제 두 번 다시 긴코를 이용하지 않겠어. 그 애를 위해 최선을 다할 거야. 그게 내 속죄라고 결심했으면서……."

자기 자신에게 혐오감이 든 나는 사물함에서 꺼낸 스마트폰의 전원을 켜고──.

"앗……! 이럴 때가 아니잖아!!"

대국 후에 약속이 있다는 사실을 떠올리고 부리나케 뛰어갔다.

"거기 있는 찌찌 큰 여류! 이쪽이니라! 이쪽, 이쪽! 그 쓸데없이 큰 찌찌를 흔들며 빨랑 뛰어오거라!"

센다가야 역 앞에 있는 카페의, 대로변에 있는 테라스석.

나를 발견한 망토 차림의 짐승귀 여아가 손을 흔들면서, 길 반대편에서도 들리는 목소리로 그렇게 외쳤다.

주위 사람들의 시선이 나에게 쏠렸다. 주로, 내 가슴에…….

"커…….", "여류? 뭔가의 프로인가?", "저 크기는 확실히 프로급의 여성이야……."

잠깐만! 나…… 대체 무엇의 프로로 여겨지고 있는 거야?!

가방으로 가슴팍을 숨기면서 건널목을 건넌 나는 그대로 가게에 뛰어들었다.

"아이, 오래 기다렸지?! 그리고 마리아 양도 안녕. 추가로 뭘 더 시킬래?"

"그럼 콜라! ……가 아니라, 홍차를 부탁하느니라."

칸나베 마리아 양은 칸토 장려회 회원이다. 그리고 칸나베 아유무 7단의 여동생이기도 했다. 이렇게 만나서 이야기를 나누는 건 처음이지만, 오빠를 닮았다는 건 바로 알 수 있었다.

오렌지 주스를 마시던 아이는 빨대에서 입을 떼더니…….

"케이카 씨, 대국 어떻게 됐어?"

"이겼어! 여류기사가 되고 공식전 첫 승리야!! 맥주 한잔하고 싶네~♪"

즐거운 마음으로 알코올 메뉴를 펼치려던 나는…….

"아…… 맞다. 아이는 어떻게 됐어?"

"에헤헤. 져버렸어!"

혀를 내밀며 그렇게 말하는 모습에서 패배의 아픔이 전해져 오자, 가슴이 옥죄어들었다. 유심히 보니 눈가도 빨갰다.

"완패였지. 한심하구나."

핸드폰 중계로 기보를 체크하던 마리아 양이 아이의 장기를 혹평했다. 참고로 내 대국은 중계도 되지 않았다.

"한창 유행하는 소프트 발상의 서로걸기로 달려들면, 간단히 농락당한 끝에 지고 만다는 것쯤은 장려회의 급위자도 아니라. 유행에 한참 뒤처졌어. 하라주쿠에서 타피오카를 먹는 것만큼 부끄러운 짓이구나!"

"으으…… 하지만 오사카에선 요즘 어떤 전법이 유행하는지를 알 수가 없는걸……."

"그건 그래……."

프로 기사와 여류기사는 장기연맹에서 공유하는 기보 데이터베이스를 이용할 수 있으니까, 중계되지 않는 기보도 확인할 수 있다.

하지만 알 수 있는 건 기보뿐이다. 기보만 본다고 강해질 수 있다면, 아무도 고생하지 않을 것이다.

그 기보의 이면에 숨겨져 있는 연구, 그리고 공부 방법…… 그런 정보를 얻으려면 역시 강한 사람에게 직접 이야기를 들어야만 한다.

도쿄에는 프로 기사가 많다. 여류기사는 더 많다.

그런 도쿄에 있으면 이벤트 대기실에서 유익한 정보를 접할 기회도 늘어난다. 오늘처럼 프로 기사가 말을 걸어 주는 일은 매우 큰 기회다.

"하지만 칸토보다 적다고는 해도, 칸사이에도 프로 기사는 있지 않느냐? 드래곤킹이나 소라 긴코에게서 정보를 얻으면 될 일 아닌가?"

"사부님은 바쁘시고…… 게다가 '자기가 강해질 방법을 찾는 것이 최고의 공부법' 이라는 생각을 가졌거든."

아이가 그렇게 설명해 줘도, 마리아 양은 잘 이해하지 못한 표정이었다.

하긴, 그럴 거야. 방임하는 것처럼 보이는걸.

"게다가 긴코는 그렇다 쳐도, 야이치 군의 서반 이론은 수준이 높다고 할까…… 아니, 전체적으로 특색이 강해서 알쏭달쏭한 걸……."

"으, 음……. 확실히 그 마왕의 대국관은 꼬였지. 저열한 성적 취향처럼……."

제위전 제1국 때는 마리아 양도 현지에 있었을 것이다.

그 7칠동비성이란 수의 충격을 떠올린 건지, 마리아 양은 온몸을 희미하게 떨었다.

결국 이 세상에서는 강함이 전부다.

강하면 얼마든지 연구회 제의를 받고, VS 상대도 차고 넘친다. 그러니 배울 환경을 직접 갖출 수 있다. 하지만 여류기사는 아마추어 강호에게 고개를 숙이며 가르침을 구하는 처지다. 프로와의 연구회는 꿈 같은 일이다.

프로 기사인 야이치 군과 아버지는 그걸 모르니까, 말도 통하지 않는다니깐…….

"그런데 마리아 양은 긴코의 사인 색지를 받고 싶지 않아?"

대국 때문에 목이 마른 상황에서 알코올을 마셔서 취기가 돈 건지, 나는 약간 심술궂은 심정으로 마리아 양에게 질문을 던졌다.

"응? 그딴 건 쓰레기나 다름없느니라."

"하지만, 사상 첫 여자 프로 기사잖아? 『4단 소라 긴코』라고 써 주거든?"

"웃기지 마라! 장려회에 들어간 이상, 프로가 되는 건 당연한 조건이니라. 이 몸의 목표는 명인이다! 마스터의 여류명적 즉위식과 이 몸의 명인 즉위식을 합동으로 거행하는 것이 꿈이며, 누가 먼저 프로가 되든 아무래도 상관없지. 신 4단이 된 기자회견에서 마스터에게 축하를 받은 것도 딱히 부럽지 않으니라! 흥!"

"아유 무 군도 그렇고, 칸나베 집안 아이들은 참 착하네……."

"어어엇?! 쓰다듬지 마라! 터, 턱 밑을 간지럽히지 말란 말이다! 우냐~♡"

기분이 좋은지, 마리아 양의 짐승 귀 스타일의 머리카락이 쫑긋거렸다. 탁해졌던 마음이 정화되는 것 같았다. 이대로 오사카에 확 데려가고 싶네…….

참, 현실 도피할 시간은 없었지.

"나는 이제부터 긴코의 병실에 갈 건데, 두 사람은 어쩔래?"

주위 사람들에게 들리지 않도록 목소리를 낮춰서 내가 그렇게 묻자, 마리아 양은 발랄하게 발끈했다.

"이 몸들은 이제부터 내 영역인 하라주쿠에 갈 것이니라! 마스터의 성에서 장기를 둔 후, 둘이서 타케시타도리를 산책하며 치즈티를 마시거나 팬케이크를 먹으면서 그 모습을 인스타에 올려서 칸사이의 잡초들과 해외에 간 그 멍청이에게 도쿄의 재미있는 장소를 소개…… 아니지, 위대함을 알려줄 것이니라! 소라 긴코의 병문안 따위를 할 짬은 없다!"

말이 너무 빨라서 뒷부분은 알아들을 수 없었다. 아이가 도쿄에 와서 참 기쁜 것 같았다.

"아이는 그걸로 괜찮은 거야?"

"응! 오늘 밤은 마리아의 집에 묵고, 내일은 새로 생긴 『히나츠루』에 마리아를 초대할 거야!"

"좋겠다……. 나도 빨리 도쿄에 생긴 『히나츠루』에서 묵어 보고 싶어."

아이의 아버지가 만든 요리와 호쿠리쿠의 맛있는 술…… 도쿄에서 온천을 즐길 수 있다니, 진짜 호강이네…….

"저기……미안해, 케이카 씨. 혼자 도쿄에 남고 싶다는 억지를 부려서…… 학교도 쉬기로 했고……."

아이는 미안하다는 듯이 고개를 숙였다.

"하지만 제위전 제3국을 위해 사부님과 함께 카나자와에 가기 전에, 도쿄에서 해야 할 일을——."

"괜찮아. 담임인 카네가사카 선생님에게 허락을 받았고, 야이치 군에게도 적당히 둘러대 뒀는걸. 부모님과 느긋하게 이야기를 나누도록 해."

이 애가 무슨 생각으로, 무엇을 하려는 걸까. 구체적인 이야기는 아직 듣지 못했다.

하지만 같은 여류기사로서 느끼는 바가 있었다.

사상 첫 여자 프로 기사—— 소라 긴코 4단의 탄생. 진심으로 그것을 바란 나조차, 자신의 존재의의가 뭔지에 대해 생각하고 말았다.

그래서 나는…… 마리아 양과 함께 자리에 일어서서 가게를 나서려 하는 이 아이에게, 무심코 말을 건넸다.

"아이!"

"케이카 씨, 왜~?"

——오사카로 돌아올 거지?

입에서 나오려던 그 말을, 겨우겨우 삼켰다.

"아무것도 아니야. 차 조심해!"

"고마워! 다녀올게!"

술래잡기하듯 역으로 뛰어 들어가는 두 사람의 조그마한 등을 쳐다보며, 나는 남은 맥주를 전부 들이켰다. 승리를 축하하는 술은 이 한 잔으로 끝이다.

술에 취할 짬은 없다.

저 애들에게 뒤처지지 않게, 나도 달려야만 하니까……

♟ 토호쿠

"용왕. 눈치챘습니까?"

센다이 공항에서 오사카행 비행기를 기다리는 나에게, 상금왕전 행사장에서부터 쭉 함께하고 있는 관전기자가 옆자리에서 말을 건넸다.

"뭘 말이에요?"

"오늘 승리를 포함하면, 후수일 때의 승률이 선수일 때를 넘어섰습니다. 용왕만이 아니라, 최정상 기사 대부분이 그런 경향이죠."

평소에는 선수 6할 후수 4할 정도의 승률일 때가 많기에, 매우 드문 사태라 할 수 있다.

하지만——.

"이상한 일은 아니에요. 후수가 이기기 어려웠던 것은 장기는 기술적인 면에 있어 공격보다 응수가 어렵기 때문이죠. 하지만 지금은 소프트가 『완벽한 응수법』을 가르쳐 주잖아요."

"아하. 그렇다면 전형의 결정권을 쥔 후수가 유리한 건가요?"

"네. 자신이 친 그물로 유도하기 쉬운 거죠. 그리고 그 그물은 예전처럼 쉬이 찢어지지 않아요……. 그러니 한동안은 이 상황이 이어질지도 모르죠. 선수가 후수의 의표를 찌르는 기책을 준비하거나, 아니면……."

아니면 소프트조차 찾아내지 못한 수를 발견하거나.

하지만 그것은 어려우리라. 소프트를 초월하는 것이나 다름없는 것이다.

"흠흠. 공격 장기가 저물고 응수 장기의 시대가 오는 걸지도 모르는 기가."

그 여기자는 안경을 벗더니…….

"그럼…… 내가 복수의 타이틀을 거머쥘 기회가 온 걸지도 모른다는 기네?"

관전기자 쿠구이에서 여류기사 쿠구이 마치로 돌아옴으로써 취재 종료를 고하더니, 말아 올렸던 머리카락에서 비녀를 뽑았다. 샘물이 졸졸 흐르듯, 긴 흑발이 흘러내렸다.

"윽…………!!"

나는 허둥지둥 쿠구이 씨한테서 고개를 돌렸다.

——이, 이 애는 초6 때부터 묘하게 색기가 있었다니깐…….

안경을 벗고 머리를 푼 순간, 요염한 매력이 뿜어져 나왔다.

마치 천 년 묵은 여우 요괴처럼…….

"그런데 용왕 씨. 천 년 넘게 이어져 온 장기 역사 속에서 명인만은 '읽지 않아도 수가 보인다'란 이야기, 믿을 수 있겠나?"

"완전 오컬트 같은 이야기네요. 누가 한 말이에요?"

"오키토 요우 2관."

"아하…… 예의 재능을 가시화하는 시스템 말인가요."

명인을 비롯해 최정상 기사의 기보를 소프트로 해석해서, 그 기력과 기풍을 숫자로 표현하려는 시도다.

나는 타이틀전 도중에 오키토 씨에게 직접 그 이야기를 들었다.

"뭐, 명인이라면 불가능하지도 않겠죠. 그 사람의 직감은 거의 정확해서, 시간을 들이는 건 수를 읽는 게 아니라 그 수에 합리적인 이유를 부여한다는 느낌이니까요."

직감적으로 답을 찾아내고 마는 천재 수학자와 비슷할지도 모른다.

아이는 방대한 수읽기의 힘으로 답에 도달한다. 엄청난 속도로 말이다.

하지만 명인에게는…… 더 이질적인 힘이 느껴진다. 마치 시간과 공간의 개념을 비트는 듯한, 이론을 초월한 힘이다.

"진짜로 시간 조작 계열 능력자인 거 아닌가 싶다니까요."

"응~? 능력자?"

"우왓?!"

어느새, 서로의 어깨가 닿을 정도로 쿠구이 씨가 나에게 접근했다. 벚꽃 향기가 나……는 게 아니라!!

"누, 누가 보면 어쩌려고 그래요? 오해라도 받으면……."

"딱히 상관 없데이. 우리 둘 다 솔로 다 아이가."

"으……그건, 그렇지만……."

"아니면 용왕 씨는 이미 누군가와 몰래 사귀고 있는 기가? 예를 들어 타이틀전 전날에 사저에게 줄 생일 선물을 고르는 걸 도와줬으면 한다고 말해놓고, 실은 그걸 사저가 아니라 여친한테 줬다그나?"

"그……그런……건…… 아닌……데요…………."

큰일 났다. 아무래도 얼추 들통난 것 같다.

"그리고 이런 장소에서 누가 본다는 기고? 아는 사람은 한 명도 없데이."

"토호쿠 출신의 장기 관계자…… 예를 들자면 나타기리 씨라거나요. 야마가타 출신이죠?"

"여류기사 중에는 사이노카미 이카 여류제위가 이와테 출신이데이."

"으극!!"

그 이름은 최근에 긴코가 언급했었으며, 자칫하면 큰일이 날 뻔했다. 그래서 무심코 주위를 둘러보고 말았다.

당황한 나를 보며 눈웃음을 흘리며 쳐다보던 여우 요괴가 재미있다는 투로 말했다.

"뭐, 확실히 옛날 여친과 마주치면 거북하긴 할 기다."

"옛날 여친 아니거든요?! 장기계에서는 금방 그런 소문이 퍼져서 골치라니까요!"

"소문이라~. 그딴 소문을 퍼뜨리는 괘씸한 인간은 대체 누구인 길까."

가장 수상한 인물이, 되게 뻔뻔하게 구네…….

"아, 맞다. 비행기에 타기 전에 메시지를 체크해야지."

상금왕전 대국은 오후부터 하지만, 아동 대회도 있으므로 정신 없다. 게다가 의무적으로 기모노를 착용해야 하기에 옷 갈아입 느라 정신없는 바람에 스마트폰의 존재 자체를 까맣게 잊고 있 었다.

전원을 켜보니, 긴코한테서 메시지가 몇 통 와 있었다.

『케이카 씨가 병실에 왔어.』

『대국 중이야?』

『예전에 말한 일정, 이날에 잡아도 돼?』

두근…… 하며, 심장이 달콤하게 뛰었다.

사부님을 만나는 일정에 관한 이야기다. 긴코의, 4단 승단 보 고를 위해 말이다.

그리고 또 하나…… 우리 둘에게 있어 중요한 보고도 할 예정 이다. 기, 긴장 돼…….

"무슨 일정이고?"

"우왓?! 쿠, 쿠구이 씨?! 스마트폰을 엿보는 건 취재 매너 위반 이잖아요!!"

나는 반사적으로 다른 일정을 밝히며 얼버무렸다.

"사……4단이 된 걸 축하하는 파티예요. 칸사이 장려회의 간 사가 기획하고 있어요. 쿠구이 씨도 올 거죠?"

"유감이지만, 내는 도쿄에서 일해야 한데이~."

나한테서 몸을 뗀, 애태우기…… 아니, 《유린의 마치》는 탑승 게이트로 걸어갔다. 여우에게 홀린 듯한 심정이 이런 것일까?

예쁜 엉덩이를 아무리 쳐다봐도 꼬리는 보이지 않지만 말이다.

△ 보고

긴장 탓에 굳어버린 긴코와 야이치 군을, 나는 집 현관에서 맞이했다.

"두 사람 다 어서 와!"

""다, 다녀…… 왔어……케이카 씨…….""

두 사람은 본가나 다름없는 이 집에 올 때면 꼭 '실례합니다' 가 아니라 '다녀왔어' 라고 말하도록 교육을 받았다.

우리는 피보다 진한, 장기라는 유대로 이어진 가족인 것이다.

하지만…… 이번만큼은 본가에 돌아온 것처럼 느긋해 보이지는 않는걸?

"무슨 일이야? 평소처럼 빨리 들어와."

놀리듯 그렇게 말하자, 그제야 두 사람은 신발을 벗기 시작했다. 머뭇거리면서 말이다.

야이치 군이 집안의 기척을 살피면서 물었다.

"저, 저기……케이카 씨? 사부님은……?"

"으음…… 담배가 떨어져서 사러 간다며 아까 나갔어. 그래도 곧 돌아올 거야. 너희가 온다는 건 몇 번이나 말해뒀거든."

아버지도 오늘은 아침부터 안절부절못했다.

입을 꾹 다문 채, 집안을 어슬렁거렸다. 담배에 불을 붙였다 싶으면 끄던데…… 아무래도 뭔가를 눈치챈 것 같았어.

『보고할 일이 있어요.』

며칠 전, 긴코는 나를 통해 사부님에게 그런 연락을 했다.

물론 그것은 4단 승단 보고가 틀림없다. 전화로는 3단 리그가 끝난 직후에 연락했고, 긴코가 프로가 된 것을 모르는 사람은 일본 전체에 없을 것이다. 그래도 이런 『형식』은 중요하다.

친한 사이일수록 예의를 지켜야 한다. 장기는 예의로 시작해 예의로 끝나는, 오랜 전통 문화다.

그런 장기계를 지탱하는 사제의 관계 또한 예절을 중요시한다.

그래서 긴코는 이렇게 정식적인 형태로 스승에게 보고하려 하는 건, 딱히 특별한 일도 아니다.

문제는…… 한창 타이틀전을 치르느라 바쁜 야이치 군이 긴코와 함께 찾아온다는 점이다.

뭐, 아무리 둔탱이인 아버지라도 뭔가를 눈치챘을 거야.

그런 것까지 일일이 사부님에게 보고하려고 하다니, 참 귀엽네! 누가 먼저 말을 꺼낸 걸까? 내 생각에는 야이치 군일 것 같아. 긴코는 그런 걸 겉으로 드러내고 싶어 하지 않거든. 그 대신 입 다물고 있어도 다 티가 나지만 말이야~(웃음)

"………………………." "(안절부절안절부절)

다다미방으로 안내된 두 사람은 하석에 정좌 자세로 앉아서 안절부절못하고 있었다.

단둘이 작전 타임을 가지게 도와주는 게 좋겠지?

"잠시만 기다려. 차와 과자를 내올게. 아빠도 몇 분 안에 돌아올 거야."

""아, 응! 저기…… 고마워…….""

후훗. 귀여워.

긴코와 야이치 군이 이 집에서 살던 시절이 생각나……. 벌써 12년 전의 일이지만, 사부님에게 보고할 일이 있을 때면 항상 이렇게 다다미방에서 정좌를 하고 앉았잖아.

게다가 이 두 사람의 『보고』는 대부분, 말도 안 되는 사고를 벌이고 나서의 사후 보고였어~. 혼나는 게 전제니까, 설교를 기다리는 거나 다름없는 느낌이랄까?

"그럴 때는 나도 부엌에서 차와 과자를 준비한 다음에, 타이밍을 봐서 가져다줬다니깐. 아빠는 이야기를 시작했다 하면 길어지니까."

부엌에서 물을 끓이던 나는 옛날 일을 그리워하며 혼잣말을 중얼거렸다.

만약, 두 사람의 교제를 사부님이 반대한다면?

"그때는…… 역시 이 케이카 님이 나서서 설득해 줘야겠네!"

그렇게 각오를 다진 순간이었다.

다다미방에서, 불가사의한 소리가 들려오기 시작했다──.

"아응…… 아, 안 돼, 야이치…… ♡ 그만해…… ♡"

"싫어~. 나는 대국, 긴코는 취재와 이벤트 출연 때문에 만날 수가 없잖아. 이런 기회에 실컷 만져둘 거야!"

"잠깐…… 야이…… 그만해……. 자국이 남을 거야…… ♡"

"후후. 긴코가 나를 잊지 못하게…… 말이지. 언제 또 만날 수 있을지 모르잖아."

"바보……! 사부님이 보면 어쩌려고 그래……!"

맙소사…….

어? 내가 자리를 비우고 1분도 안 지났거든? 부엌은…… 바로 옆이거든?

게다가 몇 분 안에 사부님이 돌아올 거라고, 내가 말했잖아?

그런 짧은 시간에도 꽁냥꽁냥쪽쪽 안 하면 죽는 생물인 거야……?

"안 돼……. 케이카 언니가……으응…… 올 거야……."

"괜찮다니깐. 나, 케이카 씨 발소리에는 민감하거든. 절대로 안 들켜."

"하, 하지만……으응…… ♡ 어쩌면, 몰래…… 지켜보고 있을 지도……?"

"그럼 보여주지, 뭐. 그러려고 여기에 온 거잖아?"

야이치 군, 방금 보여주자고 말했지?

"저 녀석, 얼마 전까지만 해도 내가 이상적인 여성이니 사귀고 싶니 같은 소리를 했으면서, 여친이 생기자마자 태도가 저따위로 변한 거야……?"

어중간하게 염색한 티가 남아 있는 저 갈색 머리에 펄펄 끓는 물을 확 부어 줄까 생각하고 있을 때, 긴코의 여린 목소리가 들려 왔다.

"정말! 안 된단 말이야, 바보 야이치……."

발정 난 어중간 갈색머리 수컷한테 저항하면서, 긴코는 안 되는 이유를 이야기했다.

"케이카 언니가 불쌍하잖아⋯⋯. 남친도 없고⋯⋯ 대국에서도 거의 못 이기는데⋯⋯."

네? 얼마 전에 이겼거든요?

남친도 없는 게 아니라 안 만드는 건데요? 일부러 안 사귀는 건데요?

"케이카 씨한테도 분명 좋은 사람이 생길 거야. 걱정하지 마."

"무리야⋯⋯."

"왜?"

"⋯⋯⋯⋯⋯가장 좋은 사람은, 내가 차지했는걸⋯⋯♡"

발끈.

"어머머~? 아빠가 돌아온 것 같네. 아빠아아아아아아아아!! 긴코와 야이치 군이 기다리고 있으니까 빨리 다다미방에 가봐아아아아아! 빨리이이이이이이이이이이이~."

""으으으윽?!?!?!""

허둥지둥 옷매무새를 고치는 소리가 들려왔다.

아빠가 돌아온 건 그로부터 15분 후였다. 다행이네. 여유를 가지고 준비해서 말이야♡

♟ 금지령

""""⋯⋯⋯⋯⋯⋯⋯⋯⋯⋯⋯⋯⋯⋯⋯.""""

3인분의 거북한 침묵이, 다다미방을 지배했다.

옷매무새를 고친 후에 정좌를 하고 기다리는 우리에게 말을 건

네지도 않은 사부님은 거친 발걸음으로 상석에 앉더니, 평소와 달리 제자들 앞에서 담배에 불을 붙였다.

하지만 그 담배를 피우지는 않았으며, 손가락 사이에 끼운 그 담배가 타 들어가는 모습을 응시하고 있었다…… 기분이 좋지 않은 건지, 아니면 긴장한 건지는…… 알 수 없었다.

스으읍, 하고 크게 숨을 들이마시는 소리가 옆에서 들려왔다.

"사부님."

긴코는 정좌를 한 채 방석에서 내려가더니, 두 손으로 바닥을 짚으면서 이마가 다다미에 닿을 정도로 깊이 고개를 숙였다.

"덕분에 프로가 됐습니다. 병약한 저를 제자로 거둬주시고, 이 집에서 소중히 길러주신 사부님과 케이카 씨에게는 아무리 감사 드려도 모자랄 거예요. 정말 감사드립니다."

긴코는 굳은 목소리로 그렇게 말했다.

약간 거리감이 느껴질 정도였다. 긴장한 것이리라.

"…………."

사부님은 역시 눈을 감은 채 아무 말도 하지 않았다.

긴코도 고개를 숙인 채, 잠시 동안 입을 다물고 있었지만——.

"나는……쭉, 이렇게 생각했어."

원고를 읽는 듯한 아까의 어조와 다르게, 마음속에서 커다란 마음을 서서히 쥐어 짜내는 듯한 목소리로, 이야기를 시작했다.

" '사부님은 내가 장려회에 들어가는 걸 반대한다'고 말이야. 그래서 프로가 되어도 기뻐해 주지 않을 거라고, 생각했어."

사부님은 화들짝 놀란 듯이 긴코를 쳐다봤다.

"나한테, 재능이 없어. 그래서 사부님은 나에게 기대를 하지 않는다고…… 쭉, 생각했어."

하지만…… 하고 말한 긴코는 고개를 들었다.

"샤칸도 선생님한테 들었어. 사부님이 쭉, 내 일로…… 선생님과 상의했다는 걸……."

어릴 적의 우리에게, 사부님은 절대적인 존재였다.

프로 기사이자, 9단이며, 명인 도전자였다.

그런 사부님이, 긴코가 감기에 걸리기만 해도 허둥대며 샤칸도 선생님에게 전화를 걸었다는 걸, 전혀 알지 못했다.

그런…… 그런…….

그런, 흔하디흔한 평범한 아버지 같은, 사부님의 모습은…….

"샤칸도 선생님의 말을 듣고…… 생각났어……!"

긴코는 양손을 꼭 말아쥐며 말했다.

"그날…… 사부님이 내 병실에 와서, 장기를 가르쳐 주지 않았다면…… 병원에서 나온 나를, 사부님이 이 집의 아이로 삼아 주지 않았다면…… 내가 쓸쓸하지 않도록, 동생을 만들어 주지 않았다면……나는 지금도, 침대에 누워 있는 『불쌍한 아이』였을 거야……."

뚝뚝 끊어지며 이어지는 긴코의 목소리에…… 물방울이 떨어지는 소리가, 섞였다.

넘쳐흐르는 눈물이 다다미에 방울져 떨어지는 소리였다.

"저에게……인생을 주셔서, 정말 감사합니다…………."

눈물을 줄줄 흘리며, 긴코는 사부님을 똑바로 쳐다보았다.

어느새, 나도 함께 울고 있었다.

그리고 긴코는, 자신의 가슴에 손을 대며……보고했다.

"나……프로가…… 됐어."

3단 리그를 돌파한 요인을 꼽자면, 한둘이 아닐 것이다.

하지만, 틀림없는 사실이 존재한다.

"사부님 덕분에……프로가…… 됐어…………!!"

이 사람이 없었다면 우리는 프로가 되지 못했을 것이며, 만나지도 못했으리라.

인생에서 가장 소중한 존재를, 사부님이 준 것이다.

"오냐……."

작은 목소리로, 사부님은 고개를 끄덕였다. 안경을 벗고, 눈물을 닦으면서…….

방 밖에서도 흐느끼는 소리가 들려왔다. 복도에서 케이카 씨가 눈물을 흘리고 있는 것이다…….

다들 아무 말 없이 울고 있었다. 하지만 아까까지의 딱딱한 분위기는 사라졌다.

따뜻하고, 약간 칙칙한, 울음과 웃음이 뒤섞인 분위기. 오사카에 어울리는, 의리와 인정 넘치는 정서다.

지금이다.

기회는 지금뿐이다.

나는 긴코처럼 방석에서 내려온 후, 다다미를 짚으며…….

"그리고 하나 더! 우리 두 사람이 사부님에게 허락을 받고 싶은 일이——."

"긴코."

하지만 내 말을 끊듯, 사부님은 긴코에게 말을 건넸다.

긴코는 아직도 흘러내리는 눈물을 손등으로 닦으며 대답했다.

"응?"

"프로가 됐으니, 니한테 해 주고 싶은 말이 있데이."

손가락 사이에 낀 담배를 재떨이에 비빈 후, 사부님은 말했다.

"연애 금지다."

""…………뭐?""

이 사람이 방금, 뭐라고 했지?

연애…… 금지?

"내도 프로가 됐을 때, 사부님한테 그 말을 들었데이. 결과를 내놓을 때꺼정, 연인을 만들지 말란다 아이가. 결혼은 당치도 않은 기라. 장려회에서 나온 후부터 본격적인 수행이 시작되는기재. 이제까지 이상으로 장기에 정진하그라!! 이건 사부의 명령이데이."

"뭐?! 그게 무슨 소리야! 시대착오적인 데도 정도가――."

"말대꾸 말그라, 긴코!!"

사부님은 주먹으로 책상을 내려쳐서 긴코의 말을 막았다.

"애초에 니는 아직 열여섯 살 아이가!! 고등학생 주제에 연애라니, 20년은 이르데이!!"

"윽…………!!"

긴코는 분한 듯이 입을 다물며 내 허벅지를 때렸다. '너도 뭐라고 말 좀 해봐!' 란 의미다. 입 다물고 있다간 나중에 사형이다. 말할게요. 하면 되잖아요.

"사부님. 긴코가 하고 싶은 말은——."

"야이치!! 어린애도 아니니 사저라고 부르그라, 사저라고! 공사 분간도 못하는 기가!!"

"네……."

틀렸다. 사부님의 말은 항상 우리의 두세 수 앞을 예측하며 차단하는 느낌이며, 공략의 실마리조차 찾을 수가 없다…….

"야이치, 니도 마찬가지데이!"

"네?! 아……네? 뭐가 말인가요?"

"타이틀을 땄다고 자유로워질 수 있을 거라 생각 말그라. 타이틀 보유자니까 더 무거운 책임이 뒤따른데이. 알재?"

"그, 그야 물론……."

"복수의 타이틀을 차지하게 된다면, 순위전에서 C급에 머무르고 있는 건 부끄러운 일이다 아이가. 너한테 A급 승급은 의무인 기다. 안 그라나?"

"무, 물론이죠! 반드시 A급이 되겠어요!!"

"그럼 A급 기사가 될 때까지 연애는 허락 못 한데이."

"네에에에에에에에에에에에에에에에에에에엣?!"

나는 현재, 순위전 C급 1조.

순위전은 다른 기전과 다르게 1년에 한 클래스만 올라갈 수 있다. 용왕전처럼 대뜸 타이틀을 따는 일 같은 건 없다.

그러니 A급에 올라서기 위해선 아무리 빨라도…… 3년은 걸리고 만다. 3년이나!

"저, 저기……사부님?"

나는 머뭇거리며, 확인했다.

"음…… A급이 될 즈음이면, 저는 스무 살이 넘는데요……?"

"그게 어쨌다는 기고?"

사부님은 또 책상을 내려치며 외쳤다.

"요즘 20대 젊은 장기 기사 중에 결혼한 사람은 한 명도 없데이! 다들 그 정도로 장기에 집중하고 있는 기다! 한눈팔았다간 타이틀 정도는 금방 빼앗길 거데이! 우쭐대지 말그라!!"

"네! 넵!!"

무, 무서워어어어……

이렇게 무서운 사부님은, 참 오래간만에 보내……

내제자 시절에 툭하면 혼났기 때문에, 사부님이 진심으로 화났는지 그렇지 않은지 정도는 분간할 수 있다.

이건…… 진심의 진심으로 화난 상태다.

"하! 조금은 나타기리 군을 본받그라! 그런 미남이 결혼도 하지 않고 장기에 일편단심인데, 니들은 이란 일로 말대꾸를……."

아니, 그 사람은 그런 것과는 약간 방향성이 다른 느낌이……

"긴코. 야이치. 니들은 장기계의 얼굴이 됐데이. 특히 긴코는, 일시적이라고는 해도…… 명인보다 주목을 받고 있다 아이가."

하아아…… 하고 깊은 한숨을 내쉰 사부님은 타이르는 듯한 어조로 말했다.

"우리 같은 장기계의 인간은 너희가 아직 미숙하다는 것을 아니까, 봐준데이. 실수를 범하더라도, 내가 꾸짖으면 그걸로 끝인 기다."

아무리 타이틀을 따서 유명해지더라도, 장기계에서는 어린애 취급을 받는다. 그것은 너무나도 잘 알고 있다.

그래서 이렇게 교제 허락을 받으려고——

"하지만 세간에서 보자면 너희야말로 장기계인 기다. 너희가 변변찮으면 장기계 전체가 변변찮아 보인데이. 실수를 범하믄 장기계 전체에 폐를 끼칠 것이며, 돌이킬 수도 없을 기다. 그걸 잘 생각해 보그라……. 아직 이해가 안 되는 기가?"

우리가 아직 납득 하지 못한 듯한 표정을 짓자, 사부님은 결정적인 한 마디를 입에 담았다.

"너희는 두 사람 다 프로 기사재? 사형제지간이라고는 해도, 이제 가깝게 지내선 안 되는 기다."

""앗……!""

흥분한 머리에 찬물이 끼얹어진 듯한 느낌이 들었다.

프로 기사와 여류기사가 결혼하는 일은 흔하다.

장기계 내부에서 연애하는 것도 드물지 않다. 같은 일문이라는 인연으로, 제자들끼리 결혼하는 일도 있다.

그래서 나와 긴코도, 자신들도 그렇게 될 수 있으리라 여겼다.

하지만 우리는 프로 기사다.

즉…… 내일, 목숨을 걸고 싸우게 될지도 모른다는 의미다.

『저 두 사람, 사귀지? 그런데 제대로 싸울 수 있겠어?』

주위에서 그런 의심을 하지 않을 거라고 단정할 수 있을까?

프로의 품위와 대국의 공정성을 의심받지 않을까?

공식전에서 빈번하게 대국이 짜이면 어떻게 될까? 프로는 아무리 친한 사이라도, 대국 전에는 인사조차 나누지 않는다. 하지만 결혼해서 한집에서 살게 된다면, 그럴 수 있을까? 상대의 연구를 우연히 보게 되는 경우가 절대로 없을 거라고 단언할 수 있을까……?

"저기, 아빠…… 사부님?"

입을 다물고 있는 우리를 불쌍하게 여긴 건지, 차를 가지고 온 케이카 씨가 한마디 거들었다.

"아이돌도 아닌데, 연애 금지 같은 걸 명했다는 게 알려지면 더 비판을 듣지 않을까? 좀 유연하게——."

"케이카! 너는 빨리 결혼하그라! 나이도 먹을 만큼 먹어놓고 홀몸인 니를 보면 부끄럽데이! 얼굴 들고 못 다니긋다!"

"뭐엇?! 그, 그것과 이건 상관없잖아?!"

케이카 씨에게도 설교의 불똥이 튀면서 부녀간의 다툼이 벌어지자, 나와 긴코는 고개를 숙인 채 두 사람의 말다툼을 듣고 있을 수밖에 없었다…….

△ 부글부글 긴코

"헛소리하지 마! 그 수염 영감!! 확 담가버릴까?!"

사부님의 집에서 나온 긴코는 분노를 터뜨렸다.

하지만 그 분노는 자신들의 생각이 짧았다는 점에서 기인하고 있었다.

애초에 타이틀전 도중에 '우리 사귀어요~♡' 같은 걸 보고하러 갔다간, 마음이 딴 데 가 있다는 소리를 듣는 것도 무리가 아니었다.

"됐어! 그딴 수염 영감 따위는 알 바 아니야! 우리 사진 찍어서 '우리 사귀어요~☆'라고 SNS에 올려버릴 거야!!"

"자, 잠깐만, 사저……. 워~ 워~. 진정 좀 해……."

나는 스마트폰으로 폭거를 저지르려 하는 연인을 달랬다. 그것보다 긴코한테는 SNS 금지령이 내려졌거든?

"미리 이야기를 나눴잖아? 우리 입으로 전하기 전에 아이와 샤를이 알게 되면…… 충격을 받을 거야."

"그렇지만……."

"우리 관계가 인터넷이나 주간지로 폭로되어서, 그걸 통해 아이나 부모님이나 관계자에게 들통나는 건 싫다고 긴코도 말했지? 정식으로 밝히고 싶댔잖아."

"그렇긴, 한데……."

"우리 사이를 사부님에게 인정받고, 아이에게도 전한 후, 정식으로 차근차근 나아가기로 결정했잖아. 그러니까…… 결혼까지 말이야."

"야이치."

"왜요? 사저."

"시꺼먼 애는?"

"어?"

"아까부터 꼬맹이 1호는 언급하면서도, 시꺼면 애는 입에 담지도 않았지? 왜야? 이상하네."

너무 예리한 거 아니에요?

"혹시……그 녀석, 이미 알고 있는 거야?"

아까까지 사부님을 향하던 살의가 이번에는 나를 향하려 했다.

옆구리와 등에 땀이 배는 게 느껴졌다. ……큰일 났다.

"아니, 너는 부자연스러울 정도로 그 시꺼면 애는 언급하지 않았어. 1호에 대해서는 몇 번이나, 몇 번이나, 몇 번이나, 몇 번이나 몇 번이나 몇 번이나 며어어어어어엇 번이나!! 언급했으면서."

"…………."

입을 놀렸지만, 아무 말도 나오지 않았다. 큰일 났다. 이 상황에서 응수를 실수했다간 외통수까지 일직선이다.

아까 만 해도 스마트폰을 붙잡고 있었던 오른손의 손톱을 내 경동맥에 댄 긴코가, 눈도 깜빡이지 않고 나를 쳐다보며 물었다.

"무슨 짓을 한 거야? 아니면……당했어?"

"안 당해써요."

"당했네."

긴장한 탓에 혀가 꼬인 나 자신을 마음속에서 백 번 정도 죽이면서도, 나는 결코 고개를 끄덕이지 않았다.

그걸 인정했다간, 전부 실토할 수밖에 없게 된다.

그렇게 되면 나와 야샤진 아이는 오사카만에 버려질…… 아니, 중요한 건 그게 아니야! 가장 상처 입을 사람은 긴코다.

──긴코를 지키려면 이럴 수밖에 없어!

언젠가 솔직하게 말해야겠지만, 지금은 피한다! 긴코가 안정된 후에 말하는 편이 본인을 위해서도 결과적으로 나을 거야!

그래서 나는──.

"사랑해."

"히익."

나는 긴코를 안고, 은색 머리카락에 얼굴을 묻으며 속삭였다.

"긴코는 귀여워. 사랑해. 이 세상에서 가장 사랑해."

"윽, 히익. 흑."

"결혼하고 싶어. 모든 사람에게 축복을 받으며, 긴코와 결혼식을 올리고 싶어."

"나도⋯⋯⋯⋯⋯⋯."

긴코는 들릴락 말락 하는 목소리로 그렇게 말했다.

문자로 표현한다면 아마 ⋯⋯와 분간이 안 되는 크기일 게 틀림없다.

나한테는 좋아한다 귀엽다 같은 말을 들리게 말하라고 요구하면서, 자기는 부끄러워서 좀처럼 말 못 하는 점이 최고로 약아빠졌다. 귀여워서 약아빠졌다.

긴코도 약았으니, 나도 조금은 약은 짓을 해도 되겠지?

"긴코, 진정됐어?"

"응⋯⋯."

긴코는 작은 목소리로 그렇게 답했지만, 불만이 전부 해소된 것은 아니었다.

그녀는 입술을 삐죽 내밀면서 말했다.

"이러면 프로가 되는 바람에…… 거리가 더 멀어진 것 같잖아……."

"그렇지 않아."

나는 또 거짓말을 했다. 긴코는 보급 활동과 취재 과다, 나는 대국 과다 탓에 함께하는 시간이 명백히 줄었다.

그리고 사부님이 제시한, 그 조건…….

내가 A급이 되는 것만이라면 어떻게든 된다. 물론 자만에 빠진 건 아니지만, 그래도 객관적으로 봐서 지금 상태가 쭉 이어진다면 적어도 5년 안에 A급이 될 수 있을 거라고 생각한다.

문제는 긴코다.

사부님은 '결과를 내놓아라'라고 말했을 뿐, 구체적인 목표를 설정하지 않았다.

타이틀을 차지하는 건 아닐지라도, 신인전이나 속기 기전에서의 우승 정도는 요구할지도 모른다. 아니면 순위전에서의 승급이나, 타이틀전 도전자 결정전까지 올라간다거나 말이다.

긴코는 열여섯 살에 4단이 됐다.

출세 스피드만 본다면 타이틀도 노려볼 수 있는 그릇이며, 기전 우승이 불가능할 거라고 생각하지는 않는다.

하지만…… 나도 프로 1년차 때는 고생했다. 데뷔전도 패배했고…….

기력만을 본다면 결과를 내놓는 게 당연하며, 흐름을 타고 있는 신규 4단이 프로 입성 직후에 발목을 잡히는 이유.

그것은……아니다. 지금 그 이유를 거론해 봤자 아무 의미도 없다. 그저 상대방을 불안하게 만들 뿐이다.

그래서 나는 긴코를 안은 팔에 힘을 주며, 이렇게 말할 수밖에 없었다.

"좋은 장기를 둔다면, 분명 사부님도 이해해 주실 거야."

우리는 기사니까. 장기로 표현할 수밖에 없으니까.

♟ 위로회

사부님이 연애 금지령을 내린 다음 날.

칸사이 장기회관 근처에 60명 이상의 관계자가 모여서 긴코와 소타의 승단 축하회를 열었다.

하지만, 단 한 명의 참가자에 의해 축하회는 다른 자리로 바뀌었다.

장려회에서 탈퇴한 카가미즈 히우마 씨가, 웃으며 나타났으니까──.

"으…… 훌쩍…… 왜, 왜 태연한 얼굴로 축하회에 온 거야……! 빨리 시골에 돌아가란 말이야, 이 쓰레기야!! 흐흐흐흑……!!"

주역인 소타는 이 자리가 시작되고 2초만에 카가미즈 씨의 품에 안기며 울음을 터뜨렸다.

축하회의 첫머리에 예정된 승단자 인사는 당연히 무리였으며, 사부님을 만난 후로 기분이 매우 나빠진 긴코 또한…….

"순위가 위인 소타가 안 한다면, 나도 안 할 거야."

이렇게 말한 바람에 축하회는 일찌감치 와해했다.

현재 한 나라의 수상조차도 스케줄을 잡기 어렵다고 하는 《나니와의 백설공주》를 비롯해, 공사다망한 참가자들의 스케줄을 조정해서 겨우 이 자리를 마련한 칸사이 장려회 간사인 난제키 5단(통칭 『츄지』)은 난감해했다…….

뭐, 그래도 이 자리의 주역은 카가미즈 씨다.

최북단인 홋카이도부터 최남단인 오키나와까지, 카가미즈 씨와 장려회에서 함께 했던 사람들이 수십 명이나 이 자리에 모인 것이다.

"너희들, 아직 살아 있었어? 칸사이 장려회에 있던 녀석들답게 끈질긴걸."

카가미즈 씨가 그렇게 말하자, 전직 장려회 회원들은 지지 않고 이렇게 대꾸했다.

"끈질긴 걸로 치면 카가미즈 씨의 상대는 못 되죠."

"맞아. 드디어 죽어 나자빠졌다는 말을 듣고 면상을 보러 왔어요!"

소타는 물론이고, 나도 면식이 없을 만큼 윗세대의 장려회 회원.

탈퇴하고 10년 넘게 만난 적 없는 사람들과 재회했지만, 카가미즈 씨는 과장되게 반기지 않았다.

물론 프로가 되지 못한 분함을 드러내지도 않았다.

마치 어제도 기사실에서 함께 장기를 둔 사람과 오늘 이어서 두 듯, 자연스럽게 대화를 나누고 있었다…….

그런 어른스러운 카가미즈 씨가 혼자 있게 되는 타이밍을 봐서, 나도 말을 건넸다.

여전히 소타가 매달려 있기는 하지만.

"카가미즈 씨. 목에 걸고 있는 그거, 액세서리 같은 건가요?"

"곤란한걸. 울고 싶은 건 나인데 말이지."

내가 쓴웃음을 지으며 묻자, 카가미즈 씨도 쓴웃음을 지으며 대답했다. 소타는 개의치 않으며 계속 울고 있었다.

그 눈물이 전염될 것 같지만 억지로 웃음을 머금은 내가 카가미즈 씨의 잔에 우롱차를 따라줬다.

"미야자키로 돌아간다면서요?"

"키요타키 선생님께서는 '지도 기사 자격을 따고 우리 도장에서 일하지 않긋나?' 라고 말씀해 주셨어."

"사부님이 그런 말을……."

"오이시 선생님도 '우리 목욕탕에서 일하며 보일러 기사 자격을 따면 먹고사는 건 걱정 없을 거다.' 라며 권유해 주셨지."

《휘젓기의 마에스트로》는 권유도 독창적으로 한다. 장기하고는 전혀 상관없지 않아?

"마치 양은 관전기자라는 길을 제시해 줬고, 츠키미즈 선생님도 '연맹 직원이 되지 않겠습니까?' 하고 권해 주셨지. 다들 과분할 정도로 나를 잡아 줬어. 정말 감사하다니깐."

"그래도…… 이곳에 남지 않을 거죠?"

"나는 말이지. 자기 자신과 약속했어. '쭉 장기를 좋아하고 싶다' 고 말이야."

카가미즈 씨는 직접적으로 대답하지 않으며, 이런 이야기를 입에 담았다.

"하지만 오사카에 남아서 장기와 관련된 일을 한다면…… 쭉 좋아하지는 못할 거야. 그러니 거리를 둘까 해. 쭉 좋아하기 위해서 말이지."

그 말을 들은 소타가 눈물로 범벅이 된 얼굴을 들며 외쳤다.

"좋아하는데 거리를 두는 거예요? 모순되잖아요! 좋아한다면 쭉 같이 있고 싶은 게 보통 아닌가요?!"

"너도 언젠가……아니, 너희는 이 마음을 모르는 편이 나아."

카가미즈 씨는 나와 소타를 쳐다보며 쓸쓸한 투로 말했다.

나도 데뷔전에서 나타기리 씨에게 지고 장기계에서 도망치려 했지만, 카가미즈 씨처럼 남의 의지로 관두게 된 건 아니다.

아는 척하는 건 간단하다.

하지만 프로가 된 우리는…… 우리만은, 그런 안이한 동정을 해선 안 된다.

"아이와 케이카 씨가 이 자리에 참가하지 못해서 쓸쓸해했어요. 두 사람 다 카가미즈 씨를 참 좋아했으니까요."

케이카 씨는 공식전의 기록 담당.

아이는 여류명적 리그 때문에 도쿄에 가 있다.

"두 사람이 수제 과자를 전해달라고 맡겼어요. 비행기 안에서 드세요."

"그랬구나. 결석한 사람이 아이와 케이카라 다행인걸."

"네?"

카가미즈 씨는 씨익 웃으며 나에게 귓속말을 했다.

"긴코가 만든 요리를 먹을 마음은 영 들지 않거든."

"동보(同步)예요."

우리는 떨어진 곳에 있는 본인에게 들리지 않도록 목소리를 낮추며 고개를 끄덕였다.

"하지만 너도 고생이 많겠네……. 장래에는 매일 그걸 먹어야 할 거잖아?"

"네?! 아, 뭐……그것도 그러네요. 아하하…….."

나는 부정 대신 얼굴을 붉히며 고개를 끄덕였다. 고백 상황을 만들어 준 사람은 바로 카가미즈 씨였으니까…….

처음 만났을 때도 그랬지만, 이 사람은 항상 우리 둘을 지켜보며 상냥히 등을 밀어줬다.

그런데 우리는 이 사람에게 보답하긴 했을까? 그저 소중한 것을 계속 빼앗기만 할 뿐이었던 건──.

"저기."

등 뒤에서 들려온 목소리에 카가미즈 씨와 함께 뒤를 돌아보니, 그곳에는 뜻밖의 인물이 있었다.

야샤진 아이였다.

하지만 평소처럼 오만불손한 태도가 아니라, 마치 새끼 고양이처럼 얌전했다.

무슨 일인가 싶어 쳐다보고 있으니…… 아이가 카가미즈 씨를 이렇게 불렀다.

"카가미즈…… 오라버니."

오, 오라버니?!

"아이 양. 와줘서 기뻐……. 아버님께는 도움을 많이 받았는데, 그걸 살리지 못해 송구하네."

"아뇨. 아버지는 오라버니를 자랑스럽게 여길 거예요."

"프로가 못 됐는데 말이야?"

"아버지도 프로가 되지 못했어요. 물론 오라버니가 프로가 됐다면 기뻐하셨을 테지만……."

아이는 카가미즈 씨의 눈을 똑바로 바라보며, 단언했다.

"마지막 3단 리그에서, 오라버니는 쭉 오라버니다운 장기를 두셨어요. 그걸, 아버지도…… 자랑스럽게 생각하실 게 틀림없어요."

"윽……! 그래…… 맞아. 그런 분이셨지……."

열세 살에 아무런 연줄도 없이 미야자키에서 오사카로 온 카가미즈 씨를 단련시켜준 사람이 바로 아마추어 강호였던 야샤진 아이의 아버지다. 입에 담기 힘들 만큼 따끔한 말도 해 주셨다고, 카가미즈 씨에게 들은 적이 있다.

나도 본가를 떠나 수행한 만큼, 그 심정을 조금은 이해한다.

어린애가 집을 나와서 수행하게 되면, 어른들은 그 어린애에게 물러진다. 그렇게 세간에서 어리광을 받아준 바람에 장기 인생을 망치고 만 장려회 회원도 많다.

일부러 혹독하게 말해 주는 사람은 매우 귀중하며, 그런 사람이 잔뜩 있는 환경에 있어야만 수행이 되는 것이다.

"오라버니. 괜찮다면——."

아이가 또 무슨 말을 하려던, 바로 그때였다.

"카가미즈 선새애애애애애앵!!!"

아이의 뒤편에서 뛰쳐나온 정장 차림의 여성이 카가미즈 선생님의 발에 매달리더니, 엉엉 울기 울부짖기 시작했다.

"선생!! 가지 마!! 나를 버리고 가지 마아아아아아!!"

웅성……!!

"저 미녀는 누구야?!", "내가 알던 여친이 아니야…….", "카가미즈 씨도 여간내기가 아니네."

주위에 있는 사람들이 흥분을 감추지 못했지만, 나는 진실을 안다.

아키라 씨는 카가미즈 씨에게 장기를 배웠고, 라이벌인 초등학생에게 이기기 위한 전법도 가르침을 받았다.

"하하. 고향 생활이 안정되면, 인터넷으로 가르쳐 줄게요."

"정말이지?! 약속한 거다! 거짓말이면 지옥 끝까지 쫓아가서라도 필승 전법을 알아낼 거야!!"

미야자키에 있는 카가미즈 씨의 친가 주소를 알아내려 하는 아키라 씨를 아이가 '그만 좀 해!' 하며 떼어냈고, 어찌 된 건지 소타도 '꺼져, 못난이!' 하며 아키라 씨를 걷어찼다.

아쉽지만, 끝은 찾아왔다.

"마지막으로, 카가미즈 씨께서 한 말씀 해 주시겠습니까?"

이 자리를 기획한 츄지가 그렇게 말하자, 카가미즈 씨는 놀라며 물었다.

"어이어이. 이럴 때는 장려회 간사가 인사하는 거 아니야?"

"그럼 간사로서, 마지막 인사를 카가미즈 3단에게 맡기겠습니다."

"하아. 이미 탈퇴했는데 말이지."

카가미즈 씨는 투덜대면서도 기쁘다는 듯이 헛기침을 하더니…….

"으음…… 그럼 우선 긴코. 승단 축하해."

"윽?! 아…………."

그 갑작스러운 축복에, 긴코는 벼락이라도 맞은 것처럼 그 자리에서 굳어버렸다.

자기 손으로 카가미즈 씨의 목을 친 탓에 마음이 무거운 건지, 오늘은 떨어진 장소에서 조용히 있었다.

카가미즈 씨는 그런 긴코를 쭉 신경 쓰고 있었다.

나는 카가미즈 씨가 구석에 있는 긴코에게 시선을 보내는 모습을 몇 번이나 봤다. 다른 이들도 그 시선을 눈치챘다.

하지만, 다들 아무 말도 하지 않았다.

이것만은 타인이 끼어들 일이 아닌 것이다.

3단 리그 최종일에 맞붙었던 두 사람만의 성역이니까…….

"내가 장려회에서 마지막으로 둔 장기가, 긴코와 둔 장기라서 다행이야. 그 장기는 분명…… 내가 평생 짊어져야 할 장기라고 생각해."

장기로 지면, 괴롭다.

중요한 대국에서 진 순간은, 꿈에 나올 정도로 분하다.

하지만 불가사의하게도, 자신의 힘을 전부 쥐어 짜낸 끝에 진 장기란 것은…… 후회보다 성취감을 느끼게 했다.

구석에 서 있던 긴코를 향해 걸어간 카가미즈 씨가 미소를 머금으며 말했다.

"기자회견에서 한 발언, 참 기뻤어. 네 활약을 기대해. ……나만이 아니라, 이 자리에 있는 모두가 말이야."

"네……."

마치 마법 같다.

그렇게 완고하던 긴코가…… 카가미즈 씨가 말을 걸었을 뿐인데, 10년이란 세월을 순식간에 거슬러 올라가고 말았다.

여섯 살 어린이처럼 솔직해진 긴코는, 그대로 무너지듯 주저앉아서 울음을 터뜨렸다…….

"죄송해요……오, 오빠…… 죄송해요……!!"

"사과하지 마. 긴코는 잘못한 게 없잖아."

꿈을 이뤘으면서 죄송하다는 말만 되풀이하는 소녀를, 꿈을 이루지 못한 청년이 상냥히 위로했다.

패배자만이 아니다. 승리한 자에게도, 깊은 상처가 남는다.

그것이 장려회다.

이곳에 모인 이들 모두가…… 같은 상처를 지녔다.

"오히려 사과해야 할 사람은 나야. 그 대국 때, 갈비뼈가 부러졌다며? 괜찮은 거야?"

"…………."

"나 대신 타이틀을 따 줄 거지? 건강만은 신경 써. 응?"

"응……히우마 오빠도……잘, 살아……야 해…………!!"

카가미즈 씨는 긴코의 머리를 상냥히 두드려줬다.

처음 만났을 적에 그랬던 것처럼. 장기에 지고 흐느끼는 여섯 살인 긴코와 여덟 살인 나를 위로해 줄 때처럼.

"그리고 소타. 너는 슬슬 나한테서 떨어져."

"싫어!!"

그 말 한마디에 이 자리는 폭소로 가득 찼다.

하지만 웃음이 잦아들자, 곳곳에서 훌쩍이는 소리가 들려왔다. "카가미즈 씨", "카가미즈 씨……!" 하며, 다들 작별을 아쉬워하고 있었다.

"실은, 고향으로 돌아갈지 말지…… 쭉 고민했어."

칸사이 장려회의 큰 형은 조용히, 작별 인사를 시작했다.

"이대로 오사카에 남아서, 장기와 관련된 일을 계속하자는 생각도 몇 번이나 했지. 아니, 방금까지도 망설였어."

마음이 흔들린 이유.

그것은——.

"무서웠어. 장려회 회원이란 신분을 잃으면…… 장기계를 떠나면, 나는 내가 아니게 될지도 모른단 생각이 들어서……."

좌절은 모든 것을 뒤바꾼다.

장려회에서 탈퇴하고 인생 자체가 불행해졌단 이야기는, 수도 없이 들었다.

"아침에 일어나서 장기 묘수풀이를 풀고, 후쿠시마역 근처에 있는 도넛 가게에서 아침 식사와 커피를 해결한 후, 평일에는 연맹의 잡일이나 기록 담당을 맡거나 기사실에서 연구회를 했지. 그리고 한 달에 두 번 있는 예회 날에는 죽을힘을 다해 장기를 뒀어. 그걸 17년 동안 한 거야. 인생의 절반이 넘게 이어진 그 생활이, 앞으로도 계속 이어질 거라고 생각했어. 끝나는 날을, 진심으로 생각해 본 적이, 없으니까……무서웠어."

점점 목소리가 떨리더니, 커다란 눈물방울이 카가미즈 씨의 볼을 타고 흘러내렸다. 그 듬직한 목을 끌어안고 있는 소타의 손에, 힘이 꼭 들어갔다.

하지만―― 하고 말한 카가미즈 씨는 미소를 머금었다.

"하지만, 오늘, 탈퇴한 동료들을 만나고 안심했어! 다들 그 시절과 똑같거든. 마음이 꺾이지 않은 거야……."

좌절은 사람을 바꾼다.

하지만 변하지 않는 사람도 있다. 쭉 변하지 않는 것도, 존재한다.

이 자리에 모인 장려회 회원이 그 증거다.

"그게, 최고의 작별 선물이 됐어. 나에게 용기를 줘서, 정말 고마워!"

어느새 이 자리에 있는 이들 모두가 울고 있었다.

그리고 카가미즈 씨는 볼을 타고 흐르는 눈물을 닦지 않으며, 웃으며 작별 인사를 입에 담았다.

"우리는 변하지 말자. 장기를 좋아하는 꼬맹이인 채로 살아가자. 그러면 분명 또…… 이렇게 만날 수 있을 거야."

몇 년이 흘러도. 몇십 년이 흘러도.

마치 어제 만났던 것처럼.

카가미즈 씨가 마지막으로 입에 담은 작별의 말. 그것은 무엇보다 명확한, 재회의 약속이었다.

⌂ 부모와 자식의 대화

"안 돼요. 절대로 허락 못 해요."

내가 결심을 굳히고 한 말에, 엄마는 즉각 고개를 저었다.

도쿄에 생긴 새로운 『히나츠루』의 한 방.

직원용 음식을 먹으면서, 우리는 오래간만에 가족끼리 세 사람만의 시간을 가졌다. 호쿠리쿠의 집이 아니라 도쿄에서 이렇게 만나니, 신기한 기분이 들었다.

원래라면 내가 사부님의 제자가 되고 처음으로 보내는 가족만의 단란한 시간……이 될 터였다.

그것을 망친 사람은, 바로 나다.

분명 반대할 거라고 생각했기 때문에, 물러나지 않았다. 그런 얕은 생각으로 한 말이 아닌 것이다.

"대체 뭘 위해 이 새로운 여관을 세운 거라고…… 당신에게 그런 일을 시키려고 도쿄에 진출한 게 아니에요!!"

"하지만 엄마! 이대로 가면, 아이는 타이틀을 못 딸끄다랑께……. 타이틀을 따려면 이 방법밖에——."

"입 다물그라! 연패 좀 했다고 무슨 소리 하는기가!"

"그것만이 아니야! 오늘도 여류명적 리그에서 져서, 초조해지긴 했지만…… 그래도! 전부터 생각하던 그다!!"

무심코 사투리로 반론을 하는 나에게 엄마도 사투리로 응전했다. 도쿄에서 지방 사투리가 오가는 건, 역시 가족이 모인 자리라서이리라.

"그야 나는 중학교를 졸업할 때까지 타이틀을 따라고 말하긴 했어요."

흥분했다는 사실을 부끄러워하듯 엄마는 옷매무새를 고치더니…….

"하지만 그걸 위해 그 어떤 방법을 써도 된다고 생각하지는 않아요. 타이틀을 따지 못했을 때의 약속을 잊은 건 아니겠죠?"

"하지만……."

"아이. 당신이 하려는 건 『도망』이에요."

엄마는 그렇게 단정 지었다.

"내 눈을 속일 수는 없어요. 장기를 위해서라고 말하면서, 당신은 승부에서 도망치려 하고 있어요. 장기를 도망갈 곳으로 삼은 거죠. 소라 4단에게 지는 게 무서운 거죠?"

"아, 아니야……!!"

"뭐가 아니라는 거죠. 잘 들으세요, 아이. 확실히 상대방이 크게 리드하고 있는 상황이라 괴로울 거예요. 현실에서 눈을 돌리고 싶어지겠죠. 하지만 그럴 때야말로, 누구보다 가까이 있어야하는 법이랍니다. 전국을 돌아다니며 대국을 진행하는 쿠즈류 선생님의 대국과 항상 동행하고 돌봐드리면서 기회를 잡아 공세에 나서야 한단 말이에요. 그런데 당신은……."

"…………."

"애초에 쿠즈류 선생님 허락은 받았나요? 우선 사부님과 상의해야 하는 게 도리 아닌가요? 그런 태도를 도망이라고 하는 거예요!"

"하지만, 이대로는 안 된당께……."

"정말…… 이 애는 누굴 닮은 건지……."

무슨 말을 해 봤자 소용없다는 걸 깨달은 엄마는 크게 한숨을 내쉰 후, 옆에 앉은 아빠에게 말을 건넸다.

"당신도 말 좀 해 보세요. 아이에게 장기 수행을 허락해 주자는 말을 먼저 꺼낸 사람은 당신이잖아요."

"…………."

이제까지 쭉 입을 다물고 있던 아빠는 팔짱을 천천히 풀더니…….

이렇게 말했다.

"나는 찬성이야."

"여보!"

엄마는 언성을 높였다.

평소 같으면 데릴사위인 아빠는 바로 무릎 꿇고 싹싹 빌었겠지만, 지금은 엄마가 아니라 내 눈을 똑바로 응시하며 조용한 어조로 말했다.

연수회 시험 후, 내가 오사카에 남는 것을 허락한 그때처럼…….

"아이. 『니시메』란 요리는 알지?"

"니시메? 응……."

아빠가 입에 담은 뜻밖의 말에 당황하면서도, 나는 고개를 끄덕였다.

"정월에 만드는 조림 요리지? 국물이 없는⋯⋯."

"그래. 보통 조림은 국물이 남도록 만들지. 하지만 니시메는 재료가 국물을 전부 빨아들이도록 만드니까, 국물이 남지 않아. 기억하고 있구나."

"응! 아빠가 가르쳐 준 요리는 전부 기억해!"

"그럼 니시메를 맛있게 만들기 위해 가장 중요한 조미료가 뭔지, 아이는 기억하니?"

"조미⋯⋯료?"

"가르쳐 줄게. 그건 말이지——."

아빠가 답을 알려줬다.

그것을 듣고⋯⋯나는, 어떻게 사부님에게 이 일을 알리면 좋을지, 드디어 깨달았다.

그리고 엄마도, 아빠의 생각을 이해한 것 같았다. 아무 말 없이, 불안한 눈길로 나를 쳐다보고 있었다.

응⋯⋯ 알았어.

엄마는 나를 부정하고 싶었던 게 아니지? 진짜로 딸이 걱정되어서⋯⋯ 내 결단을 진심으로 고려해 줬기 때문에, 아까처럼 반대한 거지? 그 사람과 쭉 같이 있는 게, 나한테 있어 가장 큰 행복이라고 생각한 거잖아.

그래도, 나는——.

"아빠."

"응?"

"아빠한테 배우고 싶은 게 있어."

"……안단다. 자, 주방으로 가자."

그리고 나는 오래간만에 아빠와 함께 주방에 서서, 배웠다.

말로는 다 전할 수 없는 자신의 마음을 전하는 방법을…….

제3보 히나츠루 아이

♠ Go to travel

"좋아……! 이제 다 실었어."

나는 칸사이 본부 소유 차량에 대량의 짐을 욱여넣은 후, 운전석을 향해 말했다.

"오가 씨, 준비 완료예요! 언제든 출발해도 돼요."

"수고하셨습니다, 용왕. 이쪽도 완료했습니다."

운전석에서 차량 내비게이션을 설정하던 오가 씨가 그렇게 말한 순간…….

『목적지인 카나자와 시내에는 약 네 시간 후에 도착합니다. 안전 운전을 유의해 주십시오.』

기계 음성이 차량 스피커에서 흘러나왔다.

내일부터 시작되는 제위전 제3국 대국장은 주최 측인 홋코쿠신보 그룹이 카나자와 시내에 소유한 시티호텔이다. 대국에 쓰이는 장기용품은 물론이고, 보드 해설용 보드와 지도 대국에 쓰일 물품도 칸사이에서 현지로 옮길 필요가 있다.

나는 연맹 건물과 이 차량을 몇 번이나 왕복하며 무거운 짐을 실었고, 아이는 조그마한 몸집을 살려 트렁크 안에 들어가서 짐을 차곡차곡 쌓았다. 이런 일은 장려회 시절에 자주 해서 익숙하지만…… 그래도 의문은 산더미처럼 있었다.

"왜 대국자인 제가 이런 중노동을…… 이런 일은 원래 기록 담당이 하잖아요?"

"내는 가장 고가인 장기말을 안전히 옮겨야 한다는 임무를 맡고 있습니데이. 그리고 기록용 일곱 가지 도구도 말이지예."

기록 담당이라는 비기로 이번에도 동행하는 쿠구이 씨가 타이틀전에서만 쓰이는 고가의 장기말이 들어있는 장기함과 기록 담당이 타이틀전에서 쓰는 도구가 든 상자(김 포장용 캔)를 보란 듯이 들어 보였다.

기록용지, 봉함수 용지, 봉투, 펜케이스, 딱풀, 태블릿, 예비 배터리…… 불시의 사태에 대비해 스톱워치 등도 가지고 가야 하니, 기록 담당의 짐도 양이 상당했다.

"하다못해 기숙사생인 장려회 회원에게 도와달라고——."

나는 하던 말을 멈췄다.

오랫동안 기숙사생이었던 카가미즈 씨가 미야자키로 돌아가고 말았다. 지금은 가업을 잇기 위해 수행 중이라고 한다……. 그 사람이 없는 칸사이 장기회관에는 아직 다들 익숙하지 않았다.

그 생각을 했을 때, 트렁크에 들어가 있던 아이가 "짜잔~!" 하고 외치며 마술처럼 튀어나왔다.

"아이는 사부님과 함께 일할 수 있어서 기뻐요!"

흥분한 탓에 1인칭으로 『아이』를 쓰는 제자가 참 귀엽다.

"……그래. 나도, 아이와 함께라 기뻐."

작년 용왕전을 떠올렸다.

3연패하고 지는 것을 두려워한 나머지, 자신의 실수로 모든 것을 잃고 만 나는…… 아이와의 유대를 되찾고 4연승 끝에 첫 타이틀 방어에 성공했다.

지난 대국에서는 허무하게 졌지만, 아이와 함께 웃으면서 현지로 간다면 그때처럼 실력 이상의 결과를 내놓을 수 있을 듯한 느낌이 들었다……!

　나의 작은 행운의 여신은 한 아름을 될 만한 바구니를 들어 보이며 말했다.

　"사부님, 사부님~! 아이, 다 같이 먹을 샌드위치를 만들어 왔어요~!"

　"오오! 빨리 일어나서 뭘 하나 했더니, 그걸 만들고 있었구나."

　오가 씨도 기뻐하며 말했다.

　"샌드위치라면 운전 중에도 한 손으로 먹으며 영양 보충을 할 수 있죠. 감사합니다."

　"아하! 그런 깊은 수읽기도 할 수 있게 됐구나……."

　곧 열한 살 생일을 맞이하는 제자가 내 팔에 얼굴을 비볐다.

　"잘했어요? 잘했어요?"

　"그래그래. 잘했어."

　"냐앙~♡"

　머리를 쓰다듬어주자, 새끼 고양이 같은 소리를 냈다. 이런 부분은 아직 어린 티가 났다. 귀여워♡

　자아! 드디어 출발이다!

　"용왕 씨. 조수석에 앉그라."

　"어? 쿠구이 씨, 그래도 될까요?"

　"상석은 타이틀 보유자에게 양보해야 하지 않긋나?"

　"이야~ 실은 제위전과 용왕전이 끝나면 운전면허를 딸까 생각했거든요! 그러니 조수석에 앉아서 오가 씨의 운전을 눈으로 보며 공부하고 싶었어요!"

나는 매우 기뻐했지만, 아이는 입술을 삐죽 내밀었다.

"부우~! 저는 사부님과 함께 뒷좌석에 앉고 싶었어요!"

"아이 양은 내와 같이 앉제이. 자, 안전벨트 하그라."

조수석에 앉은 나도 안전벨트를 한 후, 전부터 의문이었던 것을 물어봤다.

"그런데 오가 씨. 왜 회장님과 다른 관계자는 열차로 갔죠? 버스를 빌려서 다 같이 이동하는 편이 돈도 적게 들잖아요."

"오가도 제안했지만, 다들 차멀미 때문에 거부하더군요. 이런 일에도 대응할 수 있도록 대형 2종 면허를 땄는데, 써먹지 못해 유감입니다……. 그러고 보니 예전에 오가가 운전하는 차에 회장님께서 타신 적이 있는데, 그때도 이상한 말씀을 하셨죠."

"흐음, 회장님이 뭐라고 하셨는데요?"

"『눈이 보이지 않는 걸 행운으로 여긴 건 오늘이 처음입니다』라고 하셨습니다."

불길한 예감이 들었다.

"죄송하지만 저와 아이도 그냥 열차로——."

끼이이이이이이이익!! 부아아아아————앙!!!

"히이이이이이이이이이이이이이이이이이이이이이이익!!"

갑자기 타이어가 갈리는 소리가 들리더니, 차가 급발진했다!

고무가 타는 냄새가 차 안에 가득 차자, 다들 패닉에 빠졌다.

"내려줘~! 나는…… 나는 살아서 카나자와에 도착해야 해! 오키토 씨가 기다리고 있단 말이야!!!"

"지금 그곳으로 갑니다! 운전에 방해되니 조용히 하세요!!"

"우와아아아앗! 경치가 순식간에 흘러가 버려요~!"

"아이 양은 안심해도 된데이. 안전벨트를 착용했을 경우, 뒷좌석의 사망 확률은 조수석의 절반밖에 안 된다 아이가……."

"너, 일부러 그런 거지?! 자리 바꿔, 자리!!"

뒷좌석에 있는 쿠구이 씨에게 달려들려고 뒤돌아본 순간…….

"가만히 있어!! 정신 사납단 말이야!!"

평소 같으면 상상도 안 되는 말투와 표정인 오가 씨는 앞을 바라보며 왼쪽 주먹을 내 복부에 꽂았다. 끄억……!

"나, 나……이번 타이틀전이 끝나면, 꼭 면허 딸 거야……."

"사부님~?! 불길한 소리 하지 마세요오오오──!"

카나자와에는 여덟 시간 후에 도착했다.

어찌 된 건지 내비게이션이 예상한 시간보다 두 배나 걸리고 말았다. 그야말로 분노의 질주를 찍었는데…….

"수고했어요. 다들 무사히 도착했습니까?"

일찌감치 호텔에 도착해 있던 츠키미츠 회장이 그렇게 말하며 우리를 맞아줬다.

"한 명 정도는 못 올 줄 알았는데, 운이 좋았군요."

농담하는 말투가 아니었다.

나는 꼭 하고 싶은 말이 있어서, 입을 열었다.

"회장님."

"용왕, 무슨 일이죠?"

"이제 아무것도 무섭지 않아요……."

"그렇습니까."

몇 번이나 죽음과 마주한 결과, 나는 패배를 두려워하지 않게 됐다. 마음이 사망했다고도 표현할 수 있을 것이다.

그 상태는 다음 날 열린 제위전 제3국까지 이어졌고, 후수인 나는 쾌승을 거뒀다.

지방 신문 조간에는 『도전자, 무심(無心)의 승리』라는 제목의 기사가 실렸다.

🔔 카나자와 관광

제위전 제3국 다음 날.

나와 아이는 단둘이 카나자와에 남아 1일 관광을 하기로 했다.

짐을 호텔에 맡겨 빈손이나 다름없는 상태에서 시내로 나섰다.

"이야~ 역시 이기고 대국지 관광을 하니 최고네! 대국 전에는 관광을 다녀도 머릿속에 장기판이 맴돌아서 즐길 수가 없잖아."

"맞아요! 하와이에서는 사부님이 지고 혼자만 바로 돌아가 버려서, 대국 후의 관광을 아이 혼자 했었잖아요."

"진짜 미안해……."

그 속죄를 생각한 건 아니지만, 듣고 보니 이번 관광에는 그런 면이 있을지도 모른다.

하지만 이번에는 지더라도 관광하겠다고 미리 강조해 뒀다.

"서로 스케줄이 안 맞아서, 올해는 아이의 생일을 같이 축하해 줄 수 없으니까⋯⋯ 그런데 정말 괜찮겠어? 생일 선물이 나와 함께 관광하는 것만이라도 말이야."

"네! 오늘은 장기를 잊고, 아이가 사부님을 1일 렌탈할 거예요!"

기쁜 듯이 내 손을 쥔 아이가 즐겁게 발걸음을 옮기며 말했다.

"그러니 사부님도 제 플랜에 따라 주실거죠?"

"후후. 오사카에서는 내가 아이를 항상 안내했으니까, 이렇게 제자에게 안내를 받는 것도 신선하네."

아무 생각도 하지 않으며, 제자를 따라다니며 관광을 즐긴다.

요즘 쭉 내 장기만 생각하는 나날이 이어졌으니까, 이날을 고대하며 최선을 다해왔다.

물론, 타이틀전은 이후에도 이어진다.

타이틀 획득까지 2승만 남은 제위전. 리드하고 있지만, 긴장을 풀 수는 없다.

하지만⋯⋯.

──아이는 여류명적 리그에서 연패했어. 기분을 전환할 필요가 있을 거야⋯⋯.

아무튼 오늘은 장기를 잊고 즐기자! 자, 놀아 보자고~!!

자, 아이가 처음으로 나를 안내해 준 곳은──.

"카나자와하면 여기!『켄로쿠엔』이에요~."

"호오~. 여기가 그 유명한⋯⋯."

토산품 가게가 줄지어 있는 오르막길을 올라가자, 잘 손질된 나무들이 눈에 들어왔다.

입구 앞에는 단체 손님이 우글거리고 있었다.

그런 사람들 사이에 섞여서 우리도 기념 촬영을 했다. 아이의 스마트폰으로 셀카를 찰칵☆

좀 부끄럽지만…… 뭐, 좋은 추억이다.

"그런데 켄로쿠엔은 이름이 특이하네. 무슨 뜻이 있어?"

내가 묻자, 아이가 술술 설명해 줬다.

"켄로쿠엔이란 이름의 유래는 이 정원이 광대(宏大), 유수(幽邃), 인력(人力), 창고(蒼古), 수천(水泉), 조망(眺望)이라는 육승(六勝)을 겸비했기 때문이에요."

"아하~. 그래. 여섯 가치를 겸비한 정원이라서 『켄로쿠엔(겸륙원)』이구나……."

이시카와를 대표하는 온천 여관의 딸답게, 관광지에 관한 지식은 완벽했다. 설명이 술술 나왔다.

"매년 11월 1일에는 켄로쿠엔의 나무에 『유키츠리』라고 불리는, 강설에 대비해 우산 같은 것을 씌워요. 그 뉴스를 보고, 호쿠리쿠 사람들은 겨울이 왔다는 것을 알죠."

"겨울…… 미끄럼 방지용 타이어로 바꾸거나, 눈을 치울 삽이나 장화를 준비해야 하잖아. 그리고 차의 와이퍼를 세우기도 해."

오사카에 살면 눈을 볼 일이 거의 없으니까 최근에는 거의 잊었지만, 나도 눈이 많이 오는 후쿠이에서 태어나서 경험해 본 적이 있어~.

용왕전이 끝날 즈음이면 한겨울일 것이다.

올해는 계절이 금방금방 바뀌는 것 같았다……. 특히 여름에서 겨울로는 눈 깜빡할 사이에 변한 것처럼 느껴졌다.

나는 열여덟 살이 됐고, 아이도 곧 열한 살이다.

처음 만났던 아홉 살 때보다 팔다리도 길어졌고, 말투 또한 또 렷해진 듯한 느낌이 들었다.

"제자에게 안내를 받는 것도 참 좋은걸."

얼마 전까지만 해도 내가 손을 잡아주지 않으면 미아가 되어버릴 것만 같을 정도로 믿음직하지 못했는데…… 벌써 이렇게 성장했다. 우와. 눈물이 날 것 같다.

초등학생은 감동 그 자체야……!

"좋아! 그럼 빨리 안으로 들어가자!!"

내가 그렇게 말하며 입장료를 내려고 하자, 아이는 뜻밖의 말을 입에 담았다.

"안 들어갈 건데요?"

"뭐?"

"켄로쿠엔은 엄청 넓거든요. 차분히 둘러보려고 했다간 하루가 다 가고 말 거예요. 사부님은 그렇게 정원을 좋아하세요? 정원 페티시즘 환자예요? 로리콤인 걸로 모자라 정원콤이세요?"

"드, 듣고 보니 정원을 딱히 좋아하진 않는데……."

"그럼 패스할게요."

굿바이, 켄로쿠엔…….

방향을 튼 한 아이가 향한 곳은 켄로쿠엔의 바로 옆에 있는 다리였다.

"여기가 켄로쿠엔과 카나자와 성을 잇는 『이시카와 다리』예요! 아래편은 터널이라서 차와 사람이 지나다닐 수 있어요!"

"이야, 절경인걸!"

켄로쿠엔에 들어가지 못한 아쉬움을 잊게 해 줄 만큼 멋진 풍경이 펼쳐져 있었다.

폭이 넓은 다리 위에 서니, 마치 공중에서 시내를 내려다보고 있는 것 같았다.

끝내주는 촬영 장소라 그런지, 전통 예복 차림으로 웨딩 촬영 중인 사람도 있었다. 나도 언젠가 긴코와…… 같은 생각을 언뜻 했을 때였다.

"사부님? 그렇게 힐끔힐끔 쳐다보면 실례거든요?"

"그, 그래……. 아야야얏?! 아이, 아파! 팔꿈치 관절은 그 방향으로 안 돌아가, 아야야야야야얏!!"

"오늘은 누가 사부님을 1일 렌탈했죠?"

"아이예요! 아이 양 님이옵니다앗!!"

"알면 됐어요."

내 팔꿈치를 꺾던 아이는 그제야 기술을 풀었다. 렌탈당한 자에게는 그 어떤 자유도 없다…….

"다리를 건너면 카나자와 성이에요. 그리고 입구의 문이 중요 문화재인 『이시카와 문』이에요!"

"호오~! 천수각으로 착각할 만큼 멋진걸!"

"성에 들어가기 전에 다리 위에서 사진을 찍어요."

아이는 내 팔을 잡아끌어 다리 한복판으로 가더니, 거기서 또

찰싹 달라붙어서 셀카를 찍었다. 찰칵☆

"자, 성에 들어가죠."

"뭐? 경치를 좀 더 보고 싶은데……."

"오늘은 볼 게 엄청 많거든요! 모지리 같은 소리 할 때가 아니랑께!"

방언으로 화냈다…….

아이에게 질질 끌려가며 이시카와 문을 통과한 나는 성안으로 들어섰다. 안에는 광대한 공간이 펼쳐져 있었다.

"여기가 산노마루 광장이에요."

"흐음! 넓은걸! 역시 카가 백만석!"

"저기 있는 게 카나자와 성의 몇 안 되는 잔존 건축물인 히시야구라와 고쥬켄나가야, 그리고 하시즈메몬 츠즈키야구라에요."

"오오! 정말 장대한 돌담과 건물…… 기품이 있는걸!"

"패스할게요."

"기푸우우움──!!"

"그리고 저기가 이 성의 정문이에요. 출구죠."

"굿바이, 카나자와 성……!"

아이는 걸음을 척척 옮기면서 성에 들어온 이유를 설명했다.

"카나자와 성은 대부분 무료 공원으로 개방되어 있어서, 시내로 가는 지름길로 이용하면 편리해요."

"지름길 취급……."

"시간이 없으니까 어쩔 수 없잖아요? 점심은 『오우미쵸 시장』에서 먹을 거니까요."

"뭐?! 카나자와의 위장으로 명성이 자자한, 바로 그 오우미쵸 시장에서 말이야?!"

가라앉으려던 기분이 확 되살아났다. 만세~!

성을 벗어나자, 바로 앞에 시장이 있었다.

"흐음~! 여기가 오우미쵸 시장이구나……!"

낡은 상점가는 해산물로 가득하고, 관광객도 우글거렸다.

아이는 물 만난 고기처럼 시장을 쑥쑥 나아가며 설명해 줬다.

"이곳, 오우미쵸 시장은 전국 시대에 오우미 지방 행상인들이 스님들과 함께 이주한 곳이라 그렇게 불리게 됐다고 해요."

"호쿠리쿠는 게가 유명하잖아! 사부님의 집에 택배로 보내서 케이카 씨에게 삶아달라고 하자! 게 파티하는 거야, 게 파티!"

흥분해서 제안했지만, 아이는 "하아……." 하고 어리광쟁이를 달래는 엄마처럼 한숨을 쉰 후에 이렇게 말했다.

"게잡이는 11월 6일, 입동에 허용돼요. 그 게가 가게에서 판매되는 건 7일이고요. 아직 멀었어요."

"대, 대단하네……."

이 세상에 게잡이가 허용되는 날짜까지 알고 있는 초등학생이 아이 말고 또 있을까?

좀 부끄럽기는 하지만…… 시장에는 게 말고도 매력적인 해산물이 잔뜩 있었다. 게다가 그것을 즉석에서 구워 주는 노점도 많았다! 흥분하지 않는 게 이상할 거라고!

"눈볼대! 굴! 참새우! 소라 통구이! 우와, 전부 맛나 보여!"

걷다 보니 배도 고팠다. 아이는 분명 그것을 노렸으리라.

"아이는 뭐가 먹고 싶어? 좋아하는 걸 뭐든 사줄게!"

"이런 노점은 관광객을 대상으로 한 가게예요. 점심은 다른 가게에서 먹죠."

딱 잘라 말한 아이는 내 손을 잡아끌며 노점을 지나쳤다. 눈볼대…….

그리고 어느 가게 앞에 도착한 후에야, 드디어 걸음을 멈췄다.

"여기예요."

"윽?! 이…… 이 가게는…………!!"

켄로쿠엔도 지나쳤고, 카나자와 성도 그냥 통과했으며, 눈볼대 노점에는 눈길조차 주지 않은 아이가 간 가게.

그것은── 강하고 무시무시한, 카나자와 명물.

🔔 L가스카레

아이가 내 손을 잡아끌며 데려간 가게. 그곳은 붉은색과 노란색으로 된 선명한 눈길이 눈길을 끄는…… 카레 가게였다.

"어?! 시장에 와서 카레를 먹는 거야?"

유명한 해산물 덮밥집에 갈 줄 알았던 만큼, 충격이 컸다. 눈볼대, 먹고 싶었어…….

풀이 죽은 나와 달리, 아이는 눈을 반짝이며 고개를 끄덕였다.

"네! 사부님께 본고장 카나자와 카레를 대접하고 싶었어요!"

"그야 흥미가 있긴 한데…… 여기는 체인점이잖아?"

"시장 안에 있는 이 가게는 아빠와 시장을 보러 와서 처음으로 밥을 사 먹었던 추억의 가게예요."

"아……."

그렇다. 아이는 나에게 그저 맛있는 것을 알려주려는 것이 아니다.

자신의 추억을 나눠주려는 것이다.

"응! 카레도 좋지! 각 지방의 명물은 대국을 다니면서 질리게 먹었으니까, 실은 이런 게 먹고 싶었던 참이야!"

"그렇죠?! 아이, 잘했어요?"

"그래그래, 잘했어."

"에헷~♡"

머리를 쓰다듬어주자, 아이는 기쁜 듯이 눈을 가늘게 떴다. 귀엽네…….

가게 앞에서 서둘러 셀카를 찍은 후, 안으로 들어갔다.

손님이 제법 많은데, 시장 관계자와 관광객이 반반씩 되는 것 같았다.

"우선 자판기에서 식권을 사요."

"흐음…… 의외로 메뉴가 많네. 비엔나 카레에 새우튀김 카레…… 고민되는걸!"

"사부님의 입에는 L가스카레가 맞을 거예요."

"메뉴를 고를 자유도 없는 거냐?!"

커다란 돈가스가 있는 대표 메뉴를 강요받았다. 뭐, 좋아…….

"아이는 L마요로 할래요~."

L가스카레의 마요네즈 토핑 버전이란 의미라고 한다.

카운터에 나란히 앉아서 점원에게 식권을 건넸다.

곧 돈가스를 튀기는 소리가 들려왔다. 이어서 탁탁탁탁! 하는 리드미컬한 칼질 소리도 들려왔다. 갓 튀긴 돈가스를 자르는 소리일까.

그리고 드디어 나는── 본고장 카나자와 카레와 대면했다.

"오오! 진짜로 포크로 먹는구나……."

소스를 끼얹은 커다란 돈가스. 그 옆에는 있는 채썬 양배추.

은색으로 빛나는 스테인리스 접시에 가득 담겨 있는, 걸쭉한 칠흑빛 카레 루.

쌀은…… 쌀은 어디 있지? 쌀이 보이지 않아…….

"우후후♡ 아이의 처음을, 맛봐 주세요."

카레가 앞에 없었다면 심각한 오해를 살 듯한 제자의 발언을 들으며, 나는 포크에 담긴 카나자와 카레를 머뭇머뭇 입에 넣었다.

윽?! 이 이게 뭐야……?!

루는 농후하고, 돈가스는 육즙이 넘치는 데다…… 달콤하면서도 매운…….

이 맛을 표현할 말을, 나는 하나밖에 알지 못했다.

"응! 맛있어! 이 시장에서 카레를 고른 건 최고의 선택이야!!"

"우물우물…… 마시써♡"

아이의 조그마한 입에도 카레가 가득 들어 있었다. 포크질을 멈출 수 없는 것 같았다.

그 후로 우리는 마음을 비웠다. 말 한마디 하지 않으며, 그저 카레만을 탐닉했다…….

우리는, 순식간에 카레를 전부 먹어 치웠다.

"휴우~……포만감 이상의 만족감……."

커다란 컵에 담긴 냉수를 단숨에 들이켰다. 물도 맛있다. 푸하~.

"아아~…… 맛있었어요~♡"

아이도 표정이 황홀했다. 행복에 겨워하고 있었다. 여자 초등학생이 저런 표정을 짓게 만드는 카나자와 카레는 정말 장난 아니다. 범죄 아닐까?

"이야…… 이런 가게가 근처에 있으면 매일 가겠어……."

"여기는 요즘 전국 온라인 판매도 해요. 그러니 먹고 싶어지면 언제든 먹을 수 있어요! 세상에서 가장 맛있는 카레를 집에서 맛볼 수 있어요!"

"정말?!"

대단해! 단속당하는 거 아니야?

"하지만…… 아이가 처음 만들어 줬던 카레가 더 임팩트 있었어. 나, 의식을 잃었거든."

아이한테는 아버지와 처음으로 먹었던 이 가게의 카레가 최고일 것이다. 맛있는 데다, 추억이란 향신료도 있다.

그렇다면 나에게 있어 최고는——.

"이 카레도 맛있지만…… 내 인생에서 가장 맛있었던 건, 아이가 만들어 준 카레일 거야."

"아……! 사부님……."

아이는 눈을 치켜떴다.

그리고 눈동자가 촉촉해지고…… 멍한 표정으로 말했다.

"뜨거워."

"응? 카레가 매웠어? 물 마실래?"

"마실래……."

컵에 찬물을 따라서 주자, 아이는 멍한 표정으로 그것을 '꿀꺽, 꿀꺽, 꿀꺽……' 하고 목을 축였다. 턱을 타고 흘러내린 물이 방울져서 떨어졌다.

"으응, 하아……."

마치 술에 취한 것만 같았다. 카레에 뭔가 있었던 걸까? 비장의 맛 같은 거?

"뜨거워…… 뜨거워어……."

아이는 안타까운 목소리로 그렇게 말하더니, 블라우스의 단추를 풀어서 앞섶을 벌린 후, 온 안으로 손부채질을 해서 차가운 공기를 가슴팍으로 보냈다.

옆에서 내려다보니, 아슬아슬한 부분까지 보일락 말락……윽!!

아, 아니거든? 일부러 본 게 아니라, 우연히 보인 거라고!

"그…… 그래. 좀 덥네……."

꿀꺽. 나도 차가운 물을 마셔서, 달아오른 부분을 식혔다. 아니, 달아오르지 않았거든?

볼에 닿는 제자의 뜨거운 시선을 느끼고 있을 때——.

"앗. 사부님, 볼에 밥알이 붙어 있어요."

"응? 어디야?"

"여기~."

날름.

볼에, 부드럽고…… 약간 촉촉한 감촉이…….

어?

아, 아이…… 방금, 나를……핥은 거야?

"에헷~♡"

조그마한 혀 위에 놓인 밥알을, 아이는 자랑스레 나에게 보여 줄 후—— 우물.

"맛있어."

술렁……!! 가게 안이 동요에 휩싸였다.

"어이, 저기 봐…….", "로리콤……?", "카레에 초등학생을 토핑……?", "L가스의 L은 로리의 L이었나…….", "저 남자, 조간에서 본 것 같은데……?", "신고해야지……."

위험해, 위험해, 위험해애애애앳!!

"스, 슬슬 일어나자! 관광할 곳이 더 있지? 안 그래?!"

개다래 냄새를 맡은 고양이처럼 된 제자를 안아 든 나는 카레 가게를 나섰다.

처음으로 본고장에서 먹은 카나자와 카레는 맛있고, 농후하며…… 약간 위험한 향기가 났다.

◻ 어쩌면……

가게에서 나오고 얼마 지나지 않아, 아이의 상태가 원래대로 돌아왔다. 역시 카나자와 카레의 영향이었던 것 같다. 그 요리,

진짜 무시무시하네…….

안심한 것도 잠시, 시장 출구에 도달했을 즈음에 뜻밖의 사태가 벌어졌다.

"어라?! 비가 오잖아!"

"비가 오네요~."

시장에는 지붕이 있어서 몰랐는데, 한참 전부터 내린 것 같다.

하지만 아이는 차분하게 가방 안에서 뭔가를 꺼냈다.

"괜찮아요, 사부님. 접이식 우산이 있거든요."

"어? 준비성이 좋은걸."

"에헴! 카나자와에서는 '도시락은 깜빡해도 우산은 깜빡하지 말라' 라는 말이 있을 정도로 비가 자주 내려요. 잘했어요?"

"그래그래, 잘했어."

"우냐~♡"

머리를 쓰다듬어 주자, 아이의 표정이 또 녹아내렸다. 아직 카레 기운이 남아 있는 걸까?

비는 그리 심하게 내리지 않았다. 안개 수준의 구슬비였다.

그냥 맞아도 될 것 같지만——.

"후후. 사부님과 우산을 같이 쓰게 됐네요♪"

"하아. 내 첫 제자는 곧 열한 살인데 어리광쟁이라니깐."

"어리광 더 부릴래요~♡"

아이는 아예 내 팔에 대롱대롱 매달리기 시작했다. 젠장, 무지하게 귀엽네.

"이 넓은 길은 『백만석 대로』라고 해요. 카나자와의 중심가를 둘러싸듯 깔려 있는데, 축제 때는 퍼레이드도 한다니까요!"

아이는 시장에서 중심가를 향해 걸으며 설명해 줬다.

"아이는 정말 박식하네."

"카나자와에서 살 예정이었거든요."

"뭐?"

"만약 오사카에 가지 않았다면…… 중학교부터는 카나자와에 있는 학교에 다녔을 거예요. 친척 집에서 하숙하면서요."

"그래……. 아이가 살았을지도 모르는 동네구나."

그러고 보니 불가사의한 인연이다.

후쿠이의 산골에서 태어난, 평범한 가정의 차남.

일본 제일의 온천 여관 주인 내외의 딸로 태어나, 어릴 적부터 여주인이 되기 위해 영재교육을 받은 소녀.

그런 두 사람이 오사카에서 동거하게 되다니…….

"여기가 젊음의 거리, 코린보예요! 세련된 가게가 참 많아요!"

"확실히 관광객보다 이 지역 젊은 층이 많은 듯한 인상인걸."

대학생으로 보이는 집단이 있는가 하면, 동아리 활동 혹은 학원에 가는 길로 보이는 중고생도 있었다.

같은 세대의 모습을 보며, 문득 생각했다.

"나도 장기를 접하지 못했다면, 지금쯤 카나자와의 대학에 들어가려고 공부하고 있을지도 몰라."

"사부님이 대학생……? 왠지 신선해요!"

"형이 꽤 좋은 대학에 갔거든. 나한테도 압박이 심했을걸?"

"어쩌면, 저희는 카나자와에서 만났을지도 모르겠네요!"

"후후! 그럴지도 몰라!"

대학생이 된 나와, 중학생인 아이.

두 사람은 이곳, 카나자와에서 우연히 만난다.

길에서 엇갈리기만 할지도 모른다. 하지만, 어쩌면…… 어떤 계기로, 서로를 알게 될지도 모른다.

딱 하나, 확실한 것이 있다면——.

『스승과 제자』란 관계는, 절대로 되지 않았을 거란 점이다.

코린보에서 백만석 대로를 지나, 뒷골목 같은 좁은 장소를 나아가자…… 어느새 고풍스러운 건물로 가득한 공간에 발을 들이게 됐다.

"아이? 여기는……?"

"나가마치 무가 저택이에요! 외국인 관광객에서 엄청 인기 있는 장소예요!"

"이야, 엄청나네……. 마치 에도 시대의 마을로 타임슬립한 것만 같아……."

당연히 여기서도 사진 한 장 찰칵☆

한 우산을 같이 쓰고 셀카를 찍자, 관광객 아줌마가 놀렸다.

"어머나, 형씨는 참 좋겠네! 참 귀여운 여친을 뒀잖아."

"어?! 아니, 이 애는——."

"네! 여친이에요!! 그렇죠? 야이치 씨♡"

아이는 내 팔을 꼭 끌어안으며 기뻐했다.

뭐, 좋아.

지금은 스승과 제자의 관계가 아니라 연인 느낌으로 걸어 다니기로 했다. 나를 아는 사람이 없는 동네에서, 딱 하루만 전혀 다른 인생을 살아보는 것이다.

"내가 사진 찍어 줄게."라고 하는 아주머니의 호의에 따라, 제대로 된 기념사진을 찍었다. 우산을 들고 있으면 사진 찍기가 어렵기도 하니까……

"야이치 씨. 아이, 경단 먹고 싶어~!"

"좋아."

결국 호칭까지 바뀌고 말았다.

내가 우산을 들고, 아이가 경단을 들었다. 동그란 경단이 세 개 꽂혀 있는 간장 경단이다.

가장 위에 있는 경단을 먹은 아이가 내게 꼬치를 내밀었다.

"야이치 씨도 맛봐! 자, 아앙~♡"

"아니, 그건 좀…… 아얏! 아이, 경단 꼬치로 볼을 찌르면 아파!"

"아~♡"

"아~."

"맛있어?"

"응, 맛있어."

언제부터일까?

장기와 상관없이 아이와 함께 이렇게 지낼 수 있게 된 것은?

작년 용왕전에서 사제관계가 깨질 뻔한 위기를 극복하고 나서?

아니면…… 그 전부터, 장기와 상관 없이도 우리는 이렇게 나란히 걸을 수 있게 된 것일까?

모르겠다. 장기가 없는 인생은 생각해 본 적도 없으니까.

하지만 만약 이 세상에 장기가 없을지라도, 우리는 분명 이 동네에서 만나…… 아이를 특별히 여기게 됐을 것이다.

오늘, 이렇게 장기에서 벗어나 함께 다니면서…… 그 점을 확인할 수 있어 다행이다.

문뜩 주위를 보니, 관광객들은 우산을 쓰고 있지 않았다.

"비, 그쳤구나."

"부우~! 좀 더 내려도 되는데…… 비 주제에 눈치가 없네요!"

"하하. 카나자와는 비가 자주 온다며? 또 올지도 몰라."

아이는 내가 돌려준 우산을 주름지지 않도록 정성 들여 접었다. 그 모습이 오래된 카나자와와 놀라울 만큼 잘 어울렸다.

이 마을은 아이의 매력을 가장 잘 살려주는 장소다.

긴코에게서는 거의 느낀 적 없는, 가정적인 매력. 그것을 발견한 기분이 들어서…… 나는 허둥지둥 고개를 돌렸다.

계속 쳐다봤다간, 다시는 눈을 떼지 못할 기분이 들어서…….

"자아! 다음은 어디 갈 거야?"

"근처에 버스 정류장이 있으니까, 거기서 버스를 타고──."

아이가 우산을 가방에 넣고 걸음을 옮기려던 바로 그때…….

미끌!

"앗……!!"

비에 젖은 돌길에 발이 미끄러진 아이가 그 자리에서 넘어지고 말았다.

"아이?!"

넘어져서 일어나지 못하는 제자에게 다가가 허둥지둥 일으켜 세웠다.

"괜찮아?! 다리를 삐었어?! 오른손은…… 오른손은 무사해?!"

"꺄아……."

내 다급한 반응을 보고 놀란 건지, 품속에 있는 아이가 얼굴을 새빨갛게 붉혔다.

신발이 벗겨진 오른발을 손으로 만지면서…….

"괘…… 괜찮아요, 사부님…………. 신발에 쓸려서 발이 까졌 거든요. 그래서 헛디딘 것뿐이에요……."

"그렇구나."

나는 안심했다.

발을 삐면 정좌를 할 수 없으므로, 장기에 영향이 간다. 발이 까진 정도로는 영향이 거의 없을 테니…… 불행 중 다행이다.

굴러다니는 아이의 조그마한 신발을 주우며, 나는 후회에 사로 잡혔다.

──내가 어리광을 부린 바람에, 아이를 많이 걷게 했어.

이 조그마한 발로…… 다 큰 남자인 나와 같은 속도로 걸으려 면, 무리를 할 수밖에 없는 게 뻔한데…….

그래도 아이는 웃으며, 순수하게, 나를 안내해 줬다.

"사부님과 실컷, 실컷, 카나자와 관광을 하고 싶었는데…… 히 가시 차 거리도, 닌자 절도 안 갔고, 사이가와와 우다츠야마와 21세기 미술관도──."

게다가 아직 나를 안내해 주려 하고 있었다. 아아! 정말!!

"어엇?!"

아이는 넘어졌을 때보다 더 놀랐다. 내가 아이를 업었기 때문이다.

"사, 사부님?! 지, 지지, 직접 걸을게요!"

"가벼우니까 괜찮아. 나, 열여덟 살이 됐거든? 성인 남자의 힘을 보여주겠어!"

"하지만……."

"게다가 나는 오늘, 아이에게 1일 렌탈됐잖아? 그러니 아이의 지시가 없으면 아무것도 못 한다고."

씨익 웃으며 그렇게 말한 나는 아이를 놓치지 않도록 팔에 힘을 줘서 의사표시를 하며…….

"자! 어디로 모실까요?"

"…………."

등 뒤의 아이는 잠시 아무 말도 하지 않았지만……이윽고 작은 목소리로 중얼거렸다.

"아무 데도 가고 싶지 않아……."

"뭐?"

"쭉…… 쭉, 이대로──."

그 목소리는 작았다. 알아들을 수 없을 만큼…….

그리고 내 목덜미에, 따뜻한 무언가가 떨어졌다.

이건…… 눈물? 우는 걸까?

"아이? 왜 그래? ……역시 아픈 거야? 택시를──."

"안 돼요!!"

"……아이?"

"돈이 아깝단 말이에요! 버스 정류장은 이 앞이거든요? 사부님, 빨리 걸으세요."

"그래그래."

택시를 포기하고 버스 정류장까지 걸어가자, 아이는 카나자와 역행 버스에 타자는 지시를 내렸다.

그 목소리에는 약간의 아쉬움이 묻어나고 있지만, 비 그친 후의 하늘처럼 맑았다. 그래서 나는 업어 주기 잘했다고 생각했다.

관광지 한복판에서 초등학생 여자애를 업고 버스를 기다리는 건, 좀 부끄러웠지만 말이다. 주위 사람들이 훈훈한 광경을 본 듯한 눈길을 보내거나, 사진을 엄청나게 찍어대니까…….

마지막 사진은, 카나자와역에서 찍었다.

그 유명한 츠즈미몬 앞에서 아이를 업은 채로 찍었더니, 사진이 좀 괴상하게 나왔다. 나는 머리만 찍혔네…….

우리는 그것을 보고 엄청나게 웃었다.

아이는 너무 웃어서 눈가에 눈물이 맺혀 있었고…… 그게 줄줄 흘러내렸기에, 마치 울고 있는 것처럼 보였다.

"하아……역시, 하루로는 부족해……."

아이는 너무 웃어서 멈추지 않는 눈물을 닦으면서, 한숨을 내쉬듯 그렇게 말했다.

"아쉬워할 필요 없어. 또 오면 되잖아."

"맞아요!"

아이는 눈물로 범벅된 얼굴로 웃으며 고개를 끄덕였다.

마치 카나자와의 날씨처럼, 아이는 이날 울다 웃기를 반복했다. 날씨의 아이다.

카나자와역의 충실한 토산품 코너에서 안아 들 수 없을 정도로 많은 선물을 산 후, 오사카로 돌아가는 선더버드 열차에 찼다.

그래. 또 오면 돼. 이번에는 야샤진 아이와 사부님과 긴코도 데려오는 거야.

우리는 쭉 함께할 거잖아. 영원한 사제지간인걸.

장기를 계속 두는 한…… 아니, 장기를 떠나서도 이 관계는 영원히 변하지 않을 테니까——.

"사부님."

"응?"

"장기 묘수풀이 빨리 풀기, 해요!"

특급열차 안에서 오래간만에 한 장기 묘수풀이 승부는 9승 1패로 끝났다.

참고로 제가 1승이고, 아이가 9승이었습니다…….

이번 여행으로 기운을 얻은 나는 이어지는 제위전 제4국에서도 패배를 두려워하지 않고 세게 나갈 수 있었다.

너무 세게 나간 탓에, 아이처럼 미끄러지고 말았지만…….

그래도 가혹한 스케줄 속에서, 힘든 국면 속에서, 장기를 즐길 여유가 있었던 건…… 제자와의 유대를 확인했기 때문이다.

『만나지 않더라도, 마음은 이어져 있다.』

그렇게 믿을 수 있기에, 아무런 걱정 없이 끝까지 타이틀전에 집중할 수 있었다.

♟ 새로운 왕

『끝날 때까지, 잠시 옛날이야기를 할까.』

소라 긴코가 움켜쥔 스마트폰 화면에 나온 프로 기사는, 자신의 해설자 역할이 끝났다는 것을 그런 말로 표현했다.

『그러세요.』

리스너인 로쿠로바 타마요 여류 2단도 고개를 끄덕였다.

대국은 아직 이어지고 있다.

하지만 현재 국면은 의식으로 불러도 될 단계에 접어들었다.

과거의 왕이 그 자리를 양보해, 새로운 왕을 탄생시키는, 의식.

『도전자인…… 야이치 군의 데뷔전 상대를 맡았던 사람은 바로 나지. 지금 생각해 보면 정말 영광이야!』

해설자는 동의를 구하듯 그렇게 말한 후…….

『하지만 솔직히 말해, 당시의 야이치 군에게서는 재능의 빛이 느껴지지 않았어.』

태도를 바꿔, 조롱하는 듯한 투로 당시의 장기를 이야기했다.

『서반은 허술하기 그지없었고, 중반은 빈약했고, 마지막에는 뻔한 수를 놓쳐서 돈사했거든! 그 실력으로 용케 3단 리그를 통과했다 싶어서 어이가 없었다니깐.』

『하지만, 지금은 대활약 중이잖아요? 왜 데뷔전에서 그렇게 엉망이었던 걸까요?』

『장려회의 영향이겠지.』

『장려회?』

『그때, 장기연맹은 명인 이후 첫 중학생 기사 탄생이라는 화제를 세간에 홍보하려고 기를 쓰고 있었어. 그래서 무리하게 한 거지. 장려회를 갓 통과한 열다섯 살 소년에게, 대뜸 제한시간이 긴 장기를 두게 한다는 무리를 말이야.』

야이치의 데뷔전은 프로 기사로서 정식으로 등록된 10월 1일에 치러졌다. 제도적으로 볼 때 이보다 빠르게 대국이 잡힐 수는 없다.

게다가 상대는 당시 B급 1조라서 원래라면 예선이 면제되는, 칸토 굴지의 미남 기사── 나타기리 진 7단이다.

그 기에서 A급 8단으로 올라선 장기의 귀신을 들러리로 쓰려고 한다는 치명적인 미스를, 연맹은 범하고 말았다.

『아직 몸이 완성되지 않은 젊은 단거리 주자에게, 갑자기 마라톤을 시키는 거나 다름없어. 그런 짓을 하면……망가지는 게 당연하지 않아?』

망가뜨린 장본인은 후후후 하고 웃으며 말했다.

그 패배로 충격을 받은 야이치는 장기회관에서 치가사키까지 뛰어갔고, 그대로 바다에 뛰어들었다.

긴코는 '장기를 관둘 거야!' 하고 떠드는 사형제를 데리러 갔던 것을 떠올렸다.

——관둔다는 말을 야이치한테서 처음으로 듣고 놀란 나머지…… 상냥하게 말해 주지 못했어.

『하지만 2년 후에 다시 붙었을 때는, 완전히 박살 났지.』

『그 장기는…… 정말 장난 아니었어요. 갑자기 몰이비차를 두기 시작하더니…… 종반의 3연속 한정 멍군은, 인류에게 가능한 건가 싶더라니까요…….』

긴코도 그날을 똑똑히 기억하고 있다. 케이카에게 들려준 장기별 사람의 이야기도 말이다.

——그때보다는 거리가 좁혀졌을 거야. 나도 그 별에 도달했으니까…….

매달리듯 스마트폰을 움켜쥐고 있던 긴코에게 말을 건네듯, 나타기리 진은 말을 이어갔다.

『즉, 내가 하고 싶은 말이 뭐냐면 말이지? 야이치 군은 벽이 있으면 그것을 반드시 뛰어넘는단 거야. 자신이 넘을 수 없는 벽 따위 없다고 믿어……. 그렇게 믿을 수 있다는 것으로 본인이 채능을 증명하고 있어.』

『어린애처럼요?』

『그래. 어린애처럼 말이야.』

웃음을 흘리는 나타기리 진의 미소는 어린애라고 부르기에는 너무나도 사악해 보였다.

『이번 제위전이 좋은 예가 될 거야. 제2국에서 오키토 씨가 소프트를 이용하는 새로운 방법을 선보이자, 제3국에서 야이치 군은 바로 대응했지. 제4국에서 오키토 씨가 새로운 카드를 꺼내 대항하자, 제5국에서 그것을 뛰어넘었어. 너무나도 간단히 말이야.』

그리고 야이치가 타이틀 탈취에 장군을 걸면서 맞이한 이 제6국에서는——.

『이 제6국은…… 장기라고도 할 수 없지.』

의식은 아직 이어지고 있다.

하지만 그것이 끝나면…… 오키토는 영원히, 야이치에게 이기지 못하는 게 아닐까. 그런 생각이 들 정도로 오늘 장기에서 차이가 벌어졌다.

『지금, 칸토의 젊은 기사가 야이치 군을 어떻게 부르는지 알아?』

『《서쪽의 마왕》……이던가요?』

『그래. 지금까지는 별명이 없었어. 다들 붙이려고 하지 않았지. 그는 이제까지 장기계가 천재라 인정한 존재와는 너무나도 이질적이었거든.』

『이질적?』

『옛날에는 말이지? 천재를 정의하자면, 다른 누구도 생각하지 못한 수를 두는 사람을 말했어. 명인이 종반에 보여주는 마술처럼 말이야.』

정통파 장기를 두는 인간이, 종반에 눈이 부시게 빛나는 수를 둔다.

그것이 장기계가 인정하는 천재의 정의였다—— 소프트가 출현하기 전에는 말이다.

『하지만 지금은, 소프트가 알려주는 것과 같은 수를 둘 수 있는 가가 중요해졌어. 연구에서 벗어난 국면에서도, 시간이 없더라도, 소프트와 같은 수를 정확하게 둘 수 있다는 것이 천재라는 점을 증명해 주는 거야.』

『쿠즈류 용왕은 그게 가능하단 건가요?』

『아니야.』

나타기리 진은 기쁜 어조로 부정했다.

『그는 말이지? 넘어서 버려! 소프트가 알려주는 것 이상의 수를 두는 거지. 인간이 보기엔 비정상적인 소프트의 수를 넘어서는 거야. 그 자리에서는 눈치채지 못하더라도, 집에 돌아가서 소프트에 수를 입력해 보면 야이치 군의 진정한 재능을 깨닫게 돼……. 하지만 소프트가 가르쳐 주는 것에 익숙해진 프로 기사는, 그를 넘어설 수단을 찾을 수가 없어.』

『………….』

『더 강한 소프트가 나온다면 일시적으로 야이치 군을 쓰러뜨릴 수 있을지도 모르지. 하지만 이번 타이틀전처럼, 야이치 군은 대국을 치르면서 소프트의 발상을 흡수해. 그리고, 그것을 넘어서는 거지.』

예측이 아니라 사실을 말하는 투로, 나타기리 진은 단언했다.

『평가치라는 절대적인 지표가 나오면서, 이제까지 《이근(異筋)》이나 《역전(力戰)》 같은 애매모호한 표현으로 넘어갔던 야이치 군의 재능이 그 누구의 눈에도 똑똑히 보이게 된 거야. 소프트로 연구한다는 행위 자체가 그 재능을 검증하는 작업이 되어버린 거라고 할 수 있거든.』

즉, 소프트에 의존하는 인간일수록 야이치의 재능을 똑똑히 알게 된다.

하지만 현재, 소프트를 이용하지 않고 장기 연구를 하는 건 불가능에 가깝다.

그렇다면──.

『오키토 씨는 최선을 다했어. 그는 누구보다 빨리 소프트의 유용성을 이해했고, 그것을 이용하는 방법을 포함해 연구를 해왔지. 그는 최선을 다해 이 타이틀전에 임한 거야. 머리까지 밀면서 말이야. 그 자세를, 같은 세대의 기사인 나는 존경해.』

『그럼…… 오키토 제위에게는 뭐가 나빴던 거죠?』

『상대가 나빴던 거야.』

이번 타이틀전을 나타기리가 짤막하게 총괄하는 것과 동시에, 대머리가 장기판 위에 그림자를 만들었다.

끝이 찾아온 것이다.

『오키토 제위가 투료했습니다. 이에 따라, 도전자인 쿠즈류 야이치 용왕이 타이틀 탈취에 성공하면서…… 새로운 제위가 탄생했습니다.』

같은 장기계에서 일어난 일인데도, 로쿠로바의 말투는 마치 다른 별에서 일어난 일을 보도하는 것처럼 담담했다.

『18세 2개월의 나이에 2관 획득은 사상 최연소 기록입니다. 명인조차 21세에 달성한 기록을, 3년이나 앞당겼군요. 첫 여자 프로 기사가 된 사저, 소라 긴코 4단과 함께 사형제가 장기계에 새로운 역사를 새기고 있습니다.」

준비된 원고를 읽듯, 아무런 감정도 담기지 않은 목소리가 스마트폰에서 흘러나왔다.

쿠즈류 야이치.

용왕 2기. 순위전 C급 1조. 9단.

거기에 제위 1기가 추가됐다. 사상 최연소 2관이라는 기록과 함께…….

《서쪽의 마왕》이란 별명을 지닌, 현재 인류 이외의 존재를 포함해 가장 장기가 강한 사람.

"그리고, 나의 연인……."

자기 자신에게 말하듯 긴코는 그렇게 중얼거린 후, 야이치와 한 쌍인 손목시계의 초침을 안타까운 듯이 지그시 응시했다.

"또, 멀어졌네……. 새기는 시간은 같은데……."

긴코가 스마트폰의 전원을 끈 후에도 중계는 계속됐고, 나타기리와 로쿠로바는 호흡이 척척 맞는 토크를 하면서 최종국이 된 장기의 포인트를 해설했다.

『그러고 보니 아까, 쿠즈류 2관의 데뷔전을 언급하셨는데…… 나타기리 선생님의 데뷔전은 어땠나요?』

『타마요 양은 틈만 나면 나를 헐뜯으려고 하는걸?』

나타기리는 한숨을 내쉰 후…….

『나도 데뷔전에서 졌어. 게다가 상대는 여류기사였거든. 당시에는 어마어마하게 비난을 들었어……. 연수회부터 다시 하라는 소리도 들었다니깐.』

『장려회보다 더 아래네요! 푸푸푸풉!』

『실제로 그러고 싶단 생각마저 들었어. 다음 상대는 아마추어였는데, 그 장기도 졌거든. 덕분에 프로가 되고 한동안은 멀쩡한 정신 상태로 대국을 하지 못했어. 아마추어 상대로 지도 대국을 하면서도 가슴이 벌렁거렸을 정도로…….』

『……….』

너무 놀렸다고 생각한 로쿠로바는 반성하고 입을 다물지만…… 나타기리가 다음에 한 말을 듣고 깜짝 놀란 표정을 지었다.

『하지만 말이지? 프로가 여류기사에게 지는 게 당연하다고 여겨지는 세상이, 곧 올 거야.』

『네?』

『실은 요즘에 여류기사와 연구회를 하고 있거든. 그 애는 정말…… 어마어마한 재능을 지녔어!』

『흐음~.』

뭔가 마음에 들지 않는다는 듯한 태도를 취하는 로쿠로바를 전혀 개의치 않으며, 나타기리는 오늘 들어 가장 흥분된 어조로 이야기를 이어갔다.

『그 애가 이대로 계속 성장한다면, 프로 기사와도 대등하게 싸울 수 있을 거야. 아니, 이미 부분적으로 프로를 능가하고 있다는 느낌마저 들어.』

『하지만~ 여류기사는 아무리 장기를 잘 둬도 프로와 대국할 기회가 거의 없잖아요. 소라 4단처럼 장려회에 들어가려나요~?』

『실은 순위전 이외의 기전에는 최정상 여류기사가 출전할 수 있거든. 빨리 출전이 가능해질 만큼 강해졌으면 좋겠네! 그렇게 되면——.』

『그렇게 되면?』

『나 말고도 데뷔전에서 여류기사에게 지는 프로가 나올지도 몰라.』

그리고 나타기리 진은 환하기 그지없는 미소를 지으며 말했다. 지옥에 사는 악마 같은 미소를…….

『동지가 늘어나게 되어서, 솔직히 기쁜걸.』

⌂ 대국자

"오래 기다리셨습니다! 죄송해요. 숙소를 나서기 직전에 기자한테 잡혀 버려서……."

"아니, 나도 방금 왔다."

제위전 제6국은 후쿠오카에서 치러졌고, 이번 대국에서 결판이 났다.

"그럼 갈까. 가게는 내가 정해도 되겠지?"

"네."

그리고 기자회견과 뒤풀이 파티가 끝난 후, 나는 한밤중에 거리로 나섰다.

몇 시간 전까지 장기판을 사이에 두고 사투를 벌였던 상대—— 오키토 요우 전 제위와 단둘이 말이다.

"늦어서 정말 죄송해요. 쿠구이 씨가 너무 끈질겨서……."

"관전기를 위한 취재였나?"

"아뇨. 딱히 이유도 없으면서 따라오려고 해서, 떼어내느라 고생했어요."

"…………그래. 고생이 많은걸."

제1국과 제2국에서는 본가의 권력을 이용해 관전기를 담당했던 쿠구이 씨지만, 그 이후에도 기록 담당이나 장기 잡지와 전혀 상관없는 도시 정보지의 기사에서 타이틀전을 다루게 됐다는 명목으로 결국 모든 대국에 동행했다.

"그 사람은 옛날부터 제 장기에 관심을 줬고, 그걸 기사로 써 주는 건 정말 감사하지만……."

그래도 요즘은 도가 지나치다고나 할까…… 게다가 그런 글래머 미녀가 지방에서 치러지는 대국에도 동행하는 것 때문에 긴코가 명백하게 기분 나빠하고 있고…… 안 그래도 글래머를 적대하는데…….

그런 생각을 하고 있을 때, 오키토 씨가 걸음을 멈췄다.

"여기다."

"윽?! 여, 여기는……!!"

기나긴 제위전의 마침표를 위해 오키토 씨가 고른 가게. 거기는——.

"라멘이네요."

"라멘이다."

하카타 라멘 가게였다. 안에 들어가서 차례차례 식권을 샀다.

계산은 더치페이다. 제위전은 끝났지만 용왕전에서 곧 맞붙을 것이니, 서로 빚을 지지 않기로 했다.

카운터석에 나란히 앉은 후, 나는 점원에게 식권을 건네며 물었다.

"오키토 선생님도 라멘 같은 걸 드시는군요."

"대국 중에는 식사 관련으로 이런저런 도전을 하기 어렵지. 나는 식사도 승부의 일환이라고 생각하거든. 하지만 대국 후에도 그러는 건 손해야."

"모처럼 지방에 온 거기도 하고요!"

이 의견에는 나도 동보다. 후쿠오카에 오면 하카타 라멘이 먹고 싶은 게 당연하잖아!

"그래도, 놀랐어요."

"내가 자네에게 같이 식사를 하자고 해서 말인가?"

"네. 선생님은, 뭐랄까…… 대국 상대와 거리를 두는 분일 줄 알았어요."

"의욕의 유지 방법은 기사마다 다르지만, 자네와는 이렇게 대화를 나누는 편이 다음 대국에 도움이 될 거라고 판단했어. 싫다면 거절해도 돼."

"아뇨. 저도 선생님과 차분하게 이야기해 보고 싶었어요."

오이시 씨가 경쟁심을 불태우는 상대이기에, 처음에는 나도 날선 태도를 보였다.

하지만 제1국 때, 이 사람은 긴코의 곁으로 가보라며 내 등을 밀어줬다.

이 사람을 계속 미워하는 건 어렵다.

"대국 중에 복도에서 마주쳤을 때, 갑자기 말을 걸어서 놀랐지만…… 지금 생각해 보면 선생님은 감상전에서도 깊은 부분까지 이야기해 주셨다고 생각해요."

"소프트 연구만으로는 벽에 부딪히거든."

"저도 그걸 느꼈어요. 소프트의 성장도 한계에 이르렀고, 연구하는 전법도 다시 원점으로 돌아왔어요. 난관 돌파가 필요한 거죠?"

예를 들자면 각교환.

나 자신이 '혁명은 일어났다'고 선언했던 것처럼, 이제까지 천일수를 환영하는 대기 전법이었던 각교환이 소프트 연구를 통해 공격해서 이기는 전법으로도 크게 유행했다.

하지만 지금은 다시 후수의 대기 작전을 깨부수지 못하게 됐다.

소프트간의 대국에서도 그런 상황이 발생하고 마는 것이다.

"확실히 최근에는 소프트로 장기 연구를 한다기보다 소프트의 활용법을 연구하는 방향으로 나아가고 있는 추세지. 단——."

"단?"

"딥러닝 소프트가 실용화 레벨이 됐다. 용왕전에서는 그것으로 연구한 성과를 활용할 생각이지."

"딥러닝이……?!"

그 말을 들은 순간, 나는 무심코 몸을 쑥 내밀었다.

"바둑 소프트는 그쪽이죠? '절대로 인간을 넘어설 수 없다'고 여겨졌는데, 순식간에 넘어섰다던……."

장기 소프트가 인류를 추월한 건, 확실히 충격적인 일이다.

하지만 체스에서 인류가 소프트에게 추월당했을 때부터, 언젠가 장기도 추월을 당할 거라고 예측됐다.

하지만 바둑은 장기보다 반상이 넓고, 훨씬 복잡한 게임이다.

해외의 거대 IT기업이 딥러닝으로 개발한 소프트가, 바둑 세계 챔피언을 쓰러뜨리는 광경은 실시간으로 중계되면서…… 전 세계에 충격을 안겨줬다.

『인류의 일자리를 전부 AI에게 빼앗긴다!!』

그런 느낌으로 전 세계에 대대적으로 뉴스에 보도됐고, 명인 또한 딥러닝에 관심을 가지고 일부러 외국 연구소에 갔다고 하는데…….

"그런데, 장기 딥러닝은 강한가요?"

"강하지. 특히 서반의 표현력은 차원이 달라."

오키토 선생님은 내 눈을 지그시 쳐다보며, 충격적인 말을 뱉었다.

"반년 후면, 아마 레이트가 5000에 도달할 거다."

"오──."

거짓말하는 눈빛이 아니다.

"오천, 이라고요? 그건…… 이제…………."

"내가 재능을 가시화하는 시스템을 만들면서, 강함의 상한선으로 설정한 레이트가 5000이다. 즉 신의 레이팅이지."

학회에서 논문을 발표하듯, 오키토 선생님은 담담하게 이야기했다.

"참고로 내 계산으로는 명인의 레이트가 3400. 자네도 거의 비슷하지. 그리고 나나 다른 A급 기사가 3300 부근이다. CPU로 움직이는 현행 소프트는 레이트 4600 부근에서 한계에 도달한다고 예측되고 있지. 하지만 GPU를 쓰는 딥러닝 계열 소프트는 5000을 넘어 더 강해지겠지."

나는 기술적인 부분을 이해하지 못했다.

하지만…… 반년 후에, 말도 안 되는 일이 벌어진다. 그것만은 이해했다.

"왜 그러지? 떠는 건가? ……자네라도, 절망에 빠진 걸려나?"

"아뇨."

신처럼 강한 소프트의 출현은, 새로운 혁명이 도래할 것을 의미했다.

이제까지 쌓아 올린 장기관이 순식간에 무로 되돌아간다…… 그것을 두려워하는 기사도 있을 것이다.

하지만, 나는——.

"굳이 따지자면 가슴이 뛰어요. 신의 가르침을 받아 강해진 오키토 선생님과 싸우게 되어서요."

"…………."

오키토 선생님은 놀란 것처럼 눈을 치켜뜨더니, 침묵에 잠겼다. 대국 상대가 뜻밖의 수를 뒀을 때처럼 말이다.

"선생님, 왜 그러세요? 갑자기 말이 없으신데……."

"내가 이 이야기를 해 준 사람은 자네가 두 번째인데, 처음 해 줬던 사람과 비슷한 반응을 보여서 말이지."

"두 번째? ……첫 번째는 누구인가요?"

"명인."

"명인?! 뭐, 뭐라고 하셨나요?!"

"'모처럼 신이 나타났으니, 빨리 한 수 겨루고 싶다.' 라고 하더군."

우와아…….

"그 사람이라면, 그렇게 말할 거예요…………. 그러고도 남아요…………."

완전히 전투 민족 같은 발언이다. 장기판 앞에서 벗어나면 괴짜 천지인 장기계에서 몇 안 되는 상식인이지만, 장기판 앞에서는 가장 무시무시한 존재가 된다.

그리고 누구보다 빨리 새로운 소프트의 발상을 흡수해, 또 남들이 범접할 수 없을 만큼 강해질 것이다. 그야말로, 진정한 신처럼…….

나도, 그런 명인을 뒤쫓아가고 싶다.

그리고 용왕전 때 같은 짜릿한 장기를 두고 싶다……!!

상상을 하기만 해도 달아오르는 몸과 마음을 식히기 위해, 얼음이 든 물을 벌컥벌컥 들이켰다.

목이 말라……! 몸이 뜨거워……!!

"하지만 선생님? 이제부터 저와 또 선승제 승부를 벌일 거잖아요? 새로운 소프트에 관한 정보를 숨기는 편이 유리할 텐데……

왜 저에게 그렇게까지 가르쳐 주시는 거죠?"

"내 자식과 비슷한 또래라 그럴까?"

들고 있던 컵을 그대로 놓치고 말았다.

"자제분이 있으셨나요……?"

"결혼은 안 했지만 말이야."

폭탄 발언이 이어졌다.

제위전이 끝나서 다행이다……. 도중이었다면 이 동요가 장기에도 영향을 끼쳤을지도 모른다……레이트 5000이란 말을 들었을 때보다 더 놀랐다…….

"상대는 내가 가정을 꾸릴 능력이 없다는 걸 이해하고 있었던 거겠지. 상대측에서 밝히지 않아서, 최근에야 그 아이의 존재를 알게 됐다. 이렇게 자식 이야기를 한 것도 장기계에서는 자네가 처음이지."

"언제…… 자제분 소식을, 안 건가요?"

"2년쯤 전일까. 기사가 된 건 자네보다 조금 빨랐을 거다."

"……?"

눈앞의 카운터에 돼지뼈 라멘이 놓였지만, 눈길조차 주지 않았다.

"장기 기사인가요?!"

"그래. 퍼지기 전에 먹지."

오키토 선생님은 내 반응을 무시하며 스마트폰으로 라멘을 찍더니, 면을 먹기 시작했다.

신경 쓰여……. 라멘을 먹을 때가 아니잖아…….

"왜 안 먹는 거지? 입에 맞지 않는 건가?"

"너무 놀라서 맛이 느껴지지 않는다고요!"

"운이 좋았군. 이렇게 미묘한 라멘이 나올 줄은 상상도 못 했거든."

그렇게 말하면서도 국물까지 다 마신 오키토 선생님은 빈 그릇을 스마트폰으로 촬영했다. 리뷰라도 쓰려는 걸까……?

"아이가 있다는 걸 알고, 어떤 기분이 들었나요?"

궁금한 건 많지만…… 나는 무심코 그런 질문을 던졌다. 자기가 긴코와의 미래를 생각하고 있기에, 그런 질문을 입에 담은 걸지도 모른다.

"미래."

"네?"

"내가 자살 미수로 병원에서 정신을 차렸을 때, 옛날에 같이 살았던 여성이 나타나서 이렇게 말했지. '당신의 아이를 기르고 있습니다. 양육비를 주세요.' 라고 말이야."

"…………."

"이미 재산을 다 정리했던 나는 그 돈을 바로 준비하지 못했다. 그 사실을 밝히자, '몇 년이 걸려도 괜찮으니 지불해 주세요.' 라고 말하더군."

나는 바보지만, 그것이 유산이나 양육비를 원해서 한 말이 아니라는 것쯤은 안다.

"나 같은 인간이 장기 말고 다른 일로 돈을 벌 수 있을 리 없지.

그래서 이렇게 싸워 왔다. 그럴 이유가 생겼으니 말이야."

"자식이라는 존재가…… 선생님에게 미래를 준 건가요?"

"나 정도 나이가 되면, 하루하루가 쇠퇴와의 싸움이지. 어제 할 수 있었던 걸 오늘은 못 하게 된다. 현상 유지에 힘을 쏟아야만 해. 그런 나날은 정신력의 소모가 격렬하거든. 살아갈 의미를 찾지 못하게 돼. 승부의 세계에선 더하지."

담담히, 하지만 평소에는 느껴지지 않는 온기 같은 것이 섞인 어조로, 오키토 선생님은 이야기를 이어갔다.

"하지만 자식은, 어제 못 했던 것을 오늘 할 수 있게 돼. 후퇴라는 걸 모르는 거다. 자기와 비슷한 존재가 성장하는 모습을 보고 있으니…… 미래가 기대되기 시작하더군."

미소 같은 것마저 머금은 선생님이 나에게 물었다.

"이런 건 어린 내제자를 둔 자네가 더 잘 알 텐데?"

"그럴…… 지도 모르겠네요."

우리는 히죽 웃은 후, 물이 담긴 컵으로 건배를 했다.

그것은 새로운 싸움의…… 용왕전 7전 4선승제 승부의 시작을 알리는 공이기도 했다.

남매처럼 함께 자라왔고, 라이벌이기도 한 연인.

에너지와 재능이 넘치는, 어리고 귀여운 제자.

그리고── 신의 영역까지 자신을 이끌어주는, 강적.

기사가 바라는 모든 것을 갖추면서, 나는 실감했다.

자신이 일찍이 없었던 수준까지 강해져 가고 있다는 것을……

▲ 독점

도쿄와 오사카를 왕복하는 나날이 이어지고 있다.

"위클리 맨션이라도 빌리는 게 어떻겠어요? 아니면 용왕처럼 소라 선생님도 새롭게 생긴 『히나츠루』에 방을 잡는 건 어떨까 싶습니다만?"

"아뇨. 여기가 편해요."

상대방의 목소리에 가시가 돋친 느낌을 받은 나는 밝은 목소리로 덧붙여 말했다.

"어릴 적, 병약했던 저는 항상 병원에서 지냈어요. 그래서 병원의 분위기가 몸에 맞는 걸지도 몰라요."

요즘 들어서는 집보다 더 오래 머무는 병실.

나는 그곳에서 어떤 인물과 단둘이 마주했다.

"데뷔전 상대는 고사하고 대국일도 잡히지 않은 상태에서 방대한 취재와 이벤트 출연을 소화하고 있다 들었어요. 그런 상황은 소라 선생님에게 있어서도 처음 아닌가요?"

쿠구이 마치 산성앵화. 펜네임, 쿠구이.

이 사람이 인터뷰를 요청했을 때…… 나는 조건을 제시했다.

일대일. 즉, 『독점』일 것.

"장려회 시절에는 2주 간격으로 공식전이 꼭 있었기 때문에, 지금처럼 대국에 굶주리는 일은 없었어요."

상대방의 속을 캐듯 존댓말을 쓰면서, 우리는 오래간만에 이야기를 나눴다.

처음 만난 후로 10년이 흘렀다.

하지만…… 일을 제쳐두고 단둘이서 오랫동안 이야기를 나눈 적은 한 번도 없어서, 이런 식으로 이야기를 해야 겨우겨우 입 밖으로 말이 나왔다.

"거꾸로 보자면, 차분하게 자신의 장기를 돌이켜볼 시간이 생겼다고도 할 수 있겠죠."

"상대가 결정되면, 그 대책에 정신이 팔린다는 말인가요?"

"네. 그래서 지금은 장기적인 관점에서 제 실력을 기를 공부법을 찾고 있어요. 이제부터 프로로서 오랫동안 싸워나가기 위해서 말이죠."

"구체적으로 어떤 식으로 공부를 하고 계시죠?"

"지금은 주로, 장기 묘수풀이를 풀어요."

"장기 묘수풀이?"

뜻밖이라는 듯한 대꾸였다. 확실히 예전에는 나도, 장기 묘수풀이를 풀어봤자 의미가 없다고 여겼다.

"3단 리그 종반에 지인이 출제해 준 거예요. 그걸 계속 풀고 있었는데…… 4단 승단이 걸린 대국의 마지막 순간에 똑같은 국면이——."

"장기 묘수풀이의 국면이 실전에서 나온 건가요?! 어, 엄청난 우연이군요……."

"운이 좋았다고 생각해요. 하지만, 1만 번에 한 번 일어날까 말까 한 기회를 움켜쥔 건…… 제가 강해진 덕분이 아닐까 싶어요.

처음으로 저 자신에게 자신감을 가지게 됐죠……."

장기별.

내가 동경했고, 먼 곳에 있다고 여기며 바라보기만 한 존재.

그곳에 처음으로 발을 들인 계기가, 장기 묘수풀이였다고 생각한다.

장기별 사람이 될 열쇠를 찾으며, 나는 지금도 장기 묘수풀이를 풀고 있다.

장기판 위의 모든 것을 지배하는 그 감각을 잊지 않기 위해서도 ──.

"그리고, 지금은 바빠서 장기 묘수풀이밖에 못하거든요. 밖에 나가서 누군가와 장기를 두는 것도 어렵고요."

몇 달 동안이나, 혼자서 밖을 걸어 다니지 못했다.

어쩌면 평생 그럴지도 모른다고 생각하니, 오싹했다.

"그 점에 대해선…… 보도 측을 대표해 사과드립니다."

"원래 눈에 띄는 외모를 지닌 저한테도 책임…… 아니, 어쩔 수 없는 면이 있다고 생각해요. 아, 하지만──."

나는 약간 심술궂은 표정을 지으며 덧붙여 말했다.

"어디 사는 누구 씨가 《나니와의 백설공주》라는 이름을 선물해 주지 않았다면, 더 편안한 인생을 살았을지도 모른다는 생각이 들어요."

"우후후…… 죄송해요."

그 이름을 붙인 사람은 한순간 여우 같은 미소를 지은 후…….

"세간의 눈길을 모으고 있는 건 역시 소라 4단의 데뷔전이라고 생각합니다. 가능성을 보자면 타이틀을 보유하고 있는 여류옥 좌 방어전이 될 수도 있습니다만——."

"아마 용왕전이 되지 않을까요? 모처럼 사상 첫 여자 프로 기사가 탄생했으니, 데뷔전은 프로 7대 타이틀전 중 하나가 될 거라고 생각해요."

"그렇군요. 시기적으로 그럴 가능성이 가장 클 것 같군요."

"그럼 제가 배치되는 건 최하층인 6조겠죠. 이 클래스는 저 같은 신인이나 쇠락해서 내려온 고단자로 구성되어 있고요. 그런 이들 중 누군가가 제 상대가 되지 않을까요."

"그리고 아마 용왕전 우승자 같은 프로 이외의 사람과 붙게 될 가능성도 약간이지만 존재하죠."

『인류의 정점』을 표방하는 용왕전은 프로만이 아니라 아마추어와 여류기사에게도 출장 자격이 있다. 제도상으로는 누구든 용왕이 될 수 있는 것이다.

뭐, 현실적으로는 불가능하지만 말이야.

"만약 용왕전에서 이기고 올라간다면——."

마치 씨는 안경을 벗더니, 묶어놨던 머리카락을 풀었다.

그리고 녹음기의 스위치를 끄더니…… 우리는 처음으로, 사적인 이야기를 시작했다.

"드디어 용왕 씨와 장기를 둘 수 있을 거지예? 같은 무대에서 말입니더."

"응……."

"4단 승단 기자회견에서 긴코 양이 한 스피치, 참 감동적이었습니데이. 여자애가 당당히 프로 타이틀을 원한다고 선언했다 아닙니꺼. 참말로 용기 있는 발언이었습니데이……."

마치 씨는 여류기사의 입장에서 이야기했다.

"하지만 내는 좀 의외였습니더. 긴코 양이라면 이렇게 말할 거라고 생각했으니까…… '용왕에게 도전해서, 사형제와 타이틀 전에서 대국하고 싶다.' 하고 말입니데이."

"윽!! 그건…………."

나는 목소리를 쥐어짜서 대답했다. 그렇게 말하지 못한 이유를……

"그 녀석이, 더 멀어졌는걸. 그날 밤보다……"

내가 마치 씨에게 『독점』을 요청한 이유.

그리고 마치 씨가 나에게 인터뷰를 요청한 이유.

그것은── 그날 밤에 했던 이야기를 이어서 하고 싶어서다.

작년의 용왕전 제7국.

야이치가 명인을 상대로 타이틀 방어에 성공한 직후, 나는 이 사람과 짤막하게 이야기를 나눴다.

『제가 야이치와 진정으로 하고 싶은 것은 바로 장기예요.』

그 말에 담긴 마음에는 한 치의 거짓도 없다.

하지만 그 말을 하기 전, 나는 마치 씨에게 이런 말도 했다.

『저는 야이치를 좋아해요.』

손을 잡고 함께 거리를 돌아다니고 싶다. 함께 영화를 보고 싶고, 바다에 가고 싶고, 단둘이서 이런저런 일을 하고 싶다. 사형제가 아니라, 연인으로서…… 나는 그렇게 말했다.

"그날 밤, 나는⋯⋯마치 씨니까 말했던 거야. 다른 사람이었다면 절대로 말하지 않았을 거야. 하지만 그건⋯⋯마치 씨를 신뢰해서가 아니라──."

"알고 있습니데이. 견제지예?"

"응⋯⋯."

이것은 참회다.

이 사람과 처음으로 대국했을 때와 마찬가지로, 더러운 장외전술을 쓴 것에 대한⋯⋯.

"마치 씨는 미인이고, 머리도 좋고, 장기도 잘 두니까⋯⋯ 그 녀석이 좋아하는 타입이잖아. 게다가 마치 씨도 야이치를──."

"그렇습니데이."

상대방이 노타임으로 긍정하자, 나는 격렬하게 동요했다.

"하지만 긴코 양에게 이길 수 없다는 걸 깨닫고, 한참 전에 봉인했지예. 마음 구석으로 밀어 넣어두고, 꽁꽁 감춰 뒀습니더. 동굴곰처럼⋯⋯."

여류기계 최강의 동굴곰 전문가는 안타까운 표정으로 이야기했다.

"내는 상처 입는 것을 두려워해서 안전한 장소에서 나오지 않으며, 방관자의 길을 선택했습니더. 정신 차리고 보니 필패하고말았지예. 공격할 기회를 한 번도 거머쥐지 못한 채⋯⋯."

"마치 씨⋯⋯."

"후후⋯⋯. 아무리 동굴곰이 특기라도, 연애까지 동굴곰을 채용할 필요는 없을 텐데 말이지예."

동굴곰은 튼튼하다. 예전에는 나도 그 튼튼함이 강점이라고 믿었다.

　하지만…… 상처 입는 것을 두려워하지 않으며, 상대를 향해 일직선으로 나아가는 자의 강함을 보고 생각을 바꿨다.

　"하, 하지만 동굴곰도…… 대 몰이비차 전에서는 우수한 전법이라고 생각해."

　안도한 것을 감추려는 듯이, 나는 허둥지둥 그렇게 말했다.

　"소프트는 높이 평가하지 않는 것 같지만, 나도 동굴곰을 짤 수 있을 때는 짜는데……."

　"그렇습니데이. 인간 대 인간의 실전에서라믄 동굴곰이 정의입니더."

　"그거, 정말 열받아. 자기만 안전한 장소에 숨어서, 상대가 한 수라도 실수하면 바로 역전하잖아."

　"긴코 양이 용왕 씨와 대판 싸운다믄, 내한테 대역전의 기회가 찾아올지도 모릅니데이."

　마치 씨는 우후후 하고 요염하게 웃은 후, 내 손목을 쳐다보며 속삭였다.

　"시계."

　"어?"

　"잘 어울립니데이. 생일 선물로 받은 거지예?"

　"그래. 바보답지 않게 센스 있는 선물을 골랐다 했더니……."

　"이번 선물은 소중히 여길 겁니꺼?"

　"응. 데뷔전에 가지고 갈 거야."

예전이었으면 질투와 시기심에 사로잡혀 시계를 확 풀어버렸을 것이다.

하지만 지금은 다르다.

마치 씨와 이야기를 나눠서 다행이란 생각이 들었다. ……데뷔전을 치르기 전에 말이다.

"이 시계는 그 녀석이 직접 채워 준 거야. 그 후로 쭉 차고 있어."

"한 번도 풀지 않은 겁니꺼?"

"응."

"……."

이제까지 기사였던 마치 씨의 표정에, 아주 약간 기자의 표정이 섞였다. 나는 자기가 입을 잘못 놀렸다는 것을 깨달았다.

"긴코 양. 제 착각일지도 모르지만, 혹시 장──."

바로 그때.

똑. 똑. 똑.

병실의 문에서 노크 소리가 들려오면서, 우리의 대화가 중단됐다. 마치 씨는 안경을 쓰고 머리카락을 재빨리 묶었다.

"들어오세요."

"실례하겠습니다."

병실에 들어온 이는 오가 사사리 여류 초단.

그리고, 그녀의 어깨에 손을 얹은──.

"회장님? ……오늘, 뭔가 예정이 있었나요?"

"중요한 일인 만큼, 직접 전해야 할 것 같아서 찾아왔습니다."

"윽…………!!"

심장이, 터질 것처럼 크게 뛰었다.

대국 통지……!!

"축하드립니다. 이렇게 프로의 대국 통지를, 그 조그마하던 긴코 양에게 직접 건네게 되다니, 저로서도 참 감개무량하군요."

눈에 익은 봉투가…… 이때만큼은 낯설어 보였다. 평생 단 한 번뿐인 의식을 참관하게 된 마치 씨는 완전히 기자의 표정으로 되돌아가서, 재빨리 카메라를 들어 올렸다.

"정말…… 이제까지 고생이 많았습니다."

회장의 목소리가, 드물게도 떨리고 있었다. 온기를 머금은 채…….

"윽……! 츠키미츠 선생님…… 감사, 해요…….

쭉 마음을 써주셨다는 것은 알고 있다.

하지만 입장 때문에, 이런 식으로 상냥한 말을 건네준 적은 손으로 셀 수 있을 정도뿐이었다…….

치밀어오르는 눈물을 참으며 봉투를 손에 쥔 나에게, 회장님은 이렇게 말했다.

"평소 실력을 발휘할 수 있기를 바랍니다."

"네……?"

뭔가 이상하게 들리는 말이었기에, 나는 무심코 회장의 표정을 확인했다.

하지만 굳게 감긴 두 눈에서는, 감정을 드러내는 무언가를 하나도 발견할 수 없었다.

"소라 4단. 가위 받으세요."

"⋯⋯고마워요."

오가 씨가 내민 가위를 최대한 태연한 표정으로 건네받았다.

진정해⋯⋯. 진정해⋯⋯.

하지만 한심하게도 손이 떨렸고, 가위질을 몇 번이나 했는데도 봉투를 자를 수가 없었다.

그 모습을 본 쿠구이 씨가 카메라를 내리며 말했다.

"저는 자리를 비울까요?"

"괜찮아. 여기 있어 줘."

오히려 누군가가 있어 줬으면 했다. 진짜로 있어 줬으면 하는 사람이 오지 못한다는 건 알고 있으니까⋯⋯ 하다못해, 한 사람이라도 많은 이들이 있어 줬으면 했다.

겨우겨우 가위로 봉투를 자른 후, 안에서 종이 한 장을 꺼냈다.

시합과가 발행한 대국 통지서에는 내 첫 프로 공식전에 관한 정보가 간결하게 실려 있었다.

단 한 장의, 반대편이 비쳐 보일 것만 같을 정도로 얇은 종이.

나는 떨리는 손으로 그것을 펼쳤다.

기전 명칭은 『용왕전』.

대국 장소는 도쿄 장기회관.

그리고 상대는————사이노카미 이카 여류제위.

제4보 사이노카미 이카

⌂ 데뷔

그날은 아침부터 하늘이 소란스러웠다.

"센다가야의 장기회관으로 가주세요."

병원 앞의 택시 정류장으로 혼자 걸어간 나는 정차되어 있던 개인택시에 타며 목적지를 전했다.

"장기회관? 이렇게 이른 아침에……어?!"

백미러 너머로 내 얼굴을 본 운전사는 졸음이 확 달아난 듯한 목소리를 냈다.

그리고 내 얼굴과 라디오를 번갈아 쳐다보았다.

『오늘의 톱뉴스는 뭐니뭐니해도 《나니와의 백설공주》의 프로 데뷔전! 며칠 전부터 도쿄에 체류하고 있던 소라 4단은 10시부터 시작되는 용왕전에──.』

라디오도, 텔레비전도, 인터넷도, 이런 식으로 내 장기에 관해 온종일 보도할 것이다.

운전사가 머뭇거리며 물었다.

"저기……끌까?"

"아뇨. 그냥 두세요."

라디오를 틀어두면 운전사가 말을 걸어오지도 않을 것이다.

눈을 감고, 오늘 대국에 집중했다.

차는 천천히 움직였다.

운전사가 카 내비게이션을 설정하지 않는 게 불안했지만, 시간상으로 여유가 있기에 잠자코 있었다.

『현재 소라 4단이 탄 차는 가이엔 서로(西路)를 따라 남쪽으로 달리고 있으며, 십 분 후면 장기회관에 도착할 것으로——.』

신호 때문에 차가 멈췄을 때, 운전사는 창문을 통해 하늘을 올려다보았다.

"하하하. 엄청난걸…… 이 차를 하늘에서 쫓아오네……."

하늘 위가 소란스러웠던 것은 보도기관의 헬기가 나를 감시하고 있었기 때문이었다.

4단이 되고 데뷔전을 치르는 오늘까지 꽤 날짜가 흘렀으니 조금은 관심이 사그라들었을 거라고 생각했지만, 오히려 과열된 것 같았다.

——오가 씨의 말이 맞네.

데뷔전 일정이 결정된 후, 사람들을 멀리하면서 일할 때 말고는 대부분의 시간을 혼자 보냈다.

케이카 씨에게도, 야이치에게도, 부모님에게도, 그리고 오늘 대국에서 '제가 마중을 갈까요?'라고 굳이 말해 준 오가 씨에게도, 혼자 가고 싶다 말했다.

프로로서, 혼자 싸우겠다.

그 각오를, 누구보다도 자기 자신에게 전하고 싶었다.

『소라 4단의 데뷔전 상대인 사이노카미 이카 여류제위는 소라 4단보다 두 살 연상인 열여덟 살! 그런 젊은 나이에 여류 타이틀을 3기 연속 보유한 엄청난 강호입니다!』

라디오에서는 오늘 상대에 관한 정보가 흘러나오고 있었다.

해설을 맡은 이는 로쿠로바 여류 2단이다.

『게다가 두 사람은 마이나비 여자 오픈 본선에서 딱 한 번 붙은 적이 있죠! 그 대국에서는 소라 4단의 승리……였지만~, 실은 사이노카미 씨가 반칙을 저질렀다니까요! 평범하게 붙었으면 사이노카미 씨가 이긴 거 아니야? 란 의견도 있어요~. 승부는 소라 4단의 승리였지만, 재능은 사이노카미 씨가 더 뛰어나단 이야기예요.』

『하지만 소라 4단은 프로가 됐으니, 여류기사에게 이기는 게 당연하지 않나요?』

『보통은 그렇지만 말이죠~? 사이노카미 씨는 프로를 상대로 한 전적이 여류기사 중에서 압도적 1위거든요! 특례를 적용해 프로로 만들어 줘야 한다는 논의가 있었을 정도로──.』

바로 그때, 차가 갑자기 멈췄다.

하토노모리 신사 앞에서 좌회전을 하자, 수많은 인파 때문에 차가 나아갈 수 없었다.

"우왓! 이래서야……."

운전사가 핸들을 쥔 채 말문이 막혔을 때였다.

"저 차 아니야?", "타고 있네!"

마치 좀비 영화의 한 장면처럼, 스마트폰을 쥔 수많은 이들이 택시를 둘러쌌다. 뉴스를 본 구경꾼들이 몰려든 것 같았다.

"어, 어떻게 할까? 강행 돌파는 좀……."

운전사는 겁먹은 목소리로 그렇게 말했다.

연맹에 전화하면 도움을 받을 수 있을 것이다.

하지만 오늘만큼은 그러고 싶지 않았다. 끝까지 고집을 부리고 싶었다.

"여기서부터는 걸어가겠어요. 폐를 끼쳐서 죄송해요."

"그래……, 저기, 돈은 됐으니까 대신 사인해 주지 않겠어?"

운전사가 유성 펜을 내밀었다.

내가 주저하자, 운전사는 이렇게 말했다.

"초등학생 딸이 당신에게 영향을 받아 장기를 시작했거든. 주말이면 딸을 여기에 데려다준 후에 일을 하러 가."

"아…… 그래서 장기회관이 어디 있는지 알았던 거군요."

나는 펜을 받았다.

"사인 말인데, 창문에 해 주지 않겠어? '아빠 차에 《나니와의 백설공주》가 탔어!'라고 가르쳐 주면, 딸이 정말 기뻐할 거야."

유리에 글자를 쓰는 건 처음이지만, 어찌어찌 깨끗하게 썼다.

글자가 흐트러지지 않은 것을 보면, 자신은 그렇게까지 긴장하지 않아 보였다.

"고마워! 시합…… 으음, 대국이라고 하던가? 힘내!"

"네. 기사님도 일 열심히 하세요."

"오늘은 일 안 할 거야. 딸을 가장 먼저 그 자리에 태워 주고 싶거든."

문득 뭔가가 궁금해진 나는 차에서 내리기 직전에 물어봤다.

"따님한테는 항상 뭐라고 말하며 데려다주나요?"

"응? 아, 그게……프로 기사 선생님한테 이런 말을 해도 될지 모르겠지만…… '실컷 지고 와.'라고 말해 줘."

"멋진 말이군요. 금방 강해질 거예요."

멋진 운전사와 만난 행운에 위로를 받으며, 나는 프로가 되고 처음으로 자기 발로 장기회관으로 이어지는 언덕을 걸어갔다.

혼자가 아니라, 길을 가득 채운 구경꾼을 거느린 채…….

연맹 앞에서 기다리던 보도진이 일제히 카메라를 내 쪽으로 들더니, 마이크를 쥔 리포터가 흥분한 어조로 말했다.

"백설공주입니다!! 지금, 소라 긴코 4단이 도착했습니다!!"

"예전보다 머리카락을 기른 것 같군요!!"

"승리를 기원해 기른 걸까요?"

"그건 모르겠습니다만…… 딱 하나 분명한 건, 더욱 아름다워졌단 겁니다!!"

입구에 도착한 후, 나는 뒤를 돌아보았다.

그리고 고개를 꾸벅 숙였다. 프로로서 그래야 한다고 생각했으니까…….

"힘내~!!", "지지 마, 백설공주!", "꺄아! 소라 긴코를 실물로 봤어!", "나한테도 사인해 줘! 사인!!"

다들 스마트폰을 치켜들면서, 겸사겸사 나를 응원했다.

이름 모를 운전사에게 들은 말만 가슴에 품으며, 나는 장기회관에 발을 들였다.

오가 씨가 1층 현관 홀에서 기다리고 있었다.

"좋은 아침입니다. 오늘은 5층의 『향운(香雲)』에서 대국을 치르게 됐습니다."

"4층이 아니라요?"

"중계 때문입니다. 보다시피 어마어마한 숫자의 보도진이 몰려온 만큼, 촬영하기 쉬운 방을 확보했습니다."

5층은 수박실과 중계 작업실과 스튜디오 및 여류기사실 같은 방이 대부분이기에, 대국에 쓰이는 일이 거의 없다.

기전의 격이 높은 용왕전에서 이곳이 쓰이는 일 자체가 드물 것이다.

"이것도 다 대외적인 이유이며, 실은 여류제위의 기행이 문제라서 그렇게 됐습니다. 다른 대국에 영향을 끼치지 못하도록, 두 분의 대국만 5층에서 치러지게 됐죠."

엘리베이터 안에서 단둘이 있게 되자, 오가 씨는 귓속말로 그렇게 말했다.

즉, 격리네.

확실히 사이노카미 이카는 문제 행동이 많다. 그 대부분은 야이치의 스토킹이지만…… 그 꼬맹이에게 퇴치당한 후로는 칸사이까지 소문이 전해지지 않았다.

하지만, 신경 쓰이는 점이 있었다.

그 꼬맹이에게 진 직후부터, 원래 기복이 있던 장기에 더욱 큰 기복이 생겼다.

——아니…… 기복 정도가 아니다. 아예 판을 망친 장기도 있었다…….

오가 씨가 상승하는 엘리베이터 안에서 말했다.

"엘리베이터 옆의 501호실은 어제부터 소라 4단이 숙박용으로 빌린 것으로 되어 있습니다. 식사 등은 거기서 하시면 됩니다. 그리고 옆 방도 이용 중이니 헷갈리지 마시길."

"감사해요."

숙박실에는 침대도 있다. 제한시간이 다섯 시간인 장기는 체험해 본 적이 없다. 여류 타이틀전의 제한시간 세 시간 동안도 대국실에 계속 있는 건 내 체력으로는 힘드니, 혼자서 쉴 수 있는 장소가 있다면 든든했다. 예전처럼 여류기사실을 이용하는 건 좀 그러니까⋯⋯.

5층에 도착해서, 엘리베이터 문이 열리자━━.

"아, 안녕하세요, 소라 선생님!!"

까무잡잡한 피부에 교복 차림인 여자애가 엘리베이터홀에 차렷 자세로 서더니, 나와 눈이 마주치자마자 엄청난 기세로 말을 늘어놓기 시작했다.

"오늘 기록 담당을 맡게 된 노보리 료 2단이에요!! 소라 선생님의 데뷔전을 칸토에서 한다는 이야기를 듣고 '우와, 꼭 기록을 맡고 싶어!' 라고 생각했는데, 간사 선생님한테 매일같이 전화해서 차지했는데, 가장 먼저 해드리고 싶은 말이 있는데, 4단 승단 축하드려요오오오!!"

"고마워요. 노보리 양도, 승단 축하해요."

"히익, 존엄사~."

나쁜 사람은 아니지만, 때때로 무슨 말을 하는 건지 모르겠다.

오가 씨기 부드러운 어조로 입실을 권했다.

"일반 보도진은 대국 15분 전에 입실하도록 되어 있습니다. 이

틈에 준비해 두세요……. 아마 보도진이 들어오면 아무것도 할 수 없을 테니까요."

나는 고개를 끄덕인 후, 향운의 장지문을 처음으로 열어봤다.

안으로 들어가기 직전, 오가 씨가 나에게 말했다.

"소라 4단, 전자기기를 맡겨 주세요. 그리고, 실례지만……."

"금속탐지기로 체크하는 거죠? 그러세요."

원래 전원이 꺼져 있던 스마트폰을 건네주자, 오가 씨는 고개를 살짝 숙인 후에 작업을 시작했다.

삐삐삐, 하고 뭔가가 반응했다.

야이치가 준 시계다.

갑자기, 몸이 뜨거워졌다.

연인에게 받은 손목시계를 차고 신성한 대국실에 들어가는 것을, 장기의 신이 나무라는 느낌이 들어서……

"손목시계뿐이군요. 문제없습니다. 자, 들어가시죠."

나는 방 안으로 들어갔다.

한편에 『일일시호일(日日是好日)』이라고 적힌 족자가 걸린 향운의 방에는 중계용 카메라와 다수의 보도진을 들이기 위해 창가 쪽 장지문이 치워져 있어서, 꽤 넓었다.

상석을 쳐다본 순간——.

『되게 느려 터졌네, 가짜.』

갑자기, 멀찍이 치워뒀던 기억이 되살아났다.

"으…………!!"

사이노카미 이카는 아직 도착하지 않았다.

하지만, 그 목소리는 내 머릿속에 여전히 울려 퍼지고 있었다. 그날 이후로 쭉…….

가짜.

상대의 말받침에 자기 말을 둔다고 하는 전대미문의 반칙을 범한 그 괴물은, 그렇게 말하며…… 거짓된 승자를 내려다봤다.

——하지만…… 3단 리그에서 장기말의 움직임이 보이게 된 지금의 나라면……!!

대국 통지를 펼친 순간, 나는…… 환희했다.

이것으로 겨우 그 목소리를 지울 수 있게 됐다고 여겼다.

——나는 다시 태어났다. 지구인에서 장기별 사람으로. 오늘, 그걸 증명하겠다.

"소라 선생님? 추가로 준비할 게 있나요?"

노보리 양이 그 말에, 나는 현실로 되돌아왔다.

"으……음, 칸토에서는 차를 직접 준비하나요?"

"네. 커다란 주전자에 준비되어 있으니, 그걸 따르면 되죠. 첫 잔은 제가 준비해드릴 수도 있고요."

"그럼 쟁반과 찻잔을 하나씩 부탁드리겠어요. 차를 따라서요."

"알겠어요!!"

노보리 양은 기쁨에 찬 목소리로 외치고 방에서 나갔다.

그 모습을 지켜본 후, 짐을 벽장에 집어넣고 방석의 촉감을 신중하게 확인한 나는 상석에 앉았다.

그리고 마지막으로…… 쭉 손목에 차고 있던 시계를 처음으로 벗어서 다다미 위에 둔 후, 눈을 감고 기운을 끌어올렸다.

보도진이 계단을 올라오는 땅울림 같은 발소리가, 장기회관을 뒤흔들기 시작했다.

♟ 부채

긴코의 데뷔전이 도쿄에서 치러지는 그 날.

나는 나고야에 있었다.

"안녕하세요~. 오늘 잘 부탁드립니다~."

나고야 항구에 있는 초거대 이벤트장에 도착한 나는 그 거대한 행사장 규모에 압도당하면서, 관계자 출입구로 몰래 안에 들어갔다.

"쿠즈류 선생님께서 여성 동반으로 입장하십니다~!"

"여성과 함께 대기실로 안내해 주세요~!"

자, 자, 잠깐만요~!!

"이 사람은 중계 스태프예요! 관계자라고요!! 아까 우연히 역에서 만났을 뿐이거든요?!"

내가 허둥지둥 부정하자, 뒤따라오던 미녀가 내 팔을 잡으며 말했다.

"그렇습니데이. 같은 호텔에 묵었을 뿐입니더~."

"연맹에서 알선해 줬다고요! 당연히 다른 방에 묵었어요! 그것보다 당신은 그 차림일 때는 표준어 썼잖아?! 설정 붕괴한 거 아니에요?!"

"그렇군요."

여우가 변신하듯 순식간에 말투와 표정을 바꾼 쿠구이 씨는 뻔뻔한 어조로 말했다.

"하지만 저뿐이잖아요? 이런 지방 마이너 방송 같은 대국의 중계 스태프를 맡아주겠다고 한 기자는 말이에요."

"지방 마이너……확실히 사저의 장기가 훨씬 인기 있기는 하지만……."

오늘, 대부분의 장기 라이터는 도쿄로 갔다.

신문, 잡지, 인터넷 언론 같은 온갖 매체에서 기사 의뢰가 쇄도했기 때문이다.

게다가 여류 타이틀 보유자인 쿠구이 씨라면 해설자로 방송국에서 모셔가려고 난리였을 것이다.

"뭐, 감사하기는 해요. 오늘 중계, 잘 부탁드릴게요."

"괜찮아요. 토카이 지방의 장기 열기를 직접 느껴보고 싶기도 했으니까요."

"네? 열기……?"

상금왕전 준결승. 토카이 대회.

1회전인 오사카 대회, 2회전인 토호쿠 대회에서 순조롭게 승리한 나는 세 번째 대국에 임하기 위해 어제부터 나고야에 와있었다.

상금왕전은 『나니와 왕장전』 때와 마찬가지로, 아동 대회와 같이 열린다.

화려함&호화로움을 좋아하는 나고야 사람들은 이런 거대한 행사장을 빌려서 성대하게 이벤트를 개최해 줬지만…… 파리

날리는 건 아닐까 싶어 불안했다.

하지만 그 불안은 행사장 안을 본 순간, 깨끗하게 사라졌다.

"와!! 이, 이렇게 넓은 행사장에…… 사람들이 가득하잖아요!!"

대체 몇천 명이나 모인 걸까?

이 공간을 가득 채운 초등학생들 전원이 장기를 두고 있었다. 꿈만 같은 광경이었다.

게다가——.

"여자애가 이상하게 많은 것 같지 않아요? 보통은 남자애 9할에 여자애 1할 정도인데, 오늘은 반반…… 아니, 여자애가 더 많은 것 같아요……!"

"역시 용왕께서는 여자 초등학생 숫자를 순식간에 파악할 수 있는 스킬을 지니셨나 보군요. 대단해요."

아니, 그런 스킬 없거든?

"이곳 나고야는 칸토와 칸사이 이외에 연수회가 있는 유일한 도시입니다. 여류기사를 목표로 삼기 좋은 환경인 만큼, 원래 여자애들 사이에서 장기 열기가 뜨거운 곳이었죠."

"토카이 연수회에 여자애가 많다는 이야기는 들었지만…… 이 정도일 줄은……."

"이렇게 늘어난 건 최근 일이에요."

"윽?! 그건……사저의 영향, 인가요?"

쿠구이 씨는 미소 지었다. 긍정의 신호였다.

"사실 지도해 줄 기사가 부족하니 연수회 일을 도와줬으면 한다는 제안을 받았어요. 그래서 얼마나 뜨거운지 확인하고 싶었죠."

상상을 초월했다고…… 쿠구이 씨는 중얼거렸다.

"이 열기의 영향으로 후쿠오카와 삿포로에서도 연수회가 개설되게 됐습니다. 센다이도 준비를 진행하고 있다더군요."

"괘, 괜찮을까요? 그렇게 한꺼번에 일을 벌여도……."

"스폰서도 확보한 것 같아요. 소라 4단이 직접 부탁하러 갔더니, 바로 승낙했다더군요."

"사저가요?! 그런 일까지 하는 거예요?"

"나고야에서 텔레비전 출연을 하며 이 대회도 홍보했다고 해요. '자기는 도중에 잠시 자리를 비우게 됐을 뿐이다.' 라면서요. 덕분에 이렇게 대회가 성황인 거죠."

유심히 보니, 여자애들의 머리에는…… 내가 긴코에게 선물한 것과 같은 눈 결정 모양 액세서리가 꽂혀 있었다.

"다들, 소라 긴코가 되고 싶은 거예요."

"……."

"그리고 오늘은 소라 긴코의 사형제와 악수를 하고 돌아가고 싶어 하지 않을까요?"

말투는 가볍지만, 안경 너머의 눈빛은 진지했다.

상금왕전은 승자가 끝까지 남아서 방문자 전원과 악수하는 서비스를 실시한다.

"허술한 장기를 선보일 수는 없겠네요."

확실히 오늘 내가 두는 장기는 주목을 받지 못하고 있다.

하지만…… 긴코와 함께 싸우고 있다. 그런 느낌이 들자, 몸이 뜨겁게 달아올랐다.

여자 초등학생들이 뿜는 열기에 감응하고 있을 때, 안내해 줬던 담당자가 걸어와서 나에게 말을 건넸다.

"쿠즈류 선생님. 점심은 뭐로 하시겠습니까?"

"이, 메뉴가 여러 가지인가요?"

"네. 이 중에서 골라주십시오."

내민 메뉴표에는 세 가지 음식이 실려 있었다.

『디럭스 된장 돈가스 도시락(된장국 포함)』

『된장 냄비 우동』

『된장 돈가스 샌드위치(샐러드 포함)』

모든 메뉴에…… 된장이…….

"그럼……이, 된장 돈가스 샌드위치로 할게요."

"네. 아! 겨자 마요네즈는 뺄 수 있습니다만, 어떻게 하시겠습니까?"

된장을 뺄지 말지 물어봐 줬으면 했다.

오늘 장기는, 목이 타는 싸움이 될 것 같은걸……. 여러 가지 의미에서 말이지!

관계자 대기실에 도착해 보니, 프로 기사와 여류기사가 텔레비전 앞에 모여 있었다.

"안녕하세……어라? 여러분, 뭘 보는 거예요?"

"소라 4단의 데뷔전이야."

홀로 떨어진 곳에서 나른한 눈길로 텔레비전을 보고 있던 젊은 남자가 그렇게 말했다.

칸토 소속 프로 기사, 후타츠즈카 미라이 4단이다.

지난 기 순위전에서 붙었고, 제위전 제1국의 기록 담당도 맡았던 만큼, 마주치면 인사 정도는 나누는 사이다. AI 전반에 해박한 현역 도쿄대 재학생이라는 일면도 지녔다. 너무 똑똑한 사람이라 중졸인 나는 다가가기 어려운 인물이다.

"후타츠즈카 선생님. 일전에는 감사했습니다."

"…………."

쿠구이 씨가 인사하자, 후타츠즈카 4단도 아무 말 없이 머리를 숙였다.

참고로 오늘 열리는 소라 긴코 4단 데뷔전은 지상파 완전 생중계다. 상금왕전은 기보 중계만 하는데…….

"방송국에서 이 대국 한 판의 중계료로 몇억을 연맹에 줬다는 소문이 있데이."

"다음 달부터 시작되는 여류옥좌전은 나고야도 대국장이 될 예정이다 아이가. 잘 된 기다."

"인기가 어마어마하다 아이가."

나고야의 기사들이 텔레비전에 비친 긴코를 쳐다보며 그렇게 수군거렸다. 금방이라도 고개를 조아릴 기세였다. 저출산과 고령화로 장기 인구가 점점 줄고 있는 지방에서, 백설공주 붐은 그야말로 구원의 신이리라.

그런 장소와 떨어진 곳에서 나른한 듯이 텔레비전을 쳐다보던 후타츠즈카 4단이 중얼거렸다.

"사이노카미가 안 오네."

""어?!""

나와 쿠구이 씨는 동시에 그렇게 외쳤다. 그리고 동시에 시간을 확인했다.

"고, 곧 10시잖아요?!"

내가 그렇게 외치자, 마치 그 말에 답하듯이 텔레비전 안의 긴코가 낮은 목소리로 말했다.

『노보리 양. 먼저 장기말을 깔죠.』

『어…… 아, 네!』

그렇게 말한 긴코는 기록 담당과 함께 장기말을 깐 후, 그리고 선후수를 정하기 위해 보를 던졌다.

지각자가 발생할 경우에는 이런 식으로 대처하는 경우가 있다.

『…………토금이 다섯입니다.』

초특급으로 선후수 정하기를 하면서, 다섯 개의 보가 다다미 위에 떨어진 바로 그 순간이었다.

이 장소와 어울리지 않는 밝은 목소리가 들려왔다.

『앗싸~! 내가 선수네~♡』

편의점 비닐봉지를 한 손에 든, 금발 여고생.

그녀는 이 방의 입구에서 깔깔 웃고 있었다.

『사, 사이노카미, 너……!』

드디어 등장한 또 한 명의 대국자에게, 기록 담당이 다다미에 떨어진 장기말을 수우며 외쳤다.

『아, 사이노카미……선생님. 10시입니다. 서둘러주세요.'

『옛썰~.』

10시까지 대국실에 오면 세이프……이기는 하지만, 이렇게 주목받고 있는 대국에서 턱걸이로 입실하는 건 칭찬받을 짓이 아니다.

이카는 하석에 앉더니, 부스럭거리는 소리를 내며 비닐봉지 안에서 다양한 물건을 꺼내 장기판 옆에 깔아놨다.

스낵 과자.

립크림.

안약.

도끼.

종이팩 주스.

빵. 물티슈. 손수건.

………………어?

""“도끼?!”""

그 충격적인 물건을 보고 동요한 기록 담당이 당황한 목소리로 물었다.

『사, 사이노카미 선생님?! 그건…….』

『부채.』

아니잖아.

"어라…… 도끼, 맞죠?"

"도끼네."

내 말에 후타츠카 4단이 즉시 답했다. 냉정한 어조였다.

그것은 틀림없는 도끼였다.

여자애도 한 손으로 들 수 있는 조그마한 도끼다. 영화에서 악당이 던질 법한 물건이다.

보도진도 술렁거리기 시작했다.

『저거, 괜찮은 거야……?』

『금속탐지기에 걸려서 반칙으로 처리되는 거 아니야……?』

『하지만 전자기기가 아닌데…….』

활기를 띤 게 느껴졌다. 그럴 만도 했다. 소라 긴코의 프로 데뷔전은 크게 주목받고 있다. 하지만 일반 매스컴은 장기를 어떻게 보도하면 좋을지 모른다.

그런 상황에서 도끼를 든 여고생이 미야모토 무사시처럼 등장했다. 재미있어하지 않는 게 이상했다.

쿠구이 씨가 냉정한 어조로 지적했다.

"일부러 5층에 격리했을 정도니, 오가 씨가 신체검사를 하지 않았을 리가 없어요. 장난감이겠죠."

그렇더라도, 저런 것을 대국실에 반입한 의미를 알 수 없다.

"옛날에는 신문이나 잡지를 대국실에 가지고 와서, 오전에는 그걸 읽기도 했는디…… 도끼는 처음 본데이."

고령의 기사가 어처구니없다는 투로 그렇게 말했다. 아무도 웃지 않았다. 아니, 웃을 수 없었다…….

긴코를 동요하게 만들려는 걸까?

아니면…… 진짜로 머리가 이상해진 걸까?

그런 위험인물과 가장 가까운 곳에 있는 긴코는 대국 전에 마음이 흐트러지지 않게 하려는 듯이, 선후수 정하기를 할 때부터 계속 눈을 감고 있었다. 역시 대단했다.

하지만 눈을 뜨고 이카의 얼굴을 본 순간, 뜻밖이라는 투로 말했다.

『당신, 그거…….』

『아앙?』

방석 위에 털썩 앉아서 앞에 둔 도끼의 위치를 섬세한 손놀림으로 조정하고 있던 이카는, 긴코의 목소리를 듣고 영문을 모르겠다는 듯이 고개를 갸웃거리더니…….

『아아, 이쪽이구나.』

이카는 얼굴에 손을 댔다.

사이노카미 이카의 한쪽 눈은……안대에 감싸여 있었다.

△ 세금

몇 년 만에 장기판을 사이에 두고 마주한 그녀는 꽤 변모했다. 도끼도, 안대도, 영문을 모르겠다.

하지만 변하지 않은 점도 있다.

"이힛!"

엄청난 속기 장기를 둔다는 점이다.

선수가 된 사이노카미 이카는 첫수로 각의 길을 열었다. 기록 담당이 대국 개시를 알리는 것을 기다리지 않으며, 인사도 없이 장기판에 손을 뻗었다.

마치 야생동물이었다. 물론 육식을 하는…….

"잘 부탁드립니다."

나는 인사를 하고, 잠시 숨을 고른 후, 평소보다 깊이 고개를 숙이며 비차 앞의 보를 전진시켰다. 카메라의 플래시가 눈에 들어오지 않도록 말이다.

"그럼 보도 관계자 여러분은 퇴실——."

오가 씨가 말을 마치기도 전에 사이노카미 이카가 쉭 하는 소리를 내며 비차를 옆으로 미끄러뜨렸다.

겨우 두 수밖에 밝혀지지 않은 그 전법은——.

"삼간비차!"

"강한 전법이야?"

"몰이비차는 불리하지? 그럼 백설공주가 이기겠네?"

장기를 모르는 보도진이 그대로 계속 촬영하려고 했다.

오가 씨는 크게 헛기침을 한 후, 낮은 목소리로 선언했다.

"보도 관계자 여러분은 퇴실해 주시길 바랍니다."

반박을 허락하지 않는 그 목소리를 듣고서야, 보도진은 방에서 나갔다.

대국실 안이 텅텅 비었다.

평소의 나는 조용한 공간을 선호하지만, 오늘은 수많은 이들이 나간 순간…… 마음이 불안에 휩싸였다. 이런 건 처음이다…….

사이노카미 이카와 대국한다. 맹수와 단둘이 우리 안에 있는 듯한 느낌이 들었다.

이렇게 넓은 방에 있는데, 어째서인지 엄청난 압박감이 들었다.

──아아…… 이게 피해 의식이란 거구나.

어릴 적에 새겨진 피해 의식은, 개에게 길러진 사자가 아무리 덩치가 커진 후에도 자기를 길러준 개에게 맞서지 못하듯, 내 몸을 움츠러들게 했다.

──이길 수밖에 없다.

나는 담담히 진형을 짰다. 사이노카미도 대국을 치르는 겉모습과 다르게 평범한 삼간비차를 짜고 있었다. 각의 길을 닫는 노멀 삼간비차다.

하지만 변화는 15수째에 일어났다.

"…………은을 전진시켰어?"

사이노카미는 원래라면 수비에 쓸 왼쪽 은을 공격에 쓰려 했다.

──여기가 첫 번째 고비구나…….

사이노카미의 공격에 응수하기 위해 방어에 치중할까.

아니면…… 급전을 펼쳐서 공격에 공격으로 맞설까.

『몰이비차에 급전으로 대항하는 장기는, 공격해서 쓰러뜨리는 게 아니라 포인트를 벌면서 싸우는 느낌이지.』

머릿속에 《휘젓기의 마에스트로》가 한 말이 떠올랐다.

『그러니 응수 능력도 필요한 거다. 긴코의 기풍에 맞다고는 생각하지만…… 그래도 완전히 자기 것으로 만들기 위해서는 경험치가 필요하지.』

자신에게 그 경험치가 있을까?

나는 오이시 선생님과 오랫동안 VS를 해 왔다.

하지만…… 선생님은 삼간비차를 둘 때, 반드시 은을 6팔에 두며 싸웠다. 앉은비차가 6열에서 공격해오면 은으로 응수하기 위해서다.

사이노카미 이카는 그 은을 응수가 아니라 공격에 쓰려고 했다.

──은을 공격에 이용하니 방어력은 떨어져……. 하지만, 미노 싸기는 그래도 튼튼해. 성가시네…….

선수의 옥은 아직 중앙에 남아 있다.

하지만 이미 오른쪽 은도 전진하며 미노 싸기를 깔 준비를 하고 있었다.

──나는, 예전의 소라 긴코가 아니야.

사이노카미 이카나 다른 장기별 사람과 마찬가지로, 수읽기를 하지 않고도 장기말의 움직임을 파악할 수 있게 됐다. 그만큼 수 읽기의 속도가 빨라졌다. 생물적인 수준이 향상된 것을 실감하고 있다.

──하지만…… 실수하지 않을 거란 보증은, 없어.

그리고 이 대국에서는 절대로 질 수 없다. 프로 기사가 여류기사에게 지는 건, 있을 수 없는 일인 것이다.

그래서 나는 절대를 추구했다.

"스으읍──……하앗!!"

나는 크게 숨을 들이마신 후, 3단 리그에서 쿠누기 소타와 싸웠을 때 느꼈던 그 세계에 뛰어들었다.

──계산해! 누가 더 빠른지를……!!

서반부터 시간과 체력을 대량으로 투입하며, 수를 읽었다.

사이노카미 이카의 공격이 빠른가.

아니면 내가―― 동굴곰에 숨는 것이 빠른가를……

『동굴곰을 짤 수 있을 때는 짠다.』

마치 씨에게 했던 말을, 나는 실행에 옮겼다.

아직 늦지 않았다고, 결론을 내린 것이다.

사이노카미는 여전히 노타임으로 수를 뒀다. 내가 동굴곰에 숨는 것을 견제하려는 듯이 보를 전진시켰지만, 나는 개의치 않으며 향차를 옮겨서 장기판 구석으로 옥을 옮겼다.

――좋아! 동굴곰에 숨었어……!

자신의 계산대로 국면은 흘러가고 있었다. 오히려 예상보다 더 득을 보고 있다……. 이 정도면 잘 풀리고 있는 것 아닐까?

――선수는 별 의미 없는 수를 두고 있어. 나를 얕보는 걸까?

어쨌든 간에 이쪽은 씨기를 완성했고, 저쪽은 공격과 방어 전부 어중간했다. 덕분에 꽤 여유가 생겼다.

목을 축이려고 찻잔을 향해 손을 뻗으려던, 바로 그때였다.

"안 옮기네."

"응?"

"5열의 보를 안 옮기네?"

고개를 숙인 채 그렇게 말하는 사이노카미에게, 나는…….

"생략할 수 있는 수는 생략해. 그게 현대 장기잖아?"

앉은비차 동굴곰을 완성했다는 안도감 덕분에, 나는 무심코 사이노카미 이카의 말에 대답했다.

대답하고…… 말았다.

동굴감을 짜는 것만 생각한 나는 깜빡하고 말았다. 옛날에 야이치와 함께 수많은 그림책을 읽으며 얻었던 교훈을…….

그 어떤 옛날이야기에서도, 동화에서도.

괴물의 말에 대답한 순간── 비극은 시작되고 마는 것이다.

"긴코~."

그 괴물이, 길고 뾰족한 혀로 입술을 핥으며 내 이름을 불렀다.

"세금 내는 걸 깜빡했어~."

"세금?"

"그래~."

기어 올라오듯 장기판을 향해 두 손을 내민 사이노카미 이카는 얼굴을 내 쪽으로 내밀더니, 뱀처럼 혀를 날름거리며 속삭였다.

"긴코는 참 많은 걸 손에 넣었잖아~? 그럼 세금을 내야지~. 욕심만 부려선 안 되거든~. 탈세하면 벌을 받아야 해~……내지 않은 세금보다 더 많은 걸 내놓게 되는 거야~. 왕창……와아아아아아아아아아아아아아아아아차아아아아아아아아아아아아아아아아아아아앙."

세……금?

장기용어에서 『세금』이란, 특정 전법을 선택했을 때에 꼭 둬야만 하는 수를 가리킨다.

그리고 수많은 경우에 그것은 보의 전진을 가리킨다. 확실히 나는 보를 전진시키지 않았지만──.

"앉은비차 동굴곰의 세금은, 5열의 보."

움직이지 않은 내 중앙 보를 가리키며, 사이노카미는 말했다.

"그리고 사상 첫 여자 프로 기사의 명예와, 야이치의 연인이라는 부러워 뒤질 지위에 대한 세금은……데뷔전에서 여류기사에게 진다고 하는, 영원히 지워지지 않을 낙인이야~."

"윽……?! 그걸 어떻게──."

내가 무심코 입을 잘못 놀린 순간…….

"……………………………역시 그랬구나."

아까의 기묘한 하이텐션이 사라지더니…….

지옥 밑바닥에서 흘러나온 듯한 목소리로, 괴물이 중얼거렸다.

"…………큭!!"

나는 입을 다물고, 곧장 옥이 숨은 동굴곰의 입구를 막았다.

사이노카미 이카는 노타임으로 은을 전진시켰다. 장기판을 보지도 않고, 그저 내 얼굴만을 뚫어지게 쳐다보면서…….

뱀의 혀처럼 날름거리는 그 은을 쳐내기 위해, 나는 비차를 옆으로 옮겨 견제했다!

이 수를 두기 위해, 나는 일부러 5열의 보를 전진시키지 않았던 것이다.

──수읽기로 이겼어!!

하지만…….

그 비차를 본 사이노카미는 노타임으로── 말 그대로 인간은 두지 않을 듯한 수를 뒀다.

"아하~."

사이노카미 이카가 오른손을 휘두르며, 뒀다.

1칠계를.

내 눈을 믿을 수가 없었다.

"계를 옮겼어?! 가장자리로?! …………가장자리로?!"

나는 몇 번이나 계마의 위치를 확인했다.

틀림없다. 가장자리로 옮긴 것이다. 틀림없다…….

보통, 계마를 가장자리로 옮기는 건 악수로 여겨진다.

다음에 옮길 장소가 하나밖에 없어서, 선택지가 줄어들기 때문이다.

아니! 애초에 미노싸기를 할 거라면, 옥의 등 뒤에 계마를 배치하는 것이 필수일 텐데……!

"그 계마가, 이렇게 빨리 움직였어……. 그, 말, 은……?"

당연히 미노싸기를 노리는 줄 알았다.

노멀 삼간비차로, 은을 주력으로 삼아 공격할 줄 알았다.

그런 것치고는, 너무나도 어중간하다고 여겼다. 그래서 나는 수읽기로 이겼다고 생각했다.

하지만——.

옥을…… 싸지 않는 거야? 이대로 싸우려는 거야……?

그 가능성은……생각조차, 해 보지 않았는데…………?

즉, 처음부터 사이노카미는 미노싸기를 만들 생각이 눈곱만큼도 없었고, 평범한 삼간비차를 둘 생각 또한 없었다.

나와 같은 장기판을 보고 있는데…….

나와 같은 국면을 보고 있는데…….

——사이노카미 이카는……전혀 다른 게 보이는 거야……?!

아연실색했다.

빠, 빨리 생각을 바꿔야 해……! 하지만 사이노카미가 뭘 노리는지, 장기판 위에 어떤 그림을 그리려고 하는 건지, 예측조차 안 돼…….

"그렇다면……!!"

나는 동굴곰의 방어력을 더욱 높이기 위해 금을 붙였다. 트리키한 상대의 움직임에 휘둘리지 않고, 이쪽은 처음 주장을 계속 밀어붙이면 된다.

상대는 미노싸기조차 만들지 않았다.

그에 반해 이쪽은 동굴곰이다. 공격 면에서는 뒤질지도 모르지만……!

"차례가 넘어보면 거꾸로 옥을 잡아주겠어."

"안 넘겨줄 거예요오오오오오오!! 이얍!!"

사이노카미는 노타임으로 계마를 옮겼다.

옥 앞으로 온 계마는 그야말로 '내던졌다'는 표현이 딱 맞았다.

사이노카미가 휘두른 도끼가…… 바람을 가르며 다가왔다!

"어때~? 바람을 느꼈어?"

부채라고 우긴, 장난감 도끼. 그 도끼로 나를 겨눈 괴물.

"윽…………!!"

목덜미에서 차가운 바람이 느껴지자, 나는 무심코 목에 손을 댔다. 자신의 머리가 아직 몸에 붙어 있는지 확인하려는 듯이…….

──손에 쥐고 싸우는 무기인 줄 알았더니, 설마…… 투척용 무기였을 줄이야!!

동요한 내 마음을 억누르며, 가장자리에서의 무리한 공세를 어찌어찌 받아냈지만——.

"아하~♡"

"윽?! 아차……!!"

옥에 대한 공세가 중단된 직후, 이번에는 비차가 노려지기 시작했다.

어느새, 중앙은 완전히 제압당했다.

게다가 선수가 공격에 사용한 모든 장기말이…… 동굴 속에 숨은 내 옥을 조준하고 있었다……!

"쪼잔하게 굴지 않고 5열의 보를 전진시켰다면, 중앙에서 은을 내보내 이 공세를 받아냈을 텐데 말이야~. 탈세한 바람에 난리가 난 것 같네~?"

그 설명을 듣고서야, 나는 사이노카미 이카가 장기판 위에 그리려는 전법을 어렴풋이 파악했다.

"앉은비차 동굴곰을 짜서 '이겼다!'고 생각한 순간에 목이 날아가는, 초공격적 삼간비차야~."

사이노카미는 도끼를 어루만지면서, 황홀한 듯한 목소리로 말했다.

"영화에서 이걸 던지며 싸우는 장면을 보고, 삼간비차를 보고, 영화를 보고, 삼간비차를 보고, 귀찮아져서 영화를 보며 삼간비차를 뒀더니, 이 전법이 완성되더라니깐~."

내 장기관과 너무나도 동떨어져 있는 탓에, 무엇 하나 공감할 수가 없었다. 전부 이 여자의 환각으로 치부하고 싶었다.

하지만 이 전법의 우수성만은 인정할 수밖에 없다.

바람을 가르며 날아오는 계마와 초음속으로 날아오는 각행^{미사일}. 사이노카미 이카는 그 둘은 한 단어로 표현한다.

그 전법의 이름은————『토마호크』.

"…………그래. 좋은 이름이야."

동굴곰에 숨은 옥과 마찬가지로, 나는 꼼짝도 할 수 없다. 하지만 아무리 무시무시한 상대라도, 아무리 무시무시한 전법이라도, 전부 받아내면 이길 수 있다.

불리하다는 것을 알면서도 비차 교환을 받아들였다. 당당히, 프로다운 손놀림으로 말이다.

"그런데 사이노카미…… 씨."

이번에는 내가 물을 차례였다.

"당신은 강해지기 위해, 어떤 세금을 냈어?"

"나?"

사이노카미 이카는 놀란 듯이 고개를 들더니…….

"나는, 이거야~."

안대를 들췄다.

그 아래에 있는 건——.

♠ 인간이 아닌 무언가

대국자를 위한 개인실에서 기모노를 걸친 나는 대국 전의 긴장을 풀기 위해, 다시 관계자 대기실로 향했다.

그곳에서 후타츠카 4단이 도시락을 먹고 있었다. 혼자서.

"어…………."

내가 가볍게 고개를 숙이자, 후타츠카 씨도 아무 말 없이 고개를 숙였다.

아동 대회의 결승전이 치러지고 있기에, 중계 스태프인 쿠구이 씨를 비롯한 관계자는 대부분 무대로 향했다.

대신 지도 대국이 종료됐기에, 후타츠카 씨만 이렇게 휴식을 취하고 있는 것이다.

"…………."

예상이 빗겨난 나는 아무 말 없이 근처의 의자에 앉았다.

나도 식사를 하면 이야기를 나눌 필요가 없겠지만, 이미 기모노를 입었기 때문에 음식을 먹을 수 없고…… 그렇다고 바로 일어서는 것도 상대방의 기분을 상하게 할 수 있는데…….

침묵을 견디다 못한 나는 자연스레 텔레비전 리모컨을 향해 손을 뻗었다.

전원을 켜자——방송사고가 한창 벌어지고 있었다.

"우왓?!"

화면에 나온 기묘한 광경에, 나는 그대로 의자에서 굴러떨어질 뻔했다.

이카가 안대에 손가락을 걸고 절규를 토하는 광경이 화면에 나오고 있었다!

『나, 모니터를 잔뜩잔뜩잔뜩잔뜩 설치하고, 쭈우우우우우우우우우우우우우우우욱 컴퓨터의 장기를 봤더니, 눈에 장기가 새겨지고 말았어~. 그래서 눈을 안 가리면, 또 저지를 게 뻔하거드으으으은~.』

이카는 오른손을 긴코의 말받침으로 뻗더니, 고개를 120도 정도 기울이며 그렇게 말했다.

『반 · 칙☆』

텔레비전 카메라가 이카의 안구를 확대해서 비췄다.

한쪽 눈만 부들부들 경련을 일으키며, 다른 방향을 향하고 있었다.

전자기기는 스태프에게 건네줬기 때문에 대국의 진행 상황은 파악하지 못했지만…… 현재 국면만 보면, 이카의 공세가 먹힌 것 같았다. 그것은 인정할 수밖에 없지만…….

"저, 저 녀석……무슨 소리를 하는 거야?"

나는 텔레비전을 향해 무심코 그렇게 말했다.

그러자 뜻밖에도 대답이 들려왔다.

"너도 그렇게 생각하는 거구나. 쿠즈류…… 씨."

"어?"

갑자기 누군가가 말을 걸어오자, 나는 그 인물을 쳐다보았다.

"후타츠즈카 씨, 그게 무슨 소리예요?"

"무슨 소리인지 모르겠어? 내가 보기에는 저기서 도끼 들고 장기 두는 녀석과 쿠즈류 씨가 똑같아 보인다는 거야."

"……네에엣?"

내, 내가 이카와 똑같다고? 이 사람, 되게 무례한 소리를 늘어놓네…….

혹시 칸토의 젊은 기사들 사이에서는 나와 이카가 옛날에 사귀었다는 소문이 돌고 있는 걸까? 인터넷에 그런 말이 도는 것 같던데…… 뭐, 긴코와의 관계를 의심받는 것보다는 그게 낫다 생각해서 내가 로리콤이라는 이야기와 함께 내버려 두고 있지만 말이야. 어디까지나 일부러!

"쿠즈류 씨. 너는 소프트를 어떻게 이용하지?"

"어떻게…… 그냥 평범하게 쓰는데요."

"평범하게라. 네가 말하는 평범한 게 뭔데?"

"다른 기사들이 하는 것처럼, 자기가 둔 장기를 분석해 뭐가 악수였는지 조사하는데요? 대국은 안 해요. 때때로 지정 국면에서부터 두기도 하지만…… 그리고 과제로 삼은 국면을 소프트에게 분석하게 해서 평가치와 수순을 보고, 그것을 자기 나름대로 체계화——."

"그거야. 그게 비정상적인 거라고."

"네? 다들 그러지 않나요?"

"맞아. 프로그래밍 지식이 없는 기사는 그런 식으로 소프트의 수와 수순을 통해 뭔가를 파악하려고 하지. 하지만 그딴 건 존재하지 않아."

"하, 하지만! 소프트가 채용한 전법 중에는 인간이 받아들여서 우수하다고 인정받은 것도 잔뜩 있잖아요?! 대(對) 몰이비차 싸기라거나——."

"개개인의 계산 결과가 어떤 특징으로 귀결되는 경우라면 있을 수 있어. 그건 부정하지 않아. 내가 말하고 싶은 건, 프로 기사가 참고로 하는 국면 숫자가 너무 적다는 거야. 하나의 연구 테마에 대해 1천 국면 정도의 결과로 '철저하게 살펴봤다'고 말하거든."

"……."

"나는 대학에서 프로그래밍을 공부하고 있어. 그래서 소프트의 계산 결과에서 뭔가를 얻기 위해서는 최소한 1만 국면 정도의 샘플이 필요하다는 걸 알지. 그 1만 국면을 통합해서, 어떤 특징을 파악한다…… 나는 너도 그런 식으로 하는 줄 알았거든? 네가 프로그래밍 지식이 없더라도, 너와 친한 사람 중에 가능한 사람이 있으니 말이야."

후타츠카 씨가 무슨 말을 하는 건지 금세 이해했다.

확실히 나에게는 도움을 받을 만한 사람이 있다. 장기도 꽤 잘 두고, 유명 대학에서 프로그래밍도 공부한 인간이 주위에 있다.

하지만 그 사람과는 10년 가까이 장기 이야기를 하지 않았다. 이런저런 일이 있었던 끝에, 그런 관계로 정착되고 만 것이다.

"우리들 프로그래머가 볼 때, 네가 하는 짓은 사이노카미와 별반 다르지 않아. 저런 원시적인 방법으로 뭔가를 얻을 수 있을 리 없어."

캐묻는 게 아니라 담담히 사실을 말하는 듯한 어조로, 후타츠즈카 씨는 말을 이었다.

"많은 기사가 이렇게 말해. '소프트를 쓰는 바람에 거꾸로 약해졌다', '소프트를 이용한 연구가 자신한테 맞지 않다'. 그럴 거야. 제대로 이용하지 못하고 있거든. 애초에 인간이 강해지기 위해 학습용으로 개발된 소프트가 아닌걸."

"…………."

그 위화감은 나도 들었다.

현존하는 장기 소프트는 장기 소프트간의 대국에서 이기기 위해 만들어졌다. 더 거슬러 올라가자면, 애초에 인간에게 이기기 위해 만들어진 것이다.

이기기 위해서 만들어진 것이지, 육성하기 위해서 만들어진 것이 아니다.

인간으로 치환하면 이해하기 쉽다. 프로 기사도 자주 이렇게 말한다.

『프로는 지도자로 적합하지 않다. 자기가 어떻게 강해졌는지를 기억하지 못하니까.』

지금 소프트는 프로 기사와 마찬가지다.

나도 이 사실을 통감했기 때문에 제자를 들이는 것을 망설였고, 들인 후에도 직접 지도하기보다는 알아서 강해질 수 있는 환경을 갖춰 주는 데 힘을 쏟았다.

여초연 설립, 그리고 히나츠루 아이와 야샤진 아이를 라이벌 관계로 만든 것처럼 말이다.

그 외에도 해 줄 수 있는 일이라면——.

"가설을 세운다면 말이지."

후타츠즈카 4단의 목소리가 내 생각을 방해했다.

"사이노카미는 마치 딥러닝을 하듯, 소프트간의 대국에서 발생한 방대한 국면을 지켜봤어. 그에 따라 미의식이라고 부를 수 있는 걸 지닌 거야……."

"미?"

나는 텔레비전에 비친 장기판을 가리키며 물었다.

"저 극단적인 전법의 어디에서 미가 느껴진다는 거죠?"

"미의식이라고 표현하는 게 가장 이해하기 쉬울 거야. 사이노카미는 논리로 국면을 파악하지 않아. 저 녀석은 생각이 아니라 시각으로 모든 것을 판단해. 원래 그런 경향이 있기도 했거든."

시각? 시각으로 판단한다고?

부정하기 위해 입을 열려던 순간, 기억 속의 쿠구이 씨가 이런 말을 했다.

『명인만은 '읽지 않아도 수가 보인다'란 이야기, 믿을 수 있겠나?』

그 질문을 받았을 때…… 나는 뭐라고 답했지?

"아까 본인이 말했잖아? 소프트가 두는 장기가 눈에 새겨지고 말았다고. 소프트의 장기를 계속 봤다고 했잖아."

마치 SF 같지만, 후타츠즈카 씨는 진지한 표정으로 말했다.

그런 그의 목소리는 어느새 열기를 머금고 있었다.

"보기만 해도 국면의 우열을 파악할 수 있게 됐고, 그 캔버스에 어떤 색을 더하면 더욱 아름다울지 순식간에 판단할 수 있어. 그래서 사이노카미는 제한시간을 쓰지 않아. 수를 읽지 않거든."

"그런 말도 안 되는 이야기가──."

"소비한 시간을 봐."

후타츠즈카 씨가 짤막하게 대답했다. 그게 다라는 듯이…….

△ 소라 긴코　　　　　　　3시간 34분
▲ 사이노카미 이카　　　　0시간 02분

"헉…………!"

이카의 연구가 그만큼 진보했다고 생각하려 했다.

하지만 이 국면은 연구로 어찌할 수 있는 수준을 벗어났다. 애초에 이 기묘한 전법을 연구로 만들어낼 수 있을지조차 알 수가 없었다.

저, 정말로……?

정말로…… 사이노카미 이카는 그냥 보기만 해도 판단할 수 있는 건가……?

"반면에 너는 소프트가 제시한 수순을 받아들였어. 체계적인 생각 같은 게 있을 리가 없는데, 마치 그게 존재하는 것처럼 착각하며 자기 내면에 기묘한 감각을 길렀고……. 원래라면 망상으로 끝나야 하는 그것이, 어찌 된 건지 쿠즈류 야이치에게만은 승리를 안기고 있는 거야."

"…………."

"사이노카미와 너 중에서 누가 더 무시무시한지 묻는다면, 나는 기쁜 마음으로 너한테 한 표를 행사하겠어. 《서쪽의 마왕》인 너한테 말이야."

……자신이 소프트를 접하고 강해진 건, 타인보다 소프트의 활용이 조금 능숙했기 때문이며…… 밸런스를 중시하는 소프트의 기풍이 자신에게 잘 맞아서라고만 생각했다.

하지만, 만약.

만약 후타츠즈카 씨가 말한 것처럼, 내가 특별한 것이라면?

명인과 이카처럼 나도, 남들과는 다른 무언가를 장기판 위에서 보고 있는 것이라면?

아이, 긴코와 전혀 다른 세계가 보이는 것이라면……?

"쿠즈류 선생님. 시간이 됐습니다."

"어……아, 네! 금방 갈게요!!"

담당자가 자신을 부르자, 나는 허둥지둥 몸을 일으킨 후에 바짓자락을 들어 올리며 대국장인 스테이지로 향했다.

지금은 다른 생각을 떨쳐버리고 승부에 집중하자.

──곁에 있어 주지는 못해도…… 함께 싸울 수는 있다!

그것이 기사의 삶이다.

설령 보이는 것이 다르더라도, 같은 삶을 살 수만 있다면 그것으로 충분해!

"만약, 그런 게 진짜로 가능하다면──."

후타츠즈카 미라이 4단의 나른한 목소리가 등 뒤에서 들려왔다.

"너희는 인간이 아닌 무언가야."

△ 헨젤과 그레텔

그 대국을, 짐은 애제자와 관전하고 있었다.

"어찌 보느냐? 갓콜드런이여."

"네……."

믿음직하게 성장한 제자는 이미 스승보다 훨씬 강해졌다.

장기만 강해진 것이 아니다. 기사로서 필요한 모든 것을 갖춘, 짐의 이상형이다.

그렇기에──.

"선수가 다소, 유리하다고 생각합니다."

"솔직하게 말해 보거라. 짐을 배려할 필요는 없느니라."

"…………."

제자는 입을 다물었다. 괴로운 듯이…….

긴코와는, 젊은 용왕을 비롯해 어릴 적부터 함께한 사이다.

아무리 본인이 눈앞에 없더라도, 상처를 줄 수 있는 말을 입에 담고 싶지 않은 것이리라. 정말 상냥한 아이다……. 하지만 그것은 때로 약점이 된다.

"말하거라."

"현 국면은 이미 선수의 우세이며, 후수가 역전하려면 요행이 일어나길 바랄 수밖에 없을 겁니다……. 원래 동굴곰이란 그런 전법이니까요."

"역시 그러한가."

《차세대 명인》이란 불리는 애제자의 형세 판단이라면, 아마 틀림없을 것이다.

이 늙은이는 전혀 판단이 서지 않는, 기묘한 전법이지만…….

"그대는 저 마물과 같은 학년이었던가?"

"아뇨. 여류제위는 《서쪽의 마왕》과 같은 나이인 열여덟 살입니다. 저보다 두 살 아래죠."

"놀랍구나. 그대는 벌써 스무 살이 된 건가."

애제자는 난처한 표정을 지었다.

"하지만 도저히 믿기지 않는 광경입니다. 역대 3단 리그를 통틀어도 굴지의 격전을 헤쳐나온 소라 4단이, 여류기사를 상대로 이런 무참한 장기를 두게 되다니……."

"사이노카미 이카는 특별하니라. 그자는 원래 네 시간 장기에서 가장 뛰어난 결과를 냈지."

"여류제위전……!!"

"그래. 여류기계 최장 제한시간을 지닌 그 기전에서, 사이노카미 이카는 무적이니라. 다름 아닌 짐에게서 타이틀을 빼앗았으니 말이지."

저자와의 선승제 승부는 그야말로 악몽 같은 시간이었다.

재능에 압도당하는 굴욕과 무력감. 그리고 전혀 공감할 수 없는 인격과 장기관.

당시부터 이미…… 인간과 장기를 두는 느낌이 들지 않았다.

"하, 하지만 마스터! 소라 4단이 타이틀을 보유하고 있는 여왕전과 여류옥좌전도 제한시간이 세 시간입니다! 소라 4단이 경험에서 밀릴 리가——.”

“그 여왕전 본선에서, 긴코는 졌느니라. 원래 여왕이 되었을 사람은…… 긴코가 아닌 게지.”

그 한 수가 모든 운명을 바꿨다.

“진정한 여왕은 지금, 긴코의 눈앞에서 장기를 두고 있느니라.”

사이노카미 이카는 지나칠 정도로 천재였다.

——한편, 처음으로 장기판을 사이에 두고 마주앉은 소라 긴코는…… 코스케 씨에게 들은 대로의 어린아이였다.

몸은 약하고…….

장기 재능은 부족했으며…….

지기 싫어하고, 어리광쟁이였으며, 사부님의 애정을 무한히 받았기에 남을 의심할 줄 모르는 데다, 모난 성격은 장기를 통해서만 인간관계를 형성할 수 있었기에, 장기에게서 벗어나지 못했다……. 그리고, 남들의 눈길을 끄는 외모를 지녔다.

갓난아기의 손을 비트는 것보다 간단히, 짐은 그 불쌍한 어린이를 농락할 수 있었다.

——같은 짓을 수십 번이나 해왔거든.

장래성이 있어 보이는 소녀에게 말을 걸고, 포상을 주며 자신의 성으로 초대한다. 미소를 지어 보이며 ‘그대는 특별하니라’ 하고 속삭이며…… 지옥으로 떨어뜨린다.

긴코는 그 희생자 중 한 명에 지나지 않았다. 재능이 있는 게 아니라, 순종적인 노력가였기에, 짐은 그 아이에게 다가갔다.

──연약하고 아름다운 그 아이를, 짐은 이상적인 기사로 길렀다. 누구나 다 동경하는 백설공주로…….

그리고 긴코는 사상 첫 여자 프로 기사가 됐다.

평범한 노력가였기에, 자신의 재능과 육체의 한계를 넘어서면서 말이다.

하지만 프로 기사에게 이겨서 타이틀을 차지할 수 있는 여자가 등장한다면, 그 사람은──.

"마스터. 전화가 왔습니다."

제자가 바친 수화기를 귀에 대자, 또 한 명의 악마가 속삭였다.

『상담하고 싶은 일이 있습니다.』

"이런 우연이 다 있군요. 짐도 찾아뵈려던 참입니다."

짤막하게 대화를 주고받은 후, 수화기를 내려놨다.

저 아이는 이제부터, 패배보다 더 힘들고 어려운 선택에 직면하게 되리라……. 본인은 물론이고, 젊은 용왕에게도 원망을 받을 것이 틀림없다.

"…………짐은, 지옥에 떨어지겠지."

"어디까지든 함께하겠습니다."

스승이 지팡이 대신 잡을 수 있도록 팔을 내밀며 주저 없이 그렇게 말한 애제자를 올려다보며, 짐은 자신의 업이 얼마나 깊은지 깨달으면서도…… 미소를 머금었다.

──이 아이도, 그리고 이 아이의 동생마저도, 짐은…….

역시 자신은 지옥에 떨어져야 마땅하다고 생각했다. 물론 혼자서…….

♟ 프로

소비 시간이 두 시간이 넘어설 즈음부터, 자리를 벗어나는 횟수가 늘어났다.

"하아…… 하아…… 하아아———…………."

세 시간이 넘자, 앉아 있는 것도 힘들 만큼 심한 현기증이 엄습했다.

나는 숙박실의 침대에 누워서 거친 숨을 가다듬었다.

"휴우———…………."

3단 리그는 제한시간이 한 시간 반이었다. 그 시절에는 시간이 금방 바닥나서, 두세 배로 늘어나도 부족할 거라고 생각했지만…….

"제한시간이 많으면 쉴 수 있어서 좋을 거라는 건…… 물러 터진 생각이었어…………."

장기판을 향한 시야는 흐릿해졌고, 긴장 탓에 젖산이 쌓일 대로 쌓인 근육은 풀리다 못해 격렬한 통증에 휩싸였다.

장려회에서 기록 담당을 하던 시절에는, 베테랑 기사가 단순한 국면에서 시간을 할애하며 끙끙거리는 모습을 보며 마음속으로 무시한 적이 있다.

한밤중에 접어들어 지친 기사가, 집중력이 떨어진 탓에 말도 안 되는 악수를 둬서 장기를 망치는 광경을 몇 번이나 봤다. 그때마다 슬픔에 휩싸였다.

──왜 이렇게 약한 거지?

이 사람들을 은퇴시키고, 3단을 프로로 만드는 편이 더 나은 기보를 남길 수 있을 텐데…… 아무것도 모르는 계집애는, 건방지게도 그런 생각을 했다.

"하하. 천벌을 받는 걸까? 미안해, 사부님……."

이렇게 장기판 앞에서 벗어나도, 다른 생각을 하면서도…….

뇌는 계속 작동하고 있었다. 제어 불능에 빠질 만큼 열을 뿜으며…….

"안대는 허세일 거라고 생각했는데……."

이제야 자신의 준비 부족을 통감했다. 나보다 더 잘 보이는 사이노카미 이카는 그 안대로 피로를 완화시키고 있을 것이다. 한편, 장기별 사람이 되어서 기고만장해진 나는 그 힘을 제어할 생각을 전혀 하지 않았고…….

인정할 수밖에 없다. 프로의 무대에서 싸울 준비도, 각오도, 내가 뒤진다는 것을…….

"뜨거워……."

차가운 페트병을 눈꺼풀에 댄 나는 머릿속 장기판을 돌려 선수 측에서 국면을 살펴봤다. 눈앞에 진짜 장기판이 있으면 이러기 어렵다는 점도 자주 자리를 비우는 이유였다.

형세는, 아마 내가 불리할 것이다.

그러나…… 이렇게 선수의 입장에서 봐도, 전혀 수가 보이지 않았다.

전통적인 회화의 세계에 느닷없이 전위예술이 가져다 놓은 듯한 당황스러운 국면 속에서, 나는 발버둥을 쳤다.

"그 녀석…… 여기서부터 어떻게 수를 만들 생각이지……?"

대뜸 붓을 건네받더라도, 나는 어떤 물감으로 어떤 것을 그리면 좋을지 짐작조차 되지 않았다.

"이것이, 재능……."

아까 가장자리로 옮긴 계마를 보고 충격을 받지 않았다면, 그것은 허세이리라.

하지만 장기는 예술이 아니라 승부다.

누가 더 뛰어난지는 수를 계속 두다 보면 확연해진다. 승패라는, 누구나 알 수 있는 형태로 말이다. 정확한 형세 판단을 할 수 없는 만큼, 처음 방침을 관철하는 것이 옳은 판단이리라.

내 싸기는…… 실전에서 최강이라 불리는, 동굴곰이다.

"이대로 응수로 짓밟아 주겠어. 프로답게 당당히……."

각오를 다진 나는 미지근해진 페트병의 물을 마시기 위해 뚜껑을 잡았다.

하지만──.

"윽! 이익!! …………말도 안 돼……."

몇 번을 해도 뚜껑을 돌아가지 않았다.

오른손에 힘이 전혀 들어가지 않았다…….

"하하……이렇게 약해 빠지다니……."

물을 마시는 걸 포기하고 페트병을 둔 채, 옷매무새를 고친 나는 맹수가 기다리는 우리로 돌아갔다.

"어서 와~♡"

방석을 베개 삼아 다다미에 누워 있던 사이노카미 이카는 그렇게 말하며 나를 맞이하더니, 편의점 비닐봉지에서 꺼낸 과자를 입에 털어넣었다.

"긴코가 하도 수를 안 두니까~. 가져온 과자를 다 먹어버릴 것 같네. 심심해, 심심심심심심심심~."

기묘하게 긴 혀로 손가락을 날름날름 핥으면 그걸로 수를 둘 준비는 끝나는 것 같았다.

비치되어 있는 TV 카메라는 물론 기록 담당인 노보리 료 2단도 싸늘한 눈으로 보고 있지만, 전혀 아랑곳하지 않는 것 같았다.

그런 노보리 양에게, 나는 자리에 앉으며 말을 건넸다.

"기보를 보여주겠어요?"

"네. 여기 있어요."

"그리고…… 죄송한데, 물을 사다 주지 않겠어요?"

"네?"

노보리 양은 한순간 의아한 표정을 지었다.

하지만 곧 미소를 머금더니…….

"네. 물론이죠."

상대방이 고개를 끄덕이는 것을 확인한 후, 나는 준비해 뒀던 동전을 건네려 했다.

"앗."

——아차! 손에 떨림이 남아 있어서…….

노보리 양은 바닥에 떨어진 동전을 다급히 주웠다.

"실례했어요! 선생님, 제가 주울게요!"

그리고 급한 발소리를 내면서, 바닥을 구르듯 대국실을 나섰다.

"…………."

미안함을 마음속에서 억누르며, 나는 장기판을 확인했다.

방침은 방어. 그것은 정해졌다.

――옥의 앞에 놓인 향차를 잡는 1사보…… 아니면 각을 빼서 진영을 튼튼하게 하는 3삼각…….

그 둘을 검토하고 있을 때였다.

"장려회원이란 것들은 말이지~."

사이노카미가 벌러덩 드러누운 채 말했다.

"왜 저렇게 미련해 빠진 거야?"

그 말을 듣고, 머릿속에서 장기가 한순간 사라졌다.

"나도 장려회에 들어갈까 했던 적이 있는데, 안 들어가기 잘했다니깐~. 장기가 칙칙하다고나 할까…… 재미없잖아? 컴퓨터가 훨씬 재미있는 장기를 두니까, 됐다 싶어~."

"…………."

"수행? 이란 명목으로 남의 기보나 받아적으라고 하잖아~. 그딴 짓을 할 시간 있으면 자기 장기나 두라 싶다니깐~. 그리고 나는 아무 프로하고나 두고 싶은 것도 아니거든~. 역시 내가 가장 장기를 두고 싶은 건, 야이――."

"사이노카미."

"아앙?"

"닥쳐."

딱!! 쉬이이이이이익————!!!!!!

장기말을 두는 신성한 소리로, 모든 잡음을 정화했다.

기록 담당이 돌아오기 전에 장기를 두는 건 이례 중의 이례이며, 폐를 끼치는 짓이지만…… 더는 이 녀석의 망언을 듣고 싶지 않았다. 무엇보다, 수행 중인 노보리 양의 귀에 들어가게 하고 싶지 않았다.

그래서 말이지? 둔 거야.

한심한 헛소리보다 훨씬 몰입이 될 수를.

내가 둔 것은—— 적진에 비차를 투입해 각계 양걸이를 거는, 최강의 한 수!!

방어가 아니라, 철저한 공격을 선택한 것이다.

"이힛!!"

사이노카미는 몸을 벌떡 일으키더니…….

"좋아! 좋아, 긴코~! 그렇게 나와야지이이이이잇!!"

마치 먹잇감을 발견한 육식동물처럼, 네일 아트로 잔뜩 치장된 손톱으로 말받침에서 대마를 잡았다.

"강해졌다며~?! 프로가 됐다며~?! 지옥의 3단 리그를 처음으로 돌파한 여자라며~?! 그럼 강해진 모습을 보여달란 말이야 아아아앗!!"

내가 올려둔 비차의 바로 뒤편.

사이노카미 이카는 그곳에 자신의 비차를 올려놨다!

"윽?! 손장단……!"

이쪽의 각 올림을 받아내는 묘수처럼 보였지만…….

"물러!!"

나는 비차를 한 칸 옆으로 이동시키며 뒤집었다.

용왕.

승격한다고 해서, 이 국면에서 단숨에 유리해지지는 않는다.

——하지만……! 하지만……!!

이 장기말을 보는 것만으로, 온몸을 사정없이 찔러대는 듯한 고통이 기분 좋은 열기로 바뀌었다.

흐릿하던 시야가 맑아졌다.

"이제부터 돌격합니다~!"

영문 모를 선언을 한 사이노카미는 승격한 내 용을 방치해둔 채로 노타임으로 맹공을 개시했다.

하지만 말받침에 있던 비차를 응수에 쓰면서, 선수의 공세는 박력이 떨어졌다.

서반의 구상은, 인류를 초월했다.

하지만!

——이 녀석, 예전보다……종반의 정밀도가 떨어졌어?!

"치이이이잇! 동굴곰, 되게 거슬리네에에에에에에에엣!!"

공격이 불발로 끝난 사이노카미는 다시 내 용왕을 노렸다.

나는 그 용왕을 대피시키면서 계마를 잡아 장기말을 보충했고, 사이노카미는 아까 올린 비차를 내 진지에 돌입시켰다. 여기까지는 무승부지만——.

"히힛! 나도 드래곤 겟이야~!!"

우리는 서로가 최강의 장기말을 손에 쥐었다.

용왕.

그리고 누가 그 장기말을 다룰 만한 존재인지, 승부했다.

누가 용왕전을 이기고 올라갈 자격이 있는지를. 누가…… 야이치와 싸울 자격이 있는지를!

"재도전~!!"

용을 얻은 사이노카미는 각을 이용해 다시 동굴곰을 공략하기 시작했다.

방어하던 금은이 순식간에 떨어져 나갔다. 싸기가 붕괴됐다.

하지만 이번 공격을 받으면서도, 나는 어찌 된 건지 기묘함이나 공포를 느끼지 않았다. 장기반 구석에 남겨진 옥은 생명력으로 가득 차 있었다.

──소타나 카가미즈 씨였다면 틀림없이 옥을 잡았을 것이다.

나는 확신했다. 사이노카미 이카의 종반은 확실히 쇠퇴했다.

어쩌면──.

"내가 강해진 걸까?"

"이…………익."

사이노카미는 짜증이 난 것처럼 도끼를 깨물었다.

머릿속에 떠오른 건, 야이치의 제자── 히나츠루 아이가 이 괴물을 상대로 뒀던, 마이나비 여자 오픈에서의 장기다.

사이노카미는 다이렉트 맞비차에서 압도적으로 우세를 점했으면서도, 그 꼬맹이가 될 대로 되란 듯이 노타임으로 수를 두기 시작하자 응수를 실패했다.

　그래서, 나는…….

　"………………………이렇게…………."

　남은 제한시간을 전부 쏟아부어—— 장기별 사람들이 사는 별로 머릿속을 보냈다.

　장기 묘수풀이라고 하는, 마지막 열쇠를 쥐고…….

　"이렇게……이렇게……이렇게………………."

　——한순간이라도 좋아! 한 수라도 좋아!!

　또 그 세상에 가기 위해 발버둥쳤다. ……하지만, 열기와 갈증으로 의식이 몽롱해진 탓에, 장기말과 다이렉트로 이어져 있는 감각을 얻을 수 없다……!

　"소라 선생님, 제한시간이 5분 남았습니다."

　"윽?! 아……네!"

　문득, 장기판을 보니…….

　돌아온 노보리 양이 사다 준 페트병이 장기판 옆에 놓여 있었다.

　"윽……."

　한순간, 따지 못했던 뚜껑을 떠올린 나는 손을 내미는 것을 주저했다.

　하지만 그건 기우였다.

　노보리 양이 사다 준 페트병은 이미 따진 상태였다.

　"소라 선생님, 이제부터 1분 장기입니다."

　"네!!"

시치미 떼는 표정으로 초읽기를 시작한 장려회 회원에게, 나는 마음속으로 감사했다.

——고마워. 반드시 이길게.

그리고 장려회를 모욕한 사이노카미에게, 그 대가를 치르게 하겠다.

"꿀꺽…… 꿀꺽…… 하아!! 휴우———……."

페트병에 입을 대고 단숨에 내용물을 전부 마신 후, 나는 남겨진 1분 동안 장기별로 날아갔다!

"이렇게, 이렇게, 이렇게……이렇게이렇게이렇게이렇게이렇게이렇게이렇게이렇게이렇게이렇게이렇게에에에에에에에에에에에에에에에에에에에에에에에에에에에에에에에에에!!!!"

그리고 답을 얻었다. 그 꼬맹이라면 어떤 수를 뒀을지를 알아낸 것이다.

——장기판을 넓게 쓰는 거야! 즉……각!!

적진의 구석.

내 옥에서 가장 먼 장소에 각을 올렸다!

"이렇게!!"

"…………아앙?"

이 각올림의 의미를 이해 못한 사이노카미는 개의치 않으며 세 번째 돌격을 시작했다. 역시 종반에 빈틈이 있다.

"덤벼."

나는 각으로 용마를 만든 후, 이 순간에 딱 맞는 대사를 입에 담았다.

"춤춰 줄게."

사이노카미는 아랑곳하지 않고 은을 올려서 공세를 이어가려 했고, 나도 용마 뒤편에 은을 올려서 받아냈다.

은을 올리고, 은으로 잡고, 또 은을 올리고, 그것을 은으로 잡는—— 은색 윤무(輪舞).

""천일수……!!""

사이노카미 이카와 나는 동시에 외쳤다. 하지만 그 목소리에 담긴 감정은 정반대였다.

그것이 실현되면, 나는 유리한 선수가 된다.

게다가—— 기습에 의해 엉망진창이 된 데뷔전을 처음부터 다시 치를 수 있다!

"그으으으으으러어어어어어며어어어어언 아아아아아안 돼에에에에에지이이이이이잇!!!!!!"

사이노카미는 억지로 수를 바꾸려 했다.

다이렉트로 옥을 공격하려고 보를 올려 외통수순을 노렸지만——.

"늦었어."

장군이 아닌 그 수는, 선수의 공세가 끊겼다는 것을 의미했다.

——닿는다.

생일날 밤에 장기의 신이 보여준 그 꿈이, 눈앞에 펼쳐지고 있었다.

어느 여관의, 넓은 다다미방.

나와 야이치는 아름다운 기모노를 입고, 둘밖에 없는 그 공간에서…… 장기를 뒀다.

그 기모노의 무늬는, 어릴 적 사부님의 타이틀전을 TV로 보면서 둘이 함께 이불 안에서 도화지에 그렸던 것이었으며——.

『우리도 기모노 입자. 꼭 입자!』

그 후로 우리는 기모노를 몇 번이나 입었다.

——하지만 아직, 그때 그렸던 꿈은…….

나는 그 꿈을 현실로 만들기 위해, 말받침으로 손을 뻗으며, 역전으로 이어질 한 수를 뒀다!

"삼십 초——."

어?

왜야? 노보리 양?

"사십 초——."

이미 수를 뒀는데, 왜 초를 계속 세는 건데?

나는 장기판을 확인했고……그 후, 말받침도 봤다.

움켜쥔 줄 알았던 장기말을, 움켜쥐지 못했다.

"아."

악력이 바닥났다.

그리고, 온몸을 바늘로 찌르는 듯한 고통이 엄습했다. 아파, 아파, 아파, 아파.

비명을 터져 나오려는 것을 필사적으로 참았다.

다섯 시간이란 제한시간이, 최후의 순간에 내 몸을 파괴했다.

——이런 상태에서 장기를 두는 거야? 1분 장기를?

무리일 게 뻔했다.

하지만 이대로 아무것도 하지 않으면 시간제한으로 진다. 15초 후면 나는 반칙패라고 하는, 프로에게 있어선 안 되는 패배를 하고 만다.

——그것만은…… 그것만은 안 돼!!

데뷔전에서의 승리도.

둘이서 그렸던 꿈도.

그 모든 것이, 장기말과 함께, 내 손에서 떨어졌다.

"오십 초—— 하나, 둘, 셋, 넷, 다섯——."

"동(同)!!"

초읽기일 경우, 목소리로의 착수도 인정된다.

"여섯, 일곱, 여덟, 아홉——."

"계."

그래서.

나는 겨우겨우 선택할 수 있었다.

프로로서—— 아름답게 패배하는, 투료도를.

다음 순간, 눈앞의 마물이 빛의 속도로 장기판을 향해 손을 뻗었다.

《휘젓기의 벼락》—— 사이노카미 이카.

빛보다 빠르게.

그리고 번개보다 날카롭게.

재능이란 이름의 도끼는, 일직선으로 내 머리를 향해 휘둘렸다.

"그러고 보니, 아직 니힌데 프로 입성 선물은 안 줬네~."

안대에 감싸이지 않은 눈으로 나를 응시하며…….

"축하해, 긴코 양~."

그 말과 함께, 사이노카미 이카는 내 옥 바로 옆에 은을 올렸다.

필지(必至).

무슨 짓을 해도 반드시 죽음에 이르는 국면.

──그 아이라면…… 더 잘, 싸웠을까……?

장군 러시를 한다면, 좀 더 버틸 수 있다.

초등학생 때라면…… 아마추어 시절이라면, 분명 그렇게 했을 것이다. 끝까지 희망을 버리지 않고 싸웠으리라. 도화지에, 순진무구하게 기모노 그림을 그리던, 그 시절이었다면…….

하지만 나는 아마추어도, 초등학생도 아니다.

게다가 이제는……장기말을 쥘 수도, 없다…….

그래서 나는 프로 기사로서, 최후의 소임을 다했다.

"졌습니다."

103수에서 소라 긴코 4단이 투료.

소비 시간——.

소라 긴코	4시간 59분.
사이노카미 이카	8분.

△ 결단

대국이 끝나자, 보도진이 입실했다.

내 형세가 쭉 나빴기에, 투료를 하기만 방 밖에서 기다렸을 것이다. 몸싸움을 벌이며 밀려 들어온 그들이 마이크를 내밀었다.

"소라 4단! 패인은 뭡니까?!", "무패의 《나니와의 백설공주》가, 왜 여류기사에게 진 거죠?!", "방심한 거 아닙니까?!"

원래라면 주최 신문사의 기자가 승자에게 먼저 질문하는 게 규칙이다. 오가 씨가 사전에 그 점을 설명하지 않았을 리가 없다.

하지만 보도진은 그 룰을 아무렇지도 않게 짓밟으며, 나에게 패배자의 변명을 요구했다.

각오했던 일이다.

그래서 대국 도중부터 마음을 정리하고 있었기에, 말은 금방 입에서 나왔다.

"패인은, 제가 약했기 때문이에요. 미지의 전법에 대응하지 못했습니다."

주최 신문사의 기자가 어쩔 수 없다는 듯이 다음 질문을 던졌다.

"데뷔전에서 패배하면서, 용왕전은 승급자 결정전에 출전하게 됐습니다. 용왕에게의 도전권을 다투지 못하게 됐으니, 사형제 대결은 미뤄지게 됐습니다만…… 그 점에 대해서는 어떻게 생각하시죠?"

"쿠즈류 선생님과는 입장이 전혀 다릅니다. 그분은 2관, 저는 이번에 4단이 됐으니까요. 함부로 대국을 논할 수는 없어요."

피로 탓에 몽롱해진 의식을 깨운 나는 프로의 자존심을 지키기 위해 또렷한 목소리로 패배를 인정했다.

"기초부터 다시 공부한 후, 다시 도전할 생각이에요."

"그럼…… 승리한 사이노카미 여류제위. 오늘의 승리 요인은 ──."

"장기를 두고 싶은 사람이 있어요~."

그 녀석은 이 자리에 어울리지 않게 큰 소리로 그렇게 말했다.

"그 사람은 제가 아무리 쫓아가도 금방 도망쳐요. 아무리아무리아무리아무리아무리아무리아무리아아아아아아무무무무무무리리리리리리! 쫓아가더라도요."

승자인── 사이노카미 이카의 눈은, 이미 나를 보고 있지 않았다.

아니.

처음부터 이 녀석의 눈에는 내가 비치지 않았다.

이 녀석의 눈에 비친 건──.

"하지만 공식전에서는 도망칠 수 없으니까, 저는 이대로 이기고 올라가서 그 사람과 장기를 둘 거예요~. 그, 러, 니, 까!!"

이 괴물은 카메라를 향해 환한 미소를 지으며 말했다.

"타이틀을 가지고 기다려. 야~이~치~♡"

상금과 자존심만이 아니다.

내가 원했던 승리도.

내가 하고 싶었던 말도.

전부 빼앗은 후, 사이노카미 이카는 계단을 올라갔다.

──아아…… 그래.

여류기사와의 싸움을 치르고 처음으로 등 뒤에서 사진을 찍히면서, 나는 그제야 이해했다.

이것이 패배라고 하는 것이다.

감상전은 하지 않았다. 할 게 없는 것이다.

나는 빨리 혼자가 되고 싶어서 오가 씨가 확보해 둔 숙박실로 돌아갔다. 대국 중에도 몇 번이나 누웠던 침대에 누워 쉬고 싶다.

하지만 아무도 없을 줄 알았던 그 방에는 불이 켜져 있었으며…… 그곳에는 예상치 못한 인물이 있었다.

"케이카 언니?! 어째서──."

"어째서 여기 있냐는 거야? 옆방에 쭉 있었기 때문이야. 긴코가 뭐든 혼자 하고 싶다고 해서, 몰래 숨어 있었어. 만약 무슨 일이 일어나면 바로 도와줄 수 있도록 말이야."

침대에 걸터앉아 있던 케이카 언니는 조그마한 아이에게 말을 건네듯, 차근차근 말했다.

"혹시나 해서 말해두겠는데, 이번이 처음은 아니야. 긴코가 장려회에서 대국을 할 때면, 회장님이 항상 방을 확보해 줬어. 아카시 선생님도 근처에서 대기했고, 아빠도 볼일을 만들어서 긴코의 곁에 있었거든?"

"그건 알아⋯⋯."

사부님에 대해서는 장려회 간사인 츄지에게 들었다.

"그래서? 항상 숨어있었으면서, 왜 이번에는 모습을 보인 거야? 패배한 나를 위로해 주려는 거야?"

"너도 알잖아?"

"데뷔전에서 여류기사에게 진 게 뭐가 어때서? 이제까지 무패였던 게 행운에 지나지 않는다는 것쯤은 내가 가장 잘 알아. 이걸로 장기 이외의 일이 확 줄 테니까, 그 시간을 장기 공부에——."

"무리야."

케이카 씨는 주저 없이 답했다.

"지금의 긴코가 순위전을 제대로 치를 수 있을 리 없어. 전패는 고사하고 도중부터 부전패를 할 게 뻔해."

"그건 해 보지 않으면——."

"알 수 있어. 제한시간이 다섯 시간인 용왕전에서, 상대는 겨우 8분밖에 쓰지 않은 대국에서도 이렇게 피폐해졌잖아. 그런데 제한시간이 여섯 시간인 순위전을 뒀다간, 너는 진짜로 죽을 거야."

"오늘 장기는 상대의 연구에 휘말렸을 뿐이야. 좀 더 제대로 준비해서 임하면 지지 않아."

"무리야. 왜냐하면——."

그리고 케이카 언니는 폭로했다. 내가 필사적으로 숨겨왔던 비밀을…….

"긴코는 넉 달 넘게 제대로 장기를 두지 않았잖아?"

그렇게 말한 케이카 씨는 내가 뚜껑을 따는 것을 포기했던 페트병을 손에 쥐고 있었다.

"…………."

내가 고개를 숙인 채 입을 다물자, 케이카 씨는 거듭 물었다.

"언제부터야? 3단 리그 중반에는 장기를 둘 수 없는 상태였던 건 아니야? 집에서 쭉 짐만 샀단 이야기는 들었어."

"………………."

"가르쳐 줘, 긴코. 대체 언제부터야?"

"원래, 장기를 두면서 괴로울 때가 있긴 했어……."

그렇다. 그것은 항상 나를 따라다녔다.

언제부터인가, 나에게 있어 그것은 당연한 일이었다.

"몸이 뜨거워지면서, 나른함과 현기증이 느껴졌는데……하지만 그건, 심장의 병이 낫지 않아서 그렇다고 생각했어……."

"심장은 나았어. 아카시 선생님이 보증해 줬잖아? 도쿄의 병원에서도 철저하게 검사를 받았으니 틀림없어."

케이카 언니는 내 눈을 똑바로 바라보며 말했다.

거짓말을 하는 눈빛이 아니었다…….

"네 어머니께 이야기를 들었어. 오가 씨를 넌지시 떠봤더니 츠키미츠 회장님 이야기가 나왔고, 그제야 긴코의 몸 상태가 심장과는 다른 이유 때문이라는 걸 겨우 깨달았어. 내 실수야……. 가장 가까이서 지켜본 내가 가장 먼저 눈치챘어야 하는데……!"

그건 무리야, 케이카 언니.

내가 필사적으로 숨겼는걸.

"세이이치 오빠도 후회했어. 원래라면 4단이 되고 쉬게 했어야 했대. 하지만 자기도 프로 기사니까, 대국을 한 번도 치르지 않은 채로 타인에게 한계란 소리를 들으면 긴코가 반발할 거라는 걸 안다고 했어. 그래서 하다못해, 데뷔전만은 치르게 해 주자고——."

"둘 거야. 앞으로도 장기를 둘 거야. 나는 프로 기사가 됐는걸!!"

내가 나지막하게 소리치자, 케이카 씨는 나를 안아 줬다.

어릴 적, 어리광을 부리는 나한테 그래 줬듯이…….

"긴코…… 조바심내지 마. 휴양하면서 치료를 받으면 꼭 나을 거야. 심장처럼 꼭 나을 테니까——."

"낫지 않았어……."

나는 가슴을 쥐어뜯으며 외쳤다.

"전혀 낫지 않았단 말이야! 내 몸은 여전히 고물이야……. 절대로 낫지 않는다는 걸, 왜 가르쳐 주지 않은 거야?!"

"그래…………. 그것도 알아버렸구나……."

계기는 도쿄의 병원에 입원했을 때다.

그 병원을 소개해 준 츠키미츠 회장은 부상의 치료만이 아니라, 시간이 있을 때 몸 구석구석까지 검사해 보자는 제안을 했다. 내가 앞으로도 프로로 활동할 수 있도록 말이다.

쭉 오사카의 병원에서 아카시 선생님에게 치료를 받았던 나는 그때 처음으로, 다른 의사에게 내 지병에 관한 설명을 들었다.

아카시 선생님을 신용하지 않은 건 아니다. 하지만…… 나았다는 설명을 들은 후에도, 몸은 전혀 좋아지지 않았다. 나는 조바심이 났다. 장기를 둘 수 없는 원인을 찾고 싶었다…….

결론부터 말하자면, 장기를 두지 못하는 원인은 심장이 아니었다.

아카시 선생님은 나에게 거짓말을 하지 않았다.

하지만……전부 알려준 것도 아니었다. 잔혹하기 그지없는 진실을 밝히지 않았던 것이다.

"왜야?! 왜 다들 가르쳐 주지 않은 건데?! 사부님도 아니까 그런 말을 한 거지?! 나도 알았으면——."

"알았으면 그 마음을 포기했을 거야?"

"윽…………."

포기했을 거냐고?

그건 무리야……. 무리인 게 당연하잖아…….

"모처럼…………."

대국실에서는 억눌렀던 감정이, 눈물샘을 타고 넘쳐흘렀다.

분통함과, 한심함과, 가슴을 태우는 애정이 뒤죽박죽으로 뒤섞이더니…… 나는 눈물을 줄줄 흘리며, 오열했다.

"모처럼…… 그 녀석이 좋아한다고 말해 줬는데…………."

눈물과 함께, 붙잡을 뻔했던 모든 것이, 손에서 흘러내렸다.

"그 녀석, 바보니까…… 벌써…… 결혼 이야기를, 해……. 이상하지? 나는…… 아직…… 열여섯 살밖에…… 안 됐는데……."

"긴코……."

"가, 가족끼리 리그전을 하고 싶으니까…… 자식은 짝수면 좋겠다고, 말했어…… 아하하…… 이상하지? 그 녀석은 아무것도 모르니까…… 아하하하……."

이 사실을 알면, 그 녀석은 뭐라고 할까?

그래도 나와 결혼하겠다고 할 것이다. 그 녀석은 바보니까…… 자기가 꿈꾸는 행복한 미래를 버리고…….

"하지만, 나도 바보지? '결혼식 때는 머리를 기른 긴코가 보고 싶다' 는 말을 듣고…… 머리를 기르기 시작했으니까──."

"긴코!!"

케이카 언니가 내 말을 끊었다.

"긴코. 이제 됐어. 더는 아무 말도 하지 마."

목덜미에 따뜻한 물방울이 떨어졌다.

케이카 언니는 나를 꼭 끌어안은 채, 울고 있었다.

"네가 야이치 군의 아내가 되고 싶다면, 막지 않겠어. 사부님의 말은 무시하고, 너희가 하고 싶은 대로 해. 이대로 할 수 있는 건 다 하는 거야. 그래도 된다고 생각해. 그게 가장 큰 행복 아닐까? 너희 두 사람만이 아니라…… 나나, 다른 사람에게도……."

"케이…………카…… 언니…………."

제한시간이 짧은 장기라면 연구로 이길 수 있을지도 모른다.

그러면 프로의 세계에서도 몇 승은 거둘 수 있을 것이다.

하지만 순위전에서 이기지 못해서는 프로가 된 의미가 없다.

제한시간이 여섯 시간인 장기는 내가 지금까지 둔 장기와는 차원이 명백하게 다르다. 서반은 어찌어찌 버티더라도 중반 및 종반에서 피폐해지고 만다. 장기판 앞에 앉는 것도 어려운 상태에서 이길 수 있을 리가 없다는 것은, 냉정하게 생각해 보면 충분히 알 수 있다.

그렇게 지다 보면 3년 후에는 프리 클래스로 내려갈 것이며, 언젠가 은퇴하게 된다. 출발 지점에서 한 걸음으로 나아가지 못한 채…….

"하지만, 네가 다른 미래를 원한다면…….."

케이카 씨는 속삭였다.

"네가 이제부터도 더 올라가기 위해 싸울 생각이라면, 선택의 여지는 없어. 사부님도, 회장님도, 여류기사 회장인 샤칸도 선생님도 이 선택을 허락했어. 남은 건 긴코의 결단뿐이야."

나는 눈을 감았다.

나와 야이치가 모두에게 축복을 받으며, 행복하게 결혼하는 모습을 상상했다. 타이틀전으로 바쁜 야이치를 위해 나는 집안일을 하고, 때때로 자신의 대국을 치른다. 지기 위해서 말이다.

케이카 씨의 말대로, 그것이 가장 행복할지도 모른다.

하지만.

"오늘, 그 녀석은 어떻게 됐어?"

"이겼어."

"그래……."

그 말을 듣고, 나는 기뻐하지 못했다.

초조함과 질투…….

사이노카미 이카에게 진 것보다도…… 아이치가 이기고 내가 졌다는 그 사실이, 이 엉망진창인 몸과 마음에 새로운 투지를 일깨웠다.

그 순간, 깨달았다.

내가 가장, 하고 싶은 건──.

"알았어."

나는, 케이카 씨의 제안을 받아들였다.

그리고 하룻밤을 들여, 그 결단을 자신의 말로 전하기 위한 메시지를 작성했다.

하나는, 프로 기사로서, 세간에 공표하기 위한 메시지.

그리고 다른 하나는…… 단 한 사람을 위한 메시지.

하지만 다른 하나의 메시지를 보내지 못한 채, 그날을 맞이했다.

♟ 이적

그날은 오래간만에 평온하게 보낼 예정이었다.

"흐~흥 ♪ 흐흐흐~~~흥 ♪"

무심코 콧노래를 부르고 말았다.

11월치고는 드물게 따뜻한 날이었다.

전날의 연구가 제대로 먹혔다.

상금왕전에서 이기고 올라갔으며, 용왕전 제1국에서도 만족스러운 장기를 뒀다.

그 모든 것이 선순환을 자아내서, 티이틀전을 한창 치르고 있는 와중인데도 평소보다 기력이 샘솟았다.

하지만 무엇보다 내 마음을 껑충껑충 뛰게 만든 건…… 샤를 양한테서 '연수회에 들어가고 싶으니 스승이 되어달라'는 부탁을 전화로 받았기 때문이다.

녹음해 둔 대화를 재생하며, 나는 당시의 심정을 떠올렸다.

『샤우 마리지? 싸뿌가 마리지? 싸뿌가 되어저쓰면 해~.』

『그래…… 하지만 진짜로 스승과 제자 사이가 되면, 우리의 유대는 두 번 다시 끊을 수가 없거든? 연인이나 부부는 헤어질 수 있지만, 사제애는 영원하니까……. 샤를 양은 나와 영원한 사랑을 맹세할 거야?』

『응! 샤우, 싸뿌와 영언한 싸랑, 맹쎄하래!!』

원래라면 용왕전이 끝난 다음에 전화할 예정이었지만, 내가 2

관이 되는 것을 보고 참을 수가 없었다고 한다. 귀엽다. 정말 귀여워!

시험은 새해에 치르기로 했으며, 합격할 수 있도록 열심히 공부해두라고 말했다.

"후후후. 연수회에서 합격하면 반지를 사 줘야지~♡"

참고로 연수회는 기본적으로 탈락이 없으니, 나와 샤를 양이 영원한 (사제지간의) 사랑을 맹세하는 건 이미 확정됐다. 만세!

"언제나 '싸뿌의 색쉬가 댈래!' 라고 말하던 샤를 양이 나보다 장기를 택한 게 좀 쓸쓸하지만…… 이것도 성장했다는 의미겠지……."

맞다. 색시 이야기를 생각났는데…….

"이제 마음이 좀 진정됐으려나? 연락해 볼까……."

나도 데뷔전에서는 한 수 아래로 봤던 나카기리 씨에게 탈탈 털렸고, 분한 나머지 60킬로미터를 넘게 뛰어가서 치가사키의 바다에 뛰어들었다. 자살하려는 게 아니라 오사카까지 헤엄쳐서 돌아가자고 생각한 것을 보면, 정신 상태가 정상은 아니었다.

"그런 바보 같은 짓을 진짜로 실행에 옮길 만큼, 데뷔전에서 지면 분하거든……."

그리고 분한 상태에서는 그 어떤 말을 들어도 차분하게 대답하지 못한다. 졌을 때는 내버려뒀으면 한다는 건, 이 세상에서 살아가는 자라면 누구나 마찬가지이리라.

하지만, 쭉 혼자 있으면 쓸쓸하다.

장기는 혼자선 둘 수 없는 것이다.

"내 때는 한 일주일 후에 긴코가 마중을 나와 줬잖아. 그러니 이번에는 내가 다시 일어설 수 있도록 도와줘야 해."

연습 장기 상대라도 되어주자. 샌드백 대신 말이다.

패배 당일은 대화를 나눌 수 있는 상태가 아닐지라도, 시간이 흐르면 마음이 진정될 것이다. 문제는 타이밍이었다.

자존심이 강한 긴코라면, 걱정하는 티를 내면 옛날부터 발끈했었거든……. 갑자기 전화를 하거나 만나러 가면, 괜히 자극을 줄 가능성이 있다.

"우선 메시지만 보내서 반응을 살펴보는 게 정석일 거야."

시간이 있는 지금 메시지 내용을 짜두자.

나는 스마트폰을 조작했지만——.

"…………어라?"

통화 앱에서, 등록해 뒀던 긴코의 계정이 사라졌다.

아무리 뒤져도 보이지 않았다. 불길한 예감이 들어서 전화번호로 전화를 해 봤지만, 스피커에서는 『지금 거신 번호는 없는 번호입니다』라는 무기질적인 음성이 흘러나왔다.

가슴이 뛰었다. 불길한 식은땀이 등을 타고 흘러내렸다.

다시 계정을 찾아보려던 바로 그때, 스마트폰에 뉴스 속보가 떴다.

『소라 긴코 4단, 휴장(休場)을 발표. 기간은 미정. 공식전 출전 1회 만에 휴장은 전대미문.』

·····················뭐?

휴······장?

"장난해? 어? 나한테 아무런 연락도 없이 갑자기 *휴장을 한다고······?"

어이어이, 긴코. 아무리 그래도 이건 심하잖아. 데뷔전에서 졌으니 분하겠지만, 연락처를 전부 지워버리고 휴장하는 건 지나친 거 아니야?

스마트폰을 터치해서 자세한 기사를 읽으려 했지만, 손에서 땀이 나서 제대로 조작할 수가 없었다.

『휴장의 이유는 건강 문제. 설명을 위해 장기연맹 회장이 기자회견을 할 예정.』

역시 이상해. 오보 아닐까?

케이카 씨한테서도, 사부님한테서도, 츠키미츠 회장님한테서도, 오가 씨한테서도, 연락을 받지 못했다.

똑. 똑.

누군가가 문을 노크했다. 열어 보니————.

아이가 문 앞에 서 있었다.

"사부님. 드릴 이야기가 있어요."

제자의 모습을 본 순간, 나는 이 소녀가 최근 사부님의 집에서 지냈던 것을 떠올렸다.

스마트폰을 내던지고 아이의 가녀린 어깨를 움켜쥔 나는 무심코 물어보았다.

---

* 휴장 : 질병 등의 이유로 대국할 수 없는 상태가 지속될 경우 본인의 신청으로 대국 출장을 일시 중지하는 것.

"아…… 아이! 사저에 관해서, 뭔가 아는 거 없어? 사부님과 케이카 씨에게 듣지 못한 거야?!"

"아뇨. 보도된 내용 말고는 아는 게 없어요."

아이는 차분한 태도로 고개를 저은 후, 이렇게 덧붙였다.

"하지만, 예상은 했어요. 3단 리그 종반부터…… 여름 축제 때부터, 소라 선생님이 어딘가 이상하다는 건 보기만 해도 알 수 있었으니까요."

"내가 사저를 제대로 살펴보지 않았단 말이야?"

"반대예요."

"뭐?"

"사부님한테는 보여주고 싶지 않았을 거예요. 아름답고 강한 모습만, 사부님에게 보여주고 싶었겠죠. 제가 소라 선생님이었더라도 분명 그렇게 했을 거예요……."

나에게는 보여주지 않아? 왜?

남에게 보여주지 않던 모습을 나에게만 보여준 거 아니었어? 내가 본 적 없는 긴코가 대체 뭔데? 우리는 10년 넘게 함께 살았잖아? 연인 사이거든?

"사부님."

혼란에 빠진 나에게, 아이가 말했다.

"칸사이에서 칸토로 소속을 옮기기로 했어요. 이미 연맹에는 신고를 마쳤어요."

"뭐……?"

아이의 입에서 나온 말은 하나도 이해가 안 됐다.

"이적해? 칸토로? 아이, 무슨 소리를 하는 거야……?"

그것은 긴코가 휴장을 한다는 것과 마찬가지로 믿기지 않는 이야기였다. 꿈을 꾸는 건가 싶어서, 나는 자기 귀를 몇 번이나 세게 꼬집었다.

그냥 아프기만 할 뿐이었다.

"이적이라니, 대체 왜…… 대국을 할 때마다 오사카에서 도쿄로 갈 거야?"

아이는 아무 말 없이 나를 지그시 쳐다보고 있었다.

"아니, 뭐…… 확실히 지금도 비슷한 상황이긴 한데, 소속을 바꾼다면 예선도 전부 도쿄에서 치러야 하니 오사카 쪽 대국이 없어지잖아? 코앞에 칸사이 장기회관이 있으니까, 소속은 지금 이대로 두는 편이 낫지 않아?"

"사부님…… 그게 아니에요. 그게 아니라……."

아이는 괴로운 듯이 고개를 살짝 숙였다. 양손으로 치마를 움켜쥐었다.

그리고 고개를 들더니, 단호한 어조로 말했다.

믿기지 않는 말을.

"저는 도쿄에서 살 거예요. 그러니까————내제자를 해지해 주세요."

◯ 두 번째 대국

"안 돼."

나는 반사적으로 그렇게 대답했다.

"절대로 허락 못 해. 여기를 나가서 도쿄에 가겠다고? 그런다고 강해질 수 있을 것 같아? 장기를…… 수행을 얕보지 마!!"

"…………."

아이는 입을 꾹 다문 채, 내 질책을 묵묵히 들었다.

그 모습은 반론하고 싶은데 참는 것처럼도, 다른 감정을 억누르고 있는 것처럼도 보였지만…… 자신의 의견을 굽힐 생각은 없어 보였다.

그 순간. 나는 무언가를 떠올렸다.

"윽……?!"

타이틀전이 이어지는 사이, 집에 돌아왔을 때 느꼈던 어색함.

그것을 확인하듯, 나는 방에서 나와 복도와 거실, 세면장을 살펴봤다.

"없어……없어, 없어! 여기에도……!"

아이의 짐만 깨끗하게 사라졌다.

컵이 꽂혀 있던 칫솔도, 다른 걸로는 양치질을 못 한다며 애용하던 단맛 치약도, 마음에 들어 하던 목욕수건과 조그마한 우산과 장화도…….

잠시 사부님 댁에서 지내느라 안 보이는 줄 알았는데──.

"이미…… 짐까지 정리한 거야? 나한테는 말도 없이……?"

분노마저 느꼈다.

나는 무슨 일이 있어도, 아이를 어엿하게 길러낼 때까지……아이의 부모님과 약속한 『중학교 졸업 때까지 여류 타이틀 획득』을 이룰 때까지, 내제자로서 기를 생각이었다.

긴코에게 무슨 말을 들어도, 그 뜻만은 꺾지 않았다.

타이틀전으로 바쁜 와중에도, 최대한 함께하는 시간을 만들려고 노력했다. 확실히 너무 바빠서 부족한 부분이 있었을지도 모른다. 하지만 우리라면 서로를 도우며 극복할 수 있을 거라고 믿었는데…….

카나자와에서, 그렇게 즐거운 시간을 보냈는데…….

──그때, 이미…… 이 집에서 나갈 생각이었던 건가……?

배신당한 듯한 심정이었다.

날카로운 날붙이로 마음을 베인 듯한 뜨거운 고통에, 나는 이성을 잃기 직전이었다.

"좋아. 그렇게까지 각오를 다졌다면, 확인해 보겠어."

낮은 목소리로, 말했다.

"맞장기를 두자. 나한테 이긴다면…… 독립을 허락하겠어."

"네……! 잘 부탁드립니다!!"

아이는 그것도 각오했던 것이리라.

다다미방에 가보니, 이미 장기판과 말이 준비되어 있었다. 아이의 침실이었던 그곳은, 아이가 오기 전으로 되돌아간 것처럼 휑뎅그렁했다.

방구석에 정리된 아이의 짐을 보며, 나는 이 애가 진짜로 나갈 생각이란 것을 인정할 수밖에 없었다.

"진심인 거지……?"

장기판 앞에 앉은 내 물음에 아이는 고개를 끄덕여 답한 후, 장기판 앞에 앉았다.

──마치, 그때를 재현한 것 같아…….

하지만 눈앞에 앉은 여자애는 당시의 어린 애와는 딴사람 같을 정도로 성장했다.

등을 쭉 편 모습은 그사이에 자란 키보다 더 이 아이가 거대해 보이게 했다.

탁하는 소리가 나게 장기말을 두는 손가락은, 조그마한 어린애의 손이 아니라 진검승부를 펼치는 기사를 연상케 했다.

장기말을 까는 그 아름다운 동작에, 한순간이지만 분노를 잊으며 눈길을 빼앗겼다. 마음속에서 무언가가 치밀어 올랐다.

──어느새…… 이렇게 큰 거지……?

생각해 보면 아이와 마지막으로 장기를 둔 것은 정월의 첫수 의식 때였다. 맞장기로 진지하게 장기를 두는 건 대체 얼마 만일까? 여류기사가 된 후로는 하나부터 열까지 세세하게 가르쳐 주는 게 아니라, 스스로 강해지는 방법을 찾아줬으면 한다는 의도가 있어서지만…….

과거의 장기계에는 이런 풍습이 있었다.

『스승과 제자가 장기를 두는 건 두 번뿐.』

처음은 입문 전. 실력을 파악하기 위해서.

두 번째는…… 사제지간을 해지한 제자가 장기계를 떠날 때.

그리고 스승은 맞장기를 두면서 제자에게 져 준다고 한다.

『입문할 때에 비해 이렇게 강해졌지 않느냐. 그러니 사회에 나가서도 자신감을 가져라.』

이런 격려의 차원에서 말이다.

나는 이 이야기를 좋아한다.

안타깝고 가슴이 먹먹해지는 이 이야기를, 참 좋아한다.

하지만 첫 번째 대국과 마찬가지로, 나는 아이에게 이길 것이다. 아니…… 그때처럼 역전할 수를 남기지도 않을 것이다.

2관왕으로서, 프로의 장기가 얼마나 혹독한지 다시 가르쳐 줄 것이다. 재능과 노력만으로 넘을 수 없는 현대 장기의 높디높은 벽을 알려주겠다.

첫 번째 때와 같은 어조로, 나는 말했다.

"시작하자. 선수는 양보하겠어."

■ 진심이 되었으니까

"스으읍——………………."

눈을 감고, 크게 숨을 들이마셨다.

눈꺼풀에 떠오른 것은……처음으로 사부님과 장기를 둔, 그날의 일이다.

그때, 나는 지금과 마찬가지로 크게 숨을 들이마셨다.

그 후, 힘찬 손놀림으로 비차 앞의 보를 옮겼다.

하지만, 지금은——.

"………………………."

숨을 멈춘 채, 나는 도저히 첫수를 두지 못했다.

사부님?

어째선지, 아나요?

예전 같았으면, 저는 이 보를 바로 옮겼을 거예요. 주저 없이 일직선으로 쭉 걸어갔을 거라고 생각해요.

사부님에게 받은 부채를 쥐고, 이대로 사부님의 품에 뛰어드는 것도 얼마든지 가능했을 거예요.

하지만 지금은, 이 조그마한 장기말을 앞으로 옮기는 것조차 못해요…….

장기도, 사부님도, 좋아해요.

쭉 함께 있고 싶어요. 쭉 사부님한테만 장기를 배우고 싶어요.

하지만…… 무서, 워요.

지금은 한 수를 둘 때마다, 가슴이 아파요.

그렇게 척척 뒀던 장기가…… 그렇게 즐겁게, 차례가 오기만 기다려졌던 장기가, 지금은, 두는 것조차 무서워서…….

착수 후에, 손이 떨려요.

손가락이 떨려서, 장기말을 제대로 둘 수가 없어요.

실수를 하는 게, 무서워서…….

지는 게, 무서워서…….

장기를 두는 게 싫은 건 아니에요. 반대예요.

그건 분명, 진심이 됐으니까.

장기에 진심이 됐으니까, 무서운 거예요. 소중한 걸 잃는 게, 무서운 거예요.

장기를 좋아하면 할수록…… 무서워, 져요.

저기, 사부님?

저는 지금도, 정말 무서워요. 너무너무 무서워요.

좋아하게 될수록, 그게 무서워져요.

그래서…….

사부님과 닿는 게, 무서워.

함께 사는 게, 무서워.

말을 거는 게 무서워. 대화 도중의 침묵이 무서워.

미움받는 게 무서워. 부정당하는 게 무서워. 버려지는 게 무서워. 사부님을 만나는 게 무서워……당신의 시선이, 다른 누군가를 향하고 있는 것을 확인하는 게, 무서워.

무서워.

당신이 다른 사람을 좋아하게 되는 게, 무서워.

자기 마음을 아는 게…… 무서워.

저기, 사부님?

저…… 못난 애예요. 제자로서 실격이에요.

장기로 이어져 있는데.

장기를 가장 우선해야만 하는데.

여류기사로서, 타이틀을 따야만 하는데.

하지만, 카나자와에서, 장기를 잊고 사부님과 단둘이 하루를 보내면서――.

저는, 이런 생각을 하고 말았어요.

'장기 따위, 없어지면 좋을 텐데…….' 라고요.

장기가 없으면, 당신은 평범한 남자.

장기가 없으면, 당신은 그 사람과 만나지 않았어.

장기가 없어도, 나는 당신과 만났을지도 몰라.

장기가 없어도, 나는 분명……당신을 좋아하게 됐을 거야.

사실은 말이죠? 지금도 망설이고 있어요.

그 사람이 사부님의 앞에서 사라질 거라는 걸 안 순간, 제 안에서 온갖 감정이 샘솟아 났어요…….

'이제 사부님을 독차지할 수 있어!'

'그러면 안 돼……. 지금 사부님과 떨어지지 않으면, 강해질 수 없어…….'

'하지만 상처 입은 사부님을 혼자 둘 수는 없잖아?'

'나만 사부님과 계속 함께 있으면, 그 사람은 분명 괴로워할 거야. 그건 공평하지 못해……'

©shirabii

무서워.

그렇게 생각한 순간, 눈치챘어요.

진심으로 장기를 좋아하게 됐다는 것을⋯⋯.

◯ 저녁 식사

아이가 진심인 것은, 첫수에 시간을 들이는 모습만 봐도 명백했다.

"⋯⋯⋯⋯⋯⋯⋯⋯."

아이는 오른손으로 치마를 붙잡고 몇 분 동안 눈을 감고 있었다.

몇 시간처럼 느껴지는 몇 분.

이 소녀에게 타이틀전보다 중요한 장기임을 알려주는, 몇 분.

하지만 첫수가 무엇일지는⋯⋯ 그리고 어떤 전법을 쓸지는, 두 사람 다 수를 두기 전부터 알고 있었다.

"⋯⋯⋯⋯하앗!!"

아이는 눈을 뜨더니, 기합을 내지르며 장기말을 뒀다.

이 방에서 나와 보낸 모든 시간을 담아 둔 듯한, 그 첫수는——

비차 앞의 보를 옮기는 2육보.

그 수를 본 나 또한 즉시 비차 앞의 보를 옮겼다.

서로걸기.

내 특기 전법이자, 아이가 나와 처음으로 둔 장기에서 사용했던 전법.

『봐 주세요, 사부님! 제가 그때보다 얼마나 강해졌는지를요!』

아이의 외침이 손가락 끝에서 뿜어져 나왔다.

하지만, 그래도 나는 아이의 결의를 의심하고 있었다.

아니⋯⋯.

아이의 결의를 의심하고 싶었다. 이 아이의 성장에서 눈을 돌리고 싶었다……. 그것을 인정했다간, 내가 할 수 있는 건 단 하나밖에 남지 않으니까…….

"하아아————…………."

장기판에 의식을 집중했다.

아이는 첫수에 시간을 들였지만, 그다음부터는 망설임이 없었다. 템포 좋게 장기말을 옮기고 있었다.

"…………."

때때로 내 표정을 살피는 그 시선은, 빈틈을 노리는 암살자처럼 날카로웠다.

서반부터 긴장을 풀 수 없는 전개였다.

아이와 처음으로 장기를 뒀을 때의 서로걸기는…… 비차 앞의 보를 우직하게 일직선으로 전진시킨다고 하는, 단순하고 원시적인 전법이었다.

하지만 그로부터 1년 반 만에 장기계에서는 혁명이 일어났다.

서로걸기는 그 혁명의 한복판이라고 해도 과언이 아니다. 그만큼 변화했다.

비차 앞의 보 교환을 보류하고, 그 대신 옥을 보호하면서, 오른쪽 계마로 속공을 펼치기 위해 3열의 보를 옮긴다.

스타일리시하게 변모한 서로걸기는 현재 앉은비차의 주력 전법이다.

"그래서 프로는 소프트를 써서 이 형세의 가장 좋은 수를 철저하게 연구하지. 리드를 빼앗을 줄 알았다, 착각한 거야."

아이는 츠키요미자카 씨와의 장기에서 비싼 수업료를 지불했다. 그런데도 이 전법을 선택한 것이다.

"그렇다면———."

나는 날개를 펼치듯 양쪽 가장자리의 보를 전진시켰다.

의도가 명확하지 않은 수를 펼쳐서, 상대의 소프트 연구를 무효화하는 최신 소프트 활용법이다.

———최선의 수를 일부러 피하면서, 상대를 자신의 연구로 유도하는 함정. 아이, 공략법은 생각해 둔 거야?

"…………."

아이는 망설임 없는 손놀림으로 진형을 짜고 있었다.

하지만 아무리 시간이 흘러도, 계마를 보내 속공을 펼치려 하지 않았다.

그뿐만 아니라…… 모처럼 전선에 투입한 은과 비차를 격돌 직전에 물러나게 하면서, 마치 싸움을 피하는 듯한 불가사의한 움직임을 선보였다.

"어……? 그럼, 3육보를 옮긴 의도는 뭐지……?"

아이는 일부러 속공을 펼칠 기회를 버렸다. 선수의 이점마저 잃었다.

그리고 싸움을 계속 피하고 있다.

확실히 그렇게 하면 상대의 연구에 말려드는 것을 피할 수 있다…… 하지만 그러면 서로가 축적한 공격 태세가 리셋되면서 다시 처음부터 수읽기를 해야 한다.

그러면 그저 지칠 뿐———.

"…………어?"

다시 수읽기를 해?

지칠 뿐?

…………앗!!

"그래…… 그런 거구나!"

서로걸기는 변화가 일직선이라 심오해지기 쉬운 전법이다.

하지만 수를 둘수록 내용이 크게 변하는 경우가 많다. 그것이 끝없이 이어진다. 수읽기를 즐기는 인간이 아니면 두지 않는다.

아이는 대기 작전을 펼쳐서, 이 수읽기 대결을 지속하려는 속셈이다.

한쪽이 지쳐서 실수를 범할 때까지 말이다.

──일직선적인 수읽기라면…… 2관왕에게도 이길 수 있다는 거냐?! 그게 네 대답이냐!!

우리는 장기 묘수풀이 빨리 풀기 대결을 몇 번이나 했다.

그 경험이, 아이에게 자신감을 줬을 것이다. 속도와 끈기라면 누구에게도 지지 않을 거란 자신감을 말이다.

"오만한걸. 하지만 백점 만점이야."

나는 마음이 끓어오르는 것을 참을 수가 없었다.

최정상 프로와 정면에서 힘겨루기를 하려고 생각하는 여자 초등학생……. 그것도 공식전에서 뼈아픈 패배를 경험하고도 '자기 자신을 믿는다'는 결론에 도달할 수 있는 초등학교 5학년이, 아이 말고도 과연 있을까?

고집스러울 만큼 자기 자신을 믿는 강한 의지.

몇 번 쓰러져도 다시 일어나며 그때마다 강해지는, 부러지지 않는 마음.

　그런 아이의 소질을 남겨준 채 이렇게 길러냈다는 사실을 알고, 마음속으로 쾌재를 불렀다. 갈팡질팡하면서 이 소녀를 기른 나날은 잘못되지 않았다.

　하지만——.

　"미안하지만, 오늘은 그 마음을 부러뜨려 주겠어……."

　아이의 의도를 눈치챈 나는 다시 공격을 시작했다. 인내심 대결은 이제 끝났다.

　"하앗……!!"

　아이도 즉시 전투 모드에 들어섰다.

　서로의 비차와 각을 이용한, 예술적일 정도로 섬세한 수순의 응수!

　노회하고 사나운 소처럼 페인트와 돌진을 반복하는 내 비차를, 아이는 젊은 투우사 같은 손놀림으로 보와 향차라는 검을 휘두르며 각이라는 망토로 희롱했다.

　그리고 세밀한 수순의 응수 끝에—— 내 비차와 아이의 각이, 9열에서 대치했다.

　승부처다.

　"……………………………………이렇게…………."

　시작됐나.

　"…………이렇게……이렇게……이렇게……이렇게……이렇게……이렇게……이렇게……이렇게…………."

아이의 조그마한 몸이, 앞뒤로 크게 흔들리기 시작했다.

종반이 아니라 장기말이 격돌한 중반 국면에서 아이가 풀스로틀로 액셀을 밟았다!

"이렇게……이렇게……이렇게……이렇게…… 이렇게…… 이렇게…… 이렇게, 이렇게, 이렇게, 이렇게, 이렇게, 이렇게, 이렇게, 이렇게————."

뇌의 기초적인 계산 속도는 타고나는 것이다.

장기의 신은 이 소녀에게 인류 중에서 가장 빠른 사고 엔진을 내려줬다.

처음으로 맞붙었을 때, 아이의 재능은 칼날처럼 날카로웠다. 대마 교환으로 얻은 비차 두 개를 나이프처럼 휘두르며, 진짜로 나를 죽이려는 듯이 달려들었다.

그 나이프는 일본도처럼 길고 예리하게 성장했고—— 지금, 칼집에서 뽑히려 하고 있었다.

"이렇게!!"

장기판 위를 섬광이 갈랐다. 아이가 각을 대피시킨 것이다.

그 결과—— 가장자리를 지키는 장기말이 없어졌다.

"…………어?"

무심코 장기판을 향해 얼굴을 쑥 내밀었다.

"이…………게, 무슨 수지……?"

『부디 비차를 승격시키세요.』

그렇게 말하고 있는 것처럼 보였다.

일본도를 뽑아 들고 달려들 줄 알았는데…… 아이는 칼을 버리고 양손을 벌리더니, 오히려 내 칼에 베이려 하잖아……?

──내가 용을 만들게 한 후, 그것을 포획하려는 건가……?

그렇다면 너무 노골적인 함정이기는 했다.

하지만 그것이 함정이든 뭐든…… 비차를 승격시키지 않았다간, 내가 지고 만다.

"…………."

나는 적진에 파고들어서, 장기판 위에 용왕을 출현시켰다.

아이의 노림수는 이 용을 가장자리로 몰아서 포획하는 것이겠지만…….

내 수읽기로는, 그랬다간 거꾸로 상처가 더 깊어지고 만다.

──용이 생환하면 내가 우세. 용이 포획당해도 유리하다.

어느 쪽으로 굴러가든, 나에게는 이득만 남는 전개다.

"이렇게, 이렇게, 이렇게, 이렇게, 이렇게, 이렇게────이렇게!!"

아이는 비차를 가장 아랫줄까지 이동시켜서, 내 용왕이 자기 진지 안에서 날뛰는 것을 막았다. 용 포획을 그만둔 걸까?

──수읽기로 이겼어! 아직 멀었는걸, 아이.

나는 용을 내 진지로 이동시켰다. 최강의 말이 생환하면서 공격력만이 아니라 방어력도 극단적으로 향상됐다. 우세를 의식하며, 크게 숨을 들이마셨다.

그 순간.

마치 짐승처럼, 아이의 손이 재빨리 말받침으로 뻗어갔다.

"이렇게에에에에에에에에에에에에에에에에에에에에에에에에에에에에에에에!!!!"

아이가 쥔 말은—— 향차.

그 조그마한 말을, 아이는 물러난 비차 앞자리에 올려놨다!!

"——이렇게!!!!"

그리하여 장기판 위에, 향차와 비차로 된 다단 미사일이 출현했다.

"아, 아차!! 비차를 뺀 것은 향차를 올릴 공간을 만들기 위해서였나……!!"

가장 아랫줄까지 물러난 비차는 수비에도 활용할 수 있다.

하지만 아이의 노림수는…… 그것을 이용한 공세다!

내 의식을 왼편의 『응수』에 집중시킨 후, 반대편인 오른편에 강렬한 카운터를 준비해둔 것이다! 강해!!

"………………아니, 그것만이…… 아, 니야…………?"

국면을 깊이 읽자, 내 몸이 떨리기 시작했다.

아이가 얼마나 깊이, 깊이깊이깊이깊이깊이깊이깊이깊이깊이깊이 읽으며, 나를 이곳으로 유도했는지를 깨닫자……이윽고, 온몸의 떨림을 억누를 수가 없었다.

"이, 이 애는……이 애는………………!!"

일본도 같은 귀여운 게 아니다.

사이노카미 이카가 휘둘러댄 도끼처럼 보잘것없는 장난감도 아니다.

아이의 재능.

그것은——흉흉하게 휘어진, 거대한 낫.

——상대가 눈치채지 못하는 사이에 목 뒤편으로 다가와……
그대로, 베어버린다.

마치 장기 묘수풀이 같은 국면을 보며, 나는 그제야 눈치챘다.

이 소녀의 내면에서, 여기는 중반이 아니다.

무시무시한 계산력으로, 장기말이 막 격돌한 국면을 종반으로
변화시키고 말았다.

이 향 올림은 공격 같은 얄팍한 것이 아니다.

——아이는 이미…… 옥을 잡을 수순에 들어갔어……!!

이 향은 받아낼 수 없다!! 지, 지는 건가?!

"이렇게이렇게이렇게이렇게이렇게이렇게이렇게이렇게이렇
게이렇게이렇게이렇게이렇게이렇게이렇게이렇게이렇게이렇
게————이렇게!!"

향차와 함께, 아이는 나를 향해 돌진했다!

앞쪽으로 한껏 숙인 아이의 등에서, 새하얀 날개가 돋았다.

이윽고 그 날개는 활짝 펼쳐지더니, 장기판 전체를…… 내 머
릿속을 감싸고 말았다.

"큭……!! 하아…… 하아…… 하아……아아아!!"

나는 아이의 방대한 수읽기의 양에 압도당했다.

갑자기 자기 옥이 위험해진 것이다. 읽으면 읽을수록 자신의
패배가 다가오고 있었다……

"뜨……뜨거워……."

해가 기울었는지 방에 들어오는 햇빛에 실내 온도가 올라갔다.

뜨겁다……. 너무 뜨거워서 목이 탔다…….

바로 그때였다.

슥…… 내 앞에 물이 담긴 컵이 놓여 있었다.

"윽!! ……………꿀꺽…………."

한창 생각에 잠긴 사이, 아이가 떠다 준 것 같았다. 몸이 원하는 적당한 온도인 그 물을 입에 대자, 그제야 마음이 진정됐다.

하지만 그와 동시에…… 몸 상태의 변화마저도 아이에게 읽히고 있다는 공포가, 차가운 액체와 함께 속으로 들어왔다…….

——이 애는……너무나도, 나를 잘 알아…………..

다른 인간이라면, 보유한 타이틀과 레이팅으로 나를 판단할 것이다. 그 결과, 마왕이니 뭐니 하며 나를 과대평가한 끝에 자기 발에 걸려 넘어진다.

하지만 아이가 보는 건 어디까지나 인간 쿠즈류 야이치다.

숫자 따위가 아니다.

이 장기는, 서로를 너무나도 잘 아는, 인간과 인간의……피비린내 나는 싸움에 지나지 않았다.

그렇다면……!!

"스으읍——……미안해."

나는 아이에게 그 한마디를 건넸다.

그리고 말받침에 손을 뻗은 후, 거기에 있던 향차를 아이의 승격한 향의 바로 뒤편에 올려놨다.

"윽!! …………어? ………………앗!!"

아이는 한순간 눈을 치켜떴지만, 그것은 내가 좋은 수를 뒀기 때문이 아니다.

『사부님이 불리하다는 걸 인정한 거야? ……이길 수 있어!!』

내가 둔 것은 악수라는 것을 알면서도 어떻게든 승부 국면으로 가져가기 위한 억지스러운 속수(俗手)였다.

즉, 『반성』의 의미가 담긴 수였다.

아이의 비차를 막기 위해, 말받침에 놓인 장기말을 될 대로 되라는 듯이 투입했다. 장기말을 연달아 빼앗긴 대신, 공세를 늦추는 데 성공했다.

그것은 마치 옛날이야기의 한 장면 같았다.

다가오는 괴물의 주의를 돌리기 위해, 모든 금은보화를 지면에 흩뿌렸다.

겨우겨우 유지되던 형세가 선수인 아이에게 유리하게 기울어 갔다…….

"하앗……! 하앗……! 하아앗……!! 하아……이…… 이렇게, 이렇게, 이렇게이렇게이렇게이렇게이렇게이렇게——."

아이는 2관왕인 나에게 맞장기로 첫 승리를 거둔다는 압박감에 눌리면서도, 그 중압감을 수읽기의 힘으로 떨쳐내며 내 응수를 정확하게 벗겨냈다.

그리고—— 119수째.

60수 가깝게 이어진 수순 끝에…….

"이렇게에에에엣!!!"

날카로운 기합을 지르며, 아이는 내 옥의 대각선 뒤편에 각을 올려놨다.

장군이었다.

각의 옆에는 용까지 있었다. 두 대마에게 공격을 받는, 절체절명의 상황……!

여기다.

"타아아아아아아아아아아아아아아아아아아아아아아앗!!!!!!"

아이가 승리를 확신한 이 순간, 나는 자신의 옥에 손가락을 대며 함정을 발동시켰다.

그리고 그 손가락을 미끄러뜨렸다.

겨우 한 칸 옆으로…….

"오……5이옥?! 그런 응수가 있다니……!!"

이번에는 아이가 놀랄 차례였다.

아이가 올린 각의 공격을 일부러 종이 한 장 차이로 피함으로써『이미 수읽기를 마쳤다』라는 압박을 가했다.

"하, 하지만 아직……이렇게!!"

승세를 의식하기 시작한 아이는 승리를 의식했기에 안전을 선택했다.

그것은 자신의 무기인 날카로운 공세를 자기 손으로 봉인하는 악수다.

리드를 거머쥔 나는 준비해뒀던 수순을 선보였다.

"답례야."

나는 옥의 앞에 향차를 올렸다. 아이가 보여준 공방일체의 한수. 옥의 앞을 지키는 것과 동시에, 아이의 옥에 압박을 가했다.

"으극······!!"

자신의 머리를 진짜로 두들겨 맞은 것처럼, 아이는 이마에 손을 대며 얼굴을 찡그렸다.

연이어 공격을 펼치기 위해, 나는 적진에 각을 투입했다.

비차금의 양걸이. 화려한 기술이다.

이것을 위해 나는 금을 비롯해 수많은 장기말을 희생해가면서 아이의 진형을 흐트러뜨렸다.

"앗······큭!!"

아이는 한순간 움찔했지만, 곧 몸을 기울이며 『양걸이 기회를 놓치지 마라』라는 격언에 따라 내 품속으로 보를 투입했다.

방어가 아니라 공격으로 활로를 찾아내려 하는 것이다.

"내가 가르쳐 준 격언을 기억했구나. 기특한 애라니깐······."

하지만 이것이 진짜 함정이다.

여기서 아이가 양걸이를 피해 버티는 수순을 선택했다면, 승부는 아직 몰랐다.

아이의 공격을 방치한 나는 차분한 손놀림으로 금을 잡았고, 마를 만들면서 공세에 나섰다.

속도로 이길 수 있다는 것을 수읽기로 파악한 것이다.

"끝이야. 아직 장기가 너무 솔직한걸."

"윽?! ···········아아······."

아무 생각 없이 그저 공격을 펼쳤다면, 이길 기회는 얼마든지 있었다.

분명 아홉 살 때의 아이라면 내 옥을 잡았을 것이다.

나와 지낸 나날 동안 쌓인 지식, 그리고 나를 향한 마음이 아이를 실수하게 만들었다.

아이가 나를 아는 것 이상으로……

나 또한 아이를, 잘 알고 있는 것이다.

"이……렇게……"

아이는 허둥지둥 옥의 퇴로를 만들었지만, 이미 늦었다.

마지막 희망이라는 듯이 장군을 걸었지만, 그 손놀림에는 힘이 없었다.

거꾸로 나는 노타임으로 옥을 대피시켰다.

──이겼나……. 하지만 2관이 된 나를 이렇게 궁지로 몰다니……

객관적으로 볼 때, 아이의 장기는 여류기사의 수준을 아득히 초월했다.

──기량이 재능을 따라잡으려고 해. 곧 폭발하겠는걸……

온몸에서 흘러나온 식은땀이, 아이가 성장했음을 증명했다.

괴물이 되기 직전의 천재가 뿜는 빛의 조각이, 지금의 장기에서는 눈부실 정도로 흘러넘쳤다.

스승인 나를 떠난다고 하는, 아이의 결단.

그것이 옳은지, 그른지…… 아이러니하게도 이 장기가 해답을 제시하고 있었다.

나는 이제까지 일부러, 아이에게 아무것도 가르치지 않았다.

배움의 기회를 제공했고, 접장기도 실컷 뒀다. 하지만, 서반의 정석과 프로의 최신 연구를 암기시키지는 않았다.

새하얀 상태야말로, 아이의 가장 거대한 재능인 것이다.

소프트의 사용을 금지한 것도 비롯해, 그 모든 것은 단 하나의 가르침을 이 아이의 몸에 새겨넣기 위한 방책이었다.

스스로 강해진다.

강해지기 위한 방법조차도 스스로 생각한다.

그 가르침의 종착점은——스승으로부터의 독립.

그러니 원래라면, 나는 기뻐해야만 한다.

아이가 이 방을 떠나고 싶다고…… 자신의 날개로 더 넓은 하늘로 날아오르려 한다면, 등을 밀어주는 것이 스승의 의무다.

그리고 만약, 혼자서 하늘로 날아오를 날개가 자라났는데도 둥지를 떠나지 않는다면…… 매몰차게 미쳐내는 것이 어미새의 소임이다.

——나는…… 이런저런 이유를 붙여서, 아이를 놓아주려 하지 않는 것뿐일까……?

만약 내가 이대로 아이를 억지로 곁에 계속 둔다면.

자립하기 위해 퍼덕이기 시작한 날개를 쇠사슬로 묶는다면.

소프트의 힘을 빌려도 거기에 삼켜지는 것이 아니라 자기 것으로 만들며 강해지는 방법까지 익히려 하는 이 병아리를 이 방에 가둬두는 건, 내 아집 아닐까?

"…………나는…………."

나는 이 아이를…… 긴코의 대용품으로 삼고 싶은 게 아닐까?

그 마음이 나에게 허술한 수를 두게 했다.

""아.""

안전을 우선한 금 올림.

조심에 조심을 더해 둔 그 멍군이, 오히려 방해가 되고 말았다.

아무 생각 없이 옥을 대피시켰다면, 그대로 이겼을 텐데……!!

""앗……?!""

수를 둔 순간에 눈치챘다.

손가락을 뗀 순간, 그게 실수였다는 것을 눈치챘다. 손을 대고 있을 때는 전혀 눈치채지 못했는데 말이다.

그것이 실수라고 하는 것이다.

"윽!! …………이렇게, 이렇게, 이렇게이렇게이렇게이렇게이렇게이렇게이렇게이렇게——."

아이는 마치 짐승이 달려들 듯이 장기판에 몸을 기울였다.

——위…… 위험해!! 응수를 실수하면 거꾸로 옥을 잡히고 말아……!!

나는 허둥지둥 전투태세를 취했다.

그 후로 우리는 악수를 번갈아 뒀다.

각오가 무뎌진 바람에, 서로의 감정이 수에 묻어났다. 마음의 흔들림이 수의 정밀도에 직결됐다.

나도, 아이도 악수를 뒀다. 이제까지 펼친 초고도의 장기가 환상이었던 것처럼, 말도 안 되는 수를 실컷 뒀다. 마치 풋내기의 장기처럼 말이다.

마음의 싸기가 차례차례 벗겨져 나가자——.

『…………지………………않아………….』

수에서, 아이의 솔직한 마음이 전해져 왔다.

『…………싶지, 않아…………요…….』

서로의 옥이, 벌거벗은 채로 마주했다.

아이와 나는 노타임으로 말을 교환했다. 서로의 마음과 마찬가지로, 장기판 위의 장기말이 하나의 명확한 의지를 가지며 움직이기 시작했다.

『가고 싶지 않아요……!』

『가지 마!』

『가고 싶지 않아요!!』

『가지 마!!』

『가고 싶지 않아요!!』

『가지 마……!!!』

서로의 외침이 손끝에서 터져 나오듯, 나와 아이는 같은 움직임을 되풀이했다. 종언을 미루는 듯한 수를 계속 뒀다.

하지만, 장기의 룰은 잔혹했고…….

겨우 네 번 반복하는 것만으로, 끝이 나고 말았다.

천일수.

원래라면 선후수를 바꿔 다시 두게 된다. 아마추어라면 쌍방 패배라는 판정이 내려지기도 한다.

""………………."".

움직이지 않게 된 장기판의 말들이 기나긴 그림자를 만들었다.

어느새 석양이 방 안을 비추자, 오렌지색 빛에 휩싸인 아이가 고개를 숙인 채 내 말을 기다렸다.

"아이."

"으……!"

이름을 불러주자, 아이는 기대에 찬 눈길로 나를 쳐다보았다.

강아지 같은 그 얼굴에는 제자로 삼아달라고 말하며 이 방에 찾아왔던, 그때와 똑같았고…….

그때처럼 내가 '한 번 더 둘까?' 라고 말한다면, 전부 원래대로 되돌아갈 것이다.

그래서 나는 이렇게 말했다.

"이제 됐어. 그만 끝내자."

그대로 아이에게서 돌아앉았다.

얼굴을 본다면, 아이를 잡고 말 테니까. 가지 말라고 외치며, 장기판 너머의 저 자그마한 몸을 끌어안고 말 테니까…….

"아…………."

아이는 장기판 너머에서 내 등을 향해 손을 뻗는 것을 기척으로 알 수 있었다. 지금 이대로 서로걸기를 하듯 나도 손을 뻗으면, 우리 둘의 손은 장기판 위에서 맞닿을 것이다.

하지만 나는, 그럴 수 없다.

스승으로서 제자를 엄하게 내쳐야 한다는 의무감과…… 아이가 나에게 아무런 상의도 하지 않았다는 사실에 상처가 난, 보잘

것없는 자존심 때문에…….

"사부님……저…… 저——."

용서해 주세요! 역시 여기에 남고 싶어요……!!

그렇게 말해 주기를, 나는 마음 한편으로 기대했다.

그리고, 아이가 쥐어 짜낸 말은——.

"저녁 식사……준비해 뒀어요……."

나를 배려하는 한마디였다.

애정이 다른 모든 감정을 밀어냈다.

장기 따위 아무래도 상관없으니, 이 애와 같이 있고 싶다는 마음이 북받쳐 올랐다.

아이……!!

"오늘 저녁 반찬으로는, 새로운 레시피를 시도해 봤어요. 가, 가스레인지 위의…… 냄비 안에 있으니까…… 드셔 보세요."

최대한 밝은 목소리로 그렇게 말한 아이는 필사적으로 감정을 제어하려 했다.

하지만 그 목소리는 떨리고 있었다.

"그리고, 내일 아침 식사도…… 모레 것도, 글피 것도 만들어 놨으니까…… 냉동고 안에, 일주일 치를 넣어 놨어요……. 다음 타이틀전까지, 식사를 꼭 챙겨 드세요. 빨랫거리도 쌓이지 않게, 대국료로 건조기를 샀어요……. 내일, 도착할 테니까…… 매일 세탁하세요. 버튼을 누르기만 하면 되니까, 사부님이라도…… 호, 혼자서……하실 수 있을 거예요…………!"

눈물이 방울져서 다다미에 떨어지는 소리가, 목소리에 섞였다.

나는 아이에게 등을 보인 채로 필사적으로 입술을 깨물었다. 입안에 피맛이 감돌았다. 그것은 쓰디쓴, 후회의 맛이었다.

너무 썼기에, 너무 아팠기에, 나는 열여덟 살이나 되어서 눈물을 흘리고 말았다.

──역시, 몸을 돌리기 잘했어…….

이런…… 이런 우는 모습을 보였다간, 아이의 결의가 무너질 것이다.

스승으로서 내가 해 줄 수 있는 마지막 일은…… 매몰차게 밀쳐내는 것뿐이니까……!

"용왕전, 꼭 이기세요."

아이는 위로하듯, 말했다.

"사부님은 장기에 집중하면, 주위가 눈에 들어오지 않으니까…… 케이카 씨에게, 때때로 살펴봐달라고, 부탁해뒀어요. 그, 그러니까…… 괜찮죠? 제…… 제……제, 가……! 어…… 없어…………도…………!!"

그 후로는 말을 잇지 못했다.

눈물이 방울져 다다미에 떨어지는 소리가, 마치 빗소리 같았다.

그리고, 그 비가 그칠 즈음…….

"신세, 많이 졌습니다……."

조그마한 중얼거림이 들렸다.
그리고, 떨리는 손가락으로 잠기판을 정리하는 소리.
여관에서 배운, 소리 나지 않게 발을 끌듯 걷는 아이의 발소리.
문을 여는 소리. 문이 닫히는 소리. 문을 잠그는 소리.
열쇠를 우편함에 넣는 소리.

그리고 아무것도 들리지 않게 됐다.
겨울의 짧디짧은 해 질 녘은, 순식간에 끝났다.
방 안이 어둠에 휩싸였을 때, 나는 그제야 고개를 들었다.

뒤돌았을 때는 이미—— 내 제자가, 없었다.

🏠 가족의 맛

『야이치 군~? 있지~? 야~이~치~ 군──!』

텅텅! 텅텅텅텅텅!

『언제까지 혼자 삐쳐 있을 건데? 문 열 거야. 괜찮지?!』

철컥.

열쇠로 문을 열고 집에 들어온 사람은 케이카 씨였다.

목소리를 안 들어도 알 수 있다. 내 집의 열쇠를 가지고 있는 사람은 세 명이다. 그중 한 명은 열쇠를 두고 집에서 나갔고, 다른 사람은 열쇠를 지닌 채 사람들 앞에서 모습을 감췄다.

그러니 열쇠를 이 안에 들어올 수 있는 사람은 케이카 씨뿐이다. 간단한 3수 외통이다.

"아이, 진짜로 나갔구나……."

케이카 씨는 휑한 집안을 둘러보며 말했다. 쓸쓸한 목소리로 말이다.

뻔뻔하게…….

"알고 있었지? 아이의 일도, 긴코의 일도…… 케이카 씨가 몰래 손을 쓴 거잖아? 내 편인 척하면서 말이지."

"나는 항상 야이치 군의 편이야. 가족인걸."

"가족? 흥!"

그것은 내가 지금 가장 듣기 싫은 말이었다.

"아이도…… 나에게는 가족이었어. 쭉 함께 살았잖아. 그런데, 이렇게 나가버렸어. 이딴…… 이딴 조림 하나 남겨놓고!"

나는 부엌의 가스레인지 위에 놓인 냄비를 손가락으로 가리키며 외쳤다.

냉장고에도 아이가 만들어둔 요리가 아직 그대로 남아 있다.

전부 내가 좋아하는 음식이지만, 먹을 마음이 들지 않았다.

혼자 먹어 봤자 맛있을 리가 없다.

제자가 강해지려면 이게 최선임을 안다.

아니, 알기에…… 아이가 혼자서 그 대답에 도달했다는 사실이, 나를 절망케 했다.

그것도 그럴게, 거기에 도달했다면…….

아이는 이제, 이곳에는——.

"『니시메』야."

"뭐……?"

부엌에 서서 냄비 안의 내용물을 본 케이카 씨는 영문 모를 소리를 입에 담았다.

"그냥 조림이 아니야. 『니시메』란 이름이 있어."

"그딴 건 아무래도 상관없어! 조림의 이름 따위——."

"야이치 군. 니시메를 어떻게 만드는지, 알아?"

케이카 씨는 냄비를 쳐다보며 그리운 듯한 어조로 말했다.

"나도 정월에 자주 만들었어. 야이치 군과 긴코도 정월 요리 중에서 이것만은 항상 남겼다니깐."

"그야 조림은 정월이 아니라도 먹을 수 있는걸. 그리고 아이들은 조림을 좋아하지 않잖아."

"그래. 나도…… 엄마가 만들어 주던 시절에는 뭐가 맛있는지 몰랐어."

식기를 찾는 건지 달그락거리는 소리가 들렸다.

"하지만 엄마가 돌아가시고, 아빠와 둘이서 할머니의 집에서…… 지금 사는 노다의 집으로 이사하게 되면서, 할머니한테 만드는 법을 배운 후로는 가장 좋아하는 요리가 됐어."

"왜……?"

"니시메 안에는 가족이 있거든."

가……족?

그것은 내가 가장 듣기 싫은 말이자…… 그와 동시에 차갑게 식은 내 마음이 가장 갈구하는 말이었다. 그 말을 듣기만 해도, 이번에는 가슴이 답답할 정도로 뜨거워졌다.

마치 칼에 베인 것처럼 뜨거운 고통이 퍼져나갔다…….

"투박한 토란은 사부님. 꽃 같은 당근은 나. 하얗고 가는 우엉은 긴코. 올곧게 쑥쑥 자라는 죽순은 아이. 야이치 군은…… 꾸불꾸불하고 솔직하지 못한 곤약일까?"

그렇게 말한 케이카 씨는 그 조림을 식기에 담더니, 테이블 위에 뒀다.

"아……."

드디어 마주한 그 요리는…… 마치 조그마한 보석함 같았다.

얼마나 시간과 애정을 들여 정성껏 만든 것인지 한눈에 알 수 있었다. 아이가 어떤 마음을 담아 이 요리를 만든 것인지도.

그 증거로, 이 조림에는…… 나만이 알 수 있는 것이 있었다.

"어머?"

케이카 씨도 그걸 눈치챈 건지, 의아한 듯한 목소리를 냈다.

"이 니시메에는 두꺼운 유부가 들어 있네? 신기하네……."

"코니시메……야."

"코……니시메? 그게 뭔데?"

"케이카 씨의 말을 듣고 생각났어. 내 고향의…… 후쿠이의 향토 요리야. 유치원 급식으로 한 번씩 나왔고, 집에서도——."

불쑥, 생각났다.

나는 스마트폰을 조작해서, 한 달도 전에 받았던 메일 사이에 묻혀 있던 형한테서 받은 메일을 찾았다.

『야이치. 잘 지내? 갑자기 연락해서 미안해. 실은 좀 신경 쓰이는 게 있어서 말이지.』

메일이 온 것은 제위전 제3국 직전.

나와 아이가 카나자와에 가기 전의 일이다.

『요리장님이 우리 집에서 정월에 만드는 조림의 레시피를 묻더라고. 후쿠이의 코니시메 말이야. 아이 아가씨가 너를 위해 만들어보고 싶어 한다네. 네가 먹고 싶다고 말한 거냐? 아가씨한테 어리광 좀 적당히 부려.』

——아이!!

소리 없는 절규를 토한 나는 뒤늦게 아이에 관해서 진지하게 생각해 봤다.

아이가 어떤 심정으로, 나와 한마디도 상의하지 않았는지.

왜 카나자와에서 그렇게 즐거워했는지.

──왜 나는…… 항상 그 애의 갈등을 몰라주는 거야……!

"야이치 군. 니시메를 만들 때, 가장 중요한 조미료가 뭔지 알아?"

"…………?"

내가 대답하지 못하자, 케이카 씨는 그것을 알려줬다.

뜻밖의 답을…….

"니시메에서 가장 중요한 조미료. 그건──『시간』이야."

"시간……?"

"그래. 요리는 갓 만들었을 때가 가장 맛있다고 생각하지? 하지만 조림처럼 식혀야 맛이 배서 맛있는 요리도 있어. 국물이 건더기에 전부 스며들 때까지 시간을 들이는 거야……. 그래서 니시메를 한자로 쓸 때 물들 염(染) 자를 넣을 때도 있어."

케이카 씨는 차갑게 식은 요리를 응시하며 말을 이었다.

"긴코도, 아이도, 너를 버린 게 아니야. 그저…… 매사에는, 떨어져서 생각할 시간이 필요할 때도 있어."

정말? 정말 그런 시간이 필요한 걸까?

열기와 마찬가지로, 애정도 식지 않을까?

내가 불안과 의심으로 뒤섞인 눈길을 보내자, 케이카 씨는 가슴속의 고통을 참는 듯한 표정을 지으며 이렇게 말했다.

"내가……장기와 떨어져 지낼 시간이 필요했던 것처럼."

"윽……! …………케이……카, 씨……!"

"긴코가 휴장을 선택한 건, 장기에서 도망치기 위해서가 아니냐. 세간에서는 그 애를 무책임하다며 비난하거나, 용기가 없다며 헐뜯고 있지만…… 실은 반대야."

반대? 반대라니, 그게 무슨——.

"지금 휴장을 선택하지 않으면, 순위전을 비롯한 기전의 추첨이 시작돼. 그렇게 되면 부전패와 강등점이 붙어서, 그 애가 바라는 것과 멀어지고 말아……."

프로로서, 소라 긴코가 바라는 것.

공식전에서 프로에게 이기는 것일까?

아니면 프로의 타이틀을 따는 것일까?

케이카 씨는 그 둘과 다른 대답을 입에 담았다.

"프로 기사로서, 공식전에서 쿠즈류 야이치와 싸우는 날과."

"윽……!!"

"프로가 됐다고 그 난리가 벌어졌고! 첫 대국에서 여류기사에게 진 데다! 대국 한 번 겨우 치르고 휴장을 결정했어! 그게 얼마나 분하고 용기가 필요한 일인지, 야이치 군이라면 알잖아?! 세간에 비판을 받으면서도, 그 애는 그 길을 선택했어!"

왜?

그 대답을, 케이카 씨는 입에 담았다.

"너와 싸우기 위해서!!!!"

아아……그랬구나…….

긴코는 장기로부터 도망친 것이 아니다. 나한테서 도망친 것도 아니다.

계속 싸워 나가기 위해, 지금 둘 수 있는 최선의 수를 선택했다.

역시 그 애는…… 뼛속까지 장기꾼이구나…….

"게다가…… 그 애는 지금, 더 커다란 고통과 싸우고 있어. 그건, 그 애 스스로 극복해야만 하는 것이니까……."

──더 커다란 고통?

긴코한테 장기를 두지 못하는 것보다 큰 고통이 있다니…… 나는 상상조차 되지 않았다.

"내 입으로 말해 줄 수 있는 건 여기까지야. 알고 싶다면 직접 조사해 봐. 그건 말리지 않겠어. 하지만, 야이치 군은 다른 할 일이 있을 거야."

"하지만 솔직히, 하나도 모르겠어……. 왜 다들 나한테 아무 말도 하지 않고 결정하는 건데?"

"다들, 야이치 군을 좋아하는 거야. 너무 좋아해서, 너무 생각이 많아서, 거꾸로 악수를 두는 경우도 있다고 생각해……. 장기처럼 말이야."

그것은, 뼈에 사무치게 이해됐다.

나도 악수를 두고만 있는 것이다.

"그 수염 영감도 같은 심정이야. 뭐, 나와는 생각이 다른 것 같지만……."

"사부님도?"

사부님이 갑자기 내린, 연애 금지령.

그것도 깊은 생각이 있었던 걸까.

그 점도 신경 쓰였지만, 나는 사부님의 이야기가 듣고 싶었다. 제자의 독립에 관한 이야기를…….

"괜찮아! 나도 괜찮았으니까, 그 두 사람도 더 강해져서 돌아올 거야!"

"돌아, 올까? 나 같은 녀석의 곁으로……."

"야이치 군이 안 믿으면 어떻게 해? 너는 최강의 용왕이잖아? 더 강해져서, 두 사람이 돌아올 장소를 지키는 거야!"

지켜야……한다.

장기는, 공격하기만 해선 이길 수 없다.

상대에게 기회를 넘겨주는 듯한 수를…… 상대의 마음을 확인하려는 듯한 응수를 두지 못해선, 진정한 강함을 손에 넣을 수 없다.

응수를 할 때면, 무섭다.

공격을 할 때보다, 훨씬 무섭다.

그래도…… 그래도 나는──.

"두 사람 다, 야이치 군과 장기를 두고 싶은 거야."

케이카 씨는 어린아이를 달래는 듯한 어조로 말했다.

"그걸 위해…… 그것만을 위해, 힘든 길을 선택해서 나아가려 해. 그럼 너는 최고의 목표로 계속 존재해야 하지 않을까? 두 사람이 길을 헤매지 않도록…… 안 그래?"

"응……."

나는 그제야 용왕으로서, 2관왕으로서, 자신이 해야 할 일이 뭔지 깨달았다.

강해지자.

강하기만 한 것도, 뜨겁기만 한 것도 아니라, 그 명인처럼…… 아니, 그 명인보다 더 높은 곳에서 빛나는 기사가 되자.

변해야 하는 것이다……. 도전하는 자에서, 도전받는 자로.

"정점에, 서겠어."

온기가 사라진 아파트에서, 나는 그렇게 맹세했다. 가슴속에
남은 조그마한 불씨를 꺼트리지 않기 위해.

누구보다 높은 곳에 선다면 분명── 두 사람이 나를 못 찾는
일은 없을 테니까.

소라 긴코 4단의 휴장이 발표되고 사흘 후. 일본 장기연맹은 기자회견을 열었고, 부재중인 소라 4단을 대신해 츠키미츠 세이이치 회장이 보도진에게 사정을 설명했다. 주된 내용은 아래와 같다.

　——휴장 이유는?

　"건강 문제입니다. 의사의 진단서도 받았습니다."

　——왜 휴장이란 선택을 한 것인가?

　"이미 결정된 대국을 쉬면 부전패입니다만, 휴장일 경우에는 그렇게 되지 않습니다. 가장 중요시한 점은 6월부터 시작되는 순위전에서 강등점을 붙지 않게 한 것입니다만…… 본인은, 두고 싶었을 테죠."

　——이대로 은퇴할 가능성도 있는가?

　"그런 일은 절대로 없습니다."

　——보유하고 있는 여류 타이틀 두 개는 어떻게 되나?

　"여왕, 여류옥좌 모두 반납 의사를 밝혔기에, 현재 스폰서 측과 협의 중입니다. 만약 반납으로 결정될 경우, 두 타이틀은 도전자 결정전을 『우승자 결정 5전 3선승제 승부』로 바꿔서 새로운 타이틀 보유자를 결정하도록 하겠습니다."

　——소라 4단은 현재 어디서 치료를 받고 있나?

　"그 질문에 답할 수는 없습니다만, 걱정해 주시는 점은 감사히 생각합니다. 지금은 조용히 지켜봐 주셨으면 합니다."

　소라 4단으로부터는 아래와 같은 메시지가 발표됐다.

『이번에 휴장이란 선택을 하면서, 응원해 주신 여러분과 장기계를 지탱하고 있는 모든 분에게 진심으로 사죄드립니다.

3단 리그 도중부터 장기를 둘 때마다 격렬한 권태감과 발열 등의 증상이 있었으며, 이대로는 프로 기사에 걸맞고 감상할 가치가 있는 기보를 남길 수 없다고 생각해 치료에 전념하는 길을 선택했습니다.

데뷔 직후에 이렇게 되어, 정말 송구하게 생각합니다.

프로의 의무를 다하기 위해, 하루라도 빨리 대국에 복귀할 수 있도록 최선을 다하겠습니다.』

소라 4단의 동문이자 용왕위를 방어 중인 쿠즈류 야이치 용왕은, 용왕전 제3국 전날에 열린 회견에서 사저의 휴장에 관한 코멘트를 요청받자……

"미리 저와 상의하지는 않았습니다. 지금도 본인에게 아무 말도 듣지 못했어요. 프로가 직접 정한 일이라면 제가 할 말은 없고…… 저희는 기사니까요. 전하고 싶은 건, 말이 아니라 장기로 전하겠습니다."

쿠즈류 용왕은 그 말대로, 그 후에 치러진 용왕전 제3국에서 눈이 번쩍 뜨이는 장기로 승리를 거두면서 2승 1패로 리드했다.

감상전에서는 말받침에 놓인 『은장』을 상냥히 만지는 모습을, 평소보다 자주 보였다.

(쿠구이)

데뷔전에서 사이노카미 이카에게 패배한 후.

장기회관의 숙박실에서 홀로 휴장 신고서와 기자회견용 메시지를 손글씨로 작성한 긴코는 온몸을 좀먹는 듯한 열기가 남아 있는 몸으로 한 통의 메시지를 써내려 갔다.

아까 쓴 것은, 전 세계를 향한 메시지.

하지만 이것은…… 단 한 사람을 위한 메시지다.

『상담도 하지 않고 결정해서, 미안해. 몸 상태를 숨겨서, 미안해. 걱정을 끼치고 싶지 않았어……라고 말할 수 있다면 얼마나 좋을까. 그런 생각을 하며 지금도 이 몸을 저주하고 있어.』

『결혼하자고 말해 줬을 때, 기뻤어. 내 인생에서 가장 기쁜 순간이었어. 꿈이 아닐까 하고 생각했어. 그래서 몇 번이나 듣고 싶어서, 바로 '응' 이라고 대답하지 않은 거야.』

『네가 이야기해 주는 미래가 너무 행복해서, 머리카락도 길러 봤어. 네가, 나를 더 좋아해 줬으면 해서…….』

『입 다물고 있었던 건, 그런 행복한 미래를 버리고 싶지 않아서야. 쭉 꿈을 꾸고 싶었어. 전부 털어놨다간, 너는 스스로 그 꿈을 버릴 테니까……. 그걸 막으려고, 나는 혼자서 해결하는 길을 선택했어. 미안해. 이런 식으로 말해 봤자, 이해가 안 될 거야.』

『나는 평생 장기만 둬서…… 어떻게 전하면 좋을지, 어떤 말을 골라야 할지, 모르겠어. 아직 너에게 이런 말을 할 자격이 있는지도, 모르겠지만——.』

『너를 좋아해. 너만을 좋아해. 너 말고 다른 사람과 함께 하는 미래는 상상도 할 수 없어.』

『그러니 기다려줬으면 해. 내가 또, 장기를 둘 수 있게 되기를…… 그리고 복귀한다면, 그때는 꼭 말하겠어.』

『쿠즈류 야이치와 장기를 두기 위해서 프로가 됐다고 말이야.』

솔직한 마음을 담아 쓴 그 메시지를, 긴코는 보내지 못했다.
그 메시지는 지금도…… 그 가슴속에만, 존재했다.

◠ 에필로그

제야의 종소리가 들렸다.

"…………추워………."

섣달그믐날 밤, 오사카에는 웬일로 눈이 내렸다. 춥고 낡은 아파트의 다다미방에 드러누워서 새해를 맞이하려던 나에게는 제위를 획득한 기쁨과 용왕을 지켜낸 감회는 없었으며, 마음속은 안아 들고 있는 냄비처럼 텅텅 비어 있었다.

쌓인 눈에 가로등 빛이 반사되면서, 방 안은 의외로 밝았다.

전기를 켤 기력도, 커튼을 칠 여유도 없었다.

아이가 떠나고 두 달도 지나지 않았다. 그 짧은 시간에 이 방은 믿기지 않을 만큼 황폐해졌다.

그렇게 깨끗하고, 따뜻하며, 밝던 방이…… 마치 콘크리트로 된 감옥처럼 눅눅하고, 추웠다.

그런 감옥의 문을, 아까부터 누군가가 두드리고 있었다.

텅텅텅!! …………철컥.

끼익, 끼익, 끼익. 구두를 신은 채 방 안으로 누군가가 들어온 기척이 느껴졌지만, 나는 그냥 누워 있었다. 강도라면 이대로 나를 죽여 줬으면 한다는 생각마저 했지만——.

"흥! 방 한번 더럽네!! 발 디딜 데도 없잖아!"

신발을 신은 채로 안에 들어와서 그런 말을 하는 상대가 누구일지, 얼굴을 안 봐도 알 수 있었다.

오만방자한 아가씨에게, 나는 이불을 덮은 채 물었다.

"…………어떻게 들어온 거야?"

"어떻게는 무슨. 이 집은 내 거야. 내 집 열쇠 정도는 가지고 있는 게 당연하잖아?"

"뭐……?"

"건물을 통째로 샀어. 그러니까 내가 주인이야."

"뭐──!!"

왜 그런 짓을 한 거야?! 라는 질문을 내가 입에 담기도 전에, 야샤진 아이가 설명해 줬다.

"뭐, 필요한 건 땅이니까 이 낡은 건물을 빨리 헐고 새 건물을 올릴 생각이야. 그래서 오늘은 세입자에게 이사를 가라는 말을 하러 다니는 중이거든. 당연히 나가 줄 거지? 보상이라면 넉넉하게 해 줄게."

"…………싫어."

"왜~? 설마 사부님께서는 여기서 냄비를 끌어안고 기다리면 전부 원래대로 되돌아갈 거란 망상에 빠져 계신 거야~?"

내가 안아 들고 있는 냄비를── 아이가 만들어 준 니시메가 들어 있던 냄비를 축구공처럼 걷어찬 야샤진 아이는 경멸에 찬 어조로 말을 내뱉었다.

"《서쪽의 마왕》이라 불리며 두려움의 대상이 된 현대 최강의 기사가, 텅 빈 냄비를 안은 채 곰팡내 나는 이불 안에서 데굴거리고 있기는. 칸토 녀석들이 보면 분통을 터뜨리지 않으려나? '이딴 녀석에게 타이틀을 두 개나 빼앗긴 거냐.' 라면서!"

"…………."

"뭐, 앞으로는 마왕에게 진 화풀이를 제자에게 하겠지. 칸토로 이적해서 괴롭히기도 편해졌잖아."

깔깔 웃으며 그렇게 말한 아이는 자신의 발언을 정정했다.

"참, 이제 제자가 아니었나? 아니면 호적은 그대로 뒀어? 별거 같은 거야? 집에 나가긴 했지만 이혼은 안 한 느낌? 《휘젓기의 마에스트로》가 그런 상황이지? 뭐, 실질적으로는 인연이 끊긴 거나 마찬가지——."

"시끄러워!! 일부러 그런 소리를 하러 온 거냐?!"

나는 아이의 말을 끊으며 고함을 질렀다.

"그래! 맞아! 어차피 나는 제자와 연인에게 버림받은 불쌍한 장기꾼이야!! 타이틀은 지켰지만, 진짜로 지키고 싶었던 건 잃어버린 바보천치라고!!"

장기에서 이기면 원하는 것을 뭐든 손에 넣을 수 있다.

명예도, 돈도, 장기는 중졸인 나에게 과분할 만큼 줬다. 친구도, 부모 대신인 스승도, 연인과 제자도, 장기가 준 것이다.

하지만 강해지면 강해질수록……나는 고독해졌다.

칸토의 젊은 기사들은 나를 괴물 취급했다. 사이노카미 이카와 똑같다는 소리마저 들었다. 그때는 반론했지만, 지금은 그 말이 옳다는 생각이 들었다.

분명 나는 이카처럼, 인간으로서 중요한 부분을 지니지 못했다. 나는 타인보다 우수한 게 아니라, 단순히 결여된 부분에 장기가 가득한 거겠지.

아이를 믿는다. 긴코를 믿는다.

아직 나를 생각해 주리라고 믿는다. 꼭 돌아올 거라고 믿는다.

하지만, 그와 동시에——.

"어차피 다들 내 앞에서 사라져!! 강해지면 질수록 인간다운 생활과 평범한 행복도 멀어지고 말아! 몇 년이나 몇 년이나 몇 년이나 반복하면서, 너덜너덜해지고, 마지막에는 타이틀도 잃게 될거야!! 장기 따위를 계속해 봤자 전부 잃을 뿐이라고!!"

"내가 있어."

"⋯⋯⋯⋯⋯⋯⋯⋯⋯뭐어?"

내가 있어? 어떤 의미지?

얼이 나간 나를 본 아이는 혀를 차더니⋯⋯.

"흥! 말귀를 못 알아듣네! 잘 들어, 이 쓰레기야!!"

그리고 양손으로 내 멱살을 잡더니, 이불 밖으로 끄집어내면서 이렇게 말했다.

"내가 같이 살아주겠다는 말이야."

나는 그 말을 듣고야 겨우 눈치챘다.

아이의 입술이, 새파랗게 질려 있다는 것을.

조그마한 어깨에, 긴 흑발⋯⋯ 속눈썹에도, 가루 같은 눈이 쌓여 있다는 것을.

마치⋯⋯ 쭉 이 아파트 앞의 도로에서 이 방을 올려다보고 있었던 것처럼⋯⋯.

"나는, 안 돼⋯⋯⋯⋯?"

아아⋯⋯ 그래⋯⋯.

나는 이제야 처음으로, 야샤진 아이란 소녀의 진정한 모습을
깨달았다.

소중한 사람들이 갑자기, 눈앞에서 사라진다는 상실감.

장기로 도망칠 수밖에 없지만, 장기만으로는 채워지지 않는 절
망적인 공허함을, 이 아이는 내가 처음 만났을 때부터 안고 있었
던 것이다.

그래서——.

얼음장처럼 차가운 그 손을…… 부들부들 떨고 있는 그 손을,
나는 무심코 양손으로 감싸 쥐었다.

백설공주도, 천사 같던 내 제자도 사라진 이 방에 나타난
건…….

유리구두도, 자존심도 전부 내팽개치고 달려와 준—— 초등학
생, 신데렐라.

후기

"5권에서 끝낼까 합니다."

1권 발매 직후에 담당 편집자님께 그렇게 말한 후로 5년이 넘는 세월이 흐른 가운데, 지금 이렇게 14권을 내놓게 됐습니다.

장기계에서는 프로 기사와 여류기사 전부 타이틀이 여덟 개가 됐으며, 신형 코로나 바이러스의 영향으로 대국 중에는 마스크 착용이 의무화됐습니다.

『용왕이 하는 일!』은 이제까지 현실 장기계에서 일어난 에피소드를 베이스로 해서 써왔습니다.

하지만 이 5년 동안 제 예상을 벗어나는 일이 너무 많이 일어나면서 다양한 측면에서 궤도 수정을 해야만 했고, 현실과는 다른 설정으로 나아가게 됐습니다. 그리고 현실 쪽이 더 재미있는 듯해 자신감도 상실하기도 했죠…….

5년이란 세월은 많은 것을 바꿨습니다.

하지만…… 5년이 지났는데도 변하지 않은 건, 제가 진정으로 쓰고 싶다 쭉 생각한 마지막 장면입니다.

한 번은 포기했던 그 장면을 쓸 수 있게 된 행복을 절대로 잊지 않으며, 이 최종장도 마지막 한 페이지까지 전력을 다해 쓰겠습니다!

감상전

"여기냐?"

"여기데이."

오렌지색 소형 하이브리드카가 산속에 있는 새하얀 건물 앞에 섰다.

"겨우 도착했나……. 기나긴 드라이브였어. 아아, 피곤해라."

"운전한 건 내다 아이가."

운전 중에 계속 쓰고 있었던 선글라스를 대시보드에 둔 쿠구이 마치는 조수석에 앉은 친구에게 말을 걸었다.

"료는 어쩔기고?"

"차 안에서 기다리겠어. 만나면 두들겨 패버릴 것 같거든."

츠키요미자카 료는 그렇게 말하더니, 말아준 두 주먹을 몇 번이나 맞댔다. 그리고 은근슬쩍 가슴 호주머니로 손을 뻗었다.

문을 닫기 직전, 마치는 딱 잘라 말했다.

"차내 금연."

츠키요미자카는 그 말을 듣고 '쳇' 하고 혀를 차더니, 불을 붙이지 않은 담배를 코와 입술 사이에 끼운 채 시트 깊숙이 몸을 맡기며 낮잠을 자려고 했다.

"하아…… 그것도 병이데이. 겸사겸사 치료받고 가는 게 좋지 않긋나?"

마치는 쓴웃음을 머금으며 건물로 다가갔다.

내부에서 누구와도 얼굴을 마주하지 않았다.

그래서 제지당하지도 않았다. 그러도록 미리 손을 써뒀다.

"으음, 18호실…… 18호실……아, 여기데이."

작게 심호흡.

그리고 문에 노크한 후, 대답보다 먼저 열어젖혔다.

" '어떻게 여기를 알아냈어?' 하고 묻는 듯한 표정입니데이."

시원한 바람이 들어왔다. 햇볕이 잘 드는 이 방 안에는 마치가 꼭 만나고 싶어했던 인물이 있었다.

——아아……오래간만이데이. 눈에 보이는 긴장감을 접하는 건…….

마치는 선글라스를 차 안에 두고 온 것을 후회했다.

눈가에 눈물이 맺힌 것을 들키지 않기 위해 방 안을 둘러보는 척을 하며, 경계심에 사로잡힌 모습을 보이는 상대방에게 찾아온 이유를 알려줬다.

"미리 말하겠는데, 케이카 씨에게 들은 건 아닙니데이. 어른에게는 아이가 이해할 수 없는 연줄이 있지예. 이 나라에 있는 한, 내한테서 도망치는 건 불가능할 겁니더. 앉아도 되지예?"

마치는 상대방의 대답을 기다리지 않으며 근처의 의자를 가져와서 앉았다.

그리고 노골적으로 시선을 돌린 상대에게, 쓴웃음을 머금으며 말했다.

"혼자 왔으니 경계 안 해도 됩니데이. 그리고 허락해 줄 때까지는, 여기서의 일은 누구한테도 이야기하지 않겠습니더……. 야이치 군한테도 말이지예."

가녀린 어깨가, 부르르 떨렸다.

——이렇게 가늘었던 기가?

원래 말랐지만, 이 병원의 얇은 환자복을 입으니 더 여려 보였다.

——투지만으로 그렇게 커 보였던 기가…….

다시, 이 소녀의 위대함을 접한 듯한 느낌이 들었다.

장기판 앞을 벗어나면, 그 압도적인 위압감이 전혀 느껴지지 않았다.

용케 그 지옥의 3단 리그를 혼자 헤쳐나왔다는 생각이 들었다.

용케……살아남았다는 생각이 들었다.

"여기는 조용하고 참 좋은 장소입니데이. 요양하기엔 최고지예. 바깥세상은 시끌벅적하고, 먼지투성이 아닙니꺼. 저도 여기서 조용히 문장이나 쓰며 살고 싶습니데이……. 뭐, 료는 심심한지 차 안에서 퍼질러 자고 있다 아닙니꺼."

은근슬쩍 츠키요미자카도 같이 왔다는 사실을 밝혔지만, 소녀의 가녀린 어깨는 아까처럼 흔들리지 않았다.

역시 단 한 명뿐이다. 이 애의 마음에 닿는 이름은…….

"자. 그럼 도중에 중단했던 독점 인터뷰를 계속 하입시더."

그때, 던지려다 중단됐던 질문을 통해 인터뷰를 재개했다.

"장기를 두지 못하게 된 건, 언제부터입니꺼? 긴코 양."

"만났냐?"

"응."

마치가 차로 돌아온 것은 해가 저물어갈 즈음이었다.

츠키요미자카는 몸을 쑥 내밀면서 물었다.

"어땠어?"

"그렇게 신경 쓰이면 료도 같이 가면 됐다 아이가."

"흥!! 내가 신경 쓰이는 건 그 녀석이 언제 복귀하느냐 뿐이야! 몸 상태 같은 건 관심 없다고~!"

청개구리 여자는 팔짱을 끼고 대시보드에 발을 턱 얹더니…….

"그래서? 어땠어……?"

"그기……."

그녀의 그 모습을 어떻게 전하면 좋을지 고민한 마치는…….

"한동안은 여기서 느긋하게 몸을 추스른다고 했데이. 뭐, 연맹에서 발표한 것 이상의 내용은 못 들은 기다."

"흥! 뭐야, 헛걸음한 거냐! 의사가 반대하더라도 목에 체인을 감아서 끌고 돌아갈 생각이었는데 말이야!!"

"그랬다간 료가 양손에 쇠고랑 차고 끌려갈 거데이."

마치는 쓴웃음을 지으면서 차에 시동을 걸었다.

츠키요미자카는 발을 치우고 시트를 되돌리더니…….

"돌아갈 때는 내가 운전하겠어. 계속 잠만 잤거든."

"됐습니데이~."

"왜? 아, 남한테 핸들을 맡기기 싫어? 네가 그런 성가신——."

"눈가가 부었데이. 엉엉 울제?"

"윽……!! 머, 멍청아, 너무 퍼질러 자서 부은 거라고~!!"

츠키요미자카는 허둥지둥 대시보드에 올려둔 마치의 선글라스를 쥐더니, 그것으로 눈을 가렸다.

차가 다시 달리기 시작했다.

험준한 산을 몇 개나 넘고, 갈림길을 몇 개나 통과했다. 지치면 잠시 쉰 후, 다시 차를 몰았다.

두 사람은 한마디도 하지 않았고, 쭉 켜둔 라디오 소리만이 차 안에 울려 퍼졌다.

그리고 길고 긴 터널에 들어서면서, 라디오 소리가 끊겼을 때였다.

"료."

마치는 앞을 바라보며 입을 열었다.

"가와 약속했으니, 인터뷰 내용은 아직 말 못한데이."

"…………."

"하지만 말이제? 내가 본 걸 전하는 건 괜찮을 거라고 생각한다 아이가."

몇 시간 전에 본 소녀의 모습.

그리고 머나먼 과거에 본 소녀의 모습을 포개면서, 마치는 이야기를 시작했다.

"가는, 전혀 변하지 않은 기다. 우리가 칸사이 장기회관의 도장에서 처음 만났을 때와 마찬가지로…… 기계 세고, 건방지며, 재능이 넘치는 데다, 솔직한…… 장기와 야이치를 좋아하는 여자애였데이. 그러니까, 분명——."

이야기를 이어가려던 마치는, 조수석에서 들려오는 소리에 입을 다물었다.

그리고 상냥한 목소리로 말했다.

"료."

"응?"

"피워도 된데이."

이두온 차 안에, 오렌지색의 조그만 불빛이 맺혔다.

그리고 훌쩍이는 목소리에 섞여 '다행이야……'라는 중얼거림이 들려왔다.

──미안하데이, 료.

마치는 마음속으로 사과했다.

긴코는 부활할 가능성이 크다. 그렇게 느낀 건 사실이다. 하지만 그러려면 시간이 더 걸릴 것이다…… 그 연약한 《나니와의 백설공주》를 본 순간, 마치는 이렇게 생각했다.

──공세가 끊겼다.

쭉 공세를 펼치던 긴코의 차례가 끝나고, 지금은 무방비한 옥이, 야이치가 노출됐다.

버텼다.

버텼다. 버텼다. 버티고 버티고 버티고 버티고 버티고, 또 버텼다.

초등학교 6학년 때. 자기보다 네 살이나 어린 소녀에게 료와 함께 덤벼들었다가 패배한다는 굴욕을 겪고…… 쭉 뒤를 쫓겠다고 맹세했던 소년의 이름을 빼앗기고 말았다.

그래도 마치는 공격을 펼치지 않고 버텼다. 완벽한 외통수로 여겨지는 국면에서도 눈을 돌리지 않으며, 동굴곰 속에서 쭉 버텼다.

긴코는 부활한다. 그렇다면 그 전에 승부를 내야만 한다.

　──차례가 돌아오면 전력을 다해 옥을 잡는다. 그게 동굴곰의 방식이데이. ……안 글나? 긴코 양.

　어두운 터널의 출구를 향해 달리며, 마치는 액셀을 밟았다.

　드디어 찾아온 것이다.

　쿠구이 마치의 차례가…….

역자 후기

안녕하십니까. 근로청년 번역가 이승원입니다.

『용왕이 하는 일!』 14권을 구매해 주셔서 진심으로 감사드립니다.

용왕 14권은 최종장이라는 말에 걸맞게 충격적인 내용이 그려지고 있습니다.

긴코의 프로 입성, 그리고 야이치의 제위전 제1국 승리로 행복의 절정에 이르러 있는 것 같던 이 장기 커플. 하지만 그들을 기다리고 있었던 것은 끝없는 나락이라고 해도 과언이 아닌 절망이었습니다.

그리고 그 절망의 마수는 야이치와 긴코만이 아니라 히나츠루 아이도 덮칩니다.

13권까지 꿈과 희망으로 가득 찼던 밝은 이야기는 어디로 가버린 건지, 이번 권에서는 대부분의 등장인물이 고통과 안타까움 속에서 버둥거리고 있습니다.

하루아침에 사랑하는 연인과 아끼는 애제자를 잃고 극도의 고독에 빠져 있는 야이치. 그런 그를 구원해 주기 위해 나타난 뜻밖의 인물은…….

더 이야기했다간 지나친 스포일러가 될 듯하니 자제하도록 하겠습니다.

제위전 대국 결과, 긴코의 프로 데뷔 대국 결과, 그리고 위에서 말한 뜻밖의 인물이 궁금하신 독자께서는 빨리 본문을 읽어주시길!

그럼 이만 줄이겠습니다.

항상 재미있는 작품을 맡겨 주신 노블엔진 편집부 여러분께 감사드립니다. 앞으로도 잘 부탁드립니다.

올해는 다 같이 놀러 가자며 스케줄 조정 중인 악우들아. 프리랜서인 내 스케줄도 고려해 주면 안 될까? 왜 다들 내 말을 들은 척도 안 하는 건데? 그때는 딱 내 마감 시즌이거든?! 응?!

마지막으로 제게 버팀목이 되어 주시는 어머니와, 『용왕이 하는 일!』을 읽어주신 모든 분께 진심으로 감사드립니다.

도쿄에서 홀로서기를 시작한 아이, 그리고 빈집털이(＾＾)의 야욕을 드러낸 마치의 이야기가 그려질 『용왕이 하는 일!』 15권 후기에서 다시 뵙겠습니다!

역자 이승원 올림

용왕이 하는 일! 14

2022년 04월 25일 제1판 인쇄
2022년 05월 01일 제1판 발행

지음 시라토리 시로 | **일러스트** 시라비

옮김 이승원

발행 영상출판미디어(주)
등록번호 제 2002-000003호
주소 21315 인천광역시 부평구 부평대로 283 A동 702호
전화 032-505-2973(代) | FAX 032-505-2982

ISBN 979-11-380-1272-0
ISBN 979-11-319-5731-8 (세트)

RYUOH NO OSHIGOTO! Vol.14
Copyright ⓒ2021 Shirow Shiratori
Illustrations Copyright ⓒ2021 shirabii
Supervised by Saiyuki
All rights reserved.
Original Japanese edition published in 2021 by SB Creative Corp.

This Korean edition is published by arrangement SB Creative Corp., Tokyo
in care of Tuttle-Mori Agency., Tokyo through Yu Ri Jang Literary Agency, Seoul.

이 책의 한국어판 저작권은 유·리·장 에이전시를 통한 저작권자와의 독점계약으로
영상출판미디어(주)에 있습니다. 저작권법에 의해 한국 내에서 보호를 받는 저작물이므로
무단 전재와 무단 복제를 금합니다.

구매 시 파손된 도서는 구매처에서 교환하실 수 있습니다.
기타 불편사항, 문의사항이 있으신 독자님께서는 노블엔진 홈페이지 [http://novelengine.com] 에서
Q&A 게시판을 이용해 주시기 바랍니다.

 노블엔진(NOVEL ENGINE)은 영상출판미디어(주)의 라이트노벨 및 관련서적 브랜드입니다.

시라토리 시로 관련작 리스트

[소설]

용왕이 하는 일! 1~14

[코믹스]

용왕이 하는 일! 1~10 (완)

· 만화 : 코게타 오코게 / 구성 : 카즈키 (원작 :시라토리 시로/캐릭터 원안 : 시라비)

탐정은 이미 죽었다

1~6

◆

애니메이션 방영작

고등학교 3학년인 나, 키미즈카 키미히코는 한때 명탐정의 조수였다.

──"너, 내 조수가 되어줘."

시작은 4년 전, 지상 1만 미터 위의 상공. 하이재킹을 당한 비행기 안에서 나는 천사 같은 탐정 시에스타의 조수로 선택되었다.

그로부터 3년, 우리는 눈부신 모험극을 펼쳤고── 죽음으로써 헤어졌다. 홀로 살아남은 나는 일상이라는 이름의 현실에 빠져 안주하고 있었다. ······그걸로 괜찮냐고?

괜찮고말고

다른 사람에게 피해를 주는 것도 아니니까.

그렇잖아? 탐정은 이미, 죽었으니까.

ⓒnigozyu 2021 / Illustration : Umibouz
KADOKAWA CORPORATION

니고 쥬우 지음 | 우미보즈 일러스트 | 2022년 4월 제6권 출간

청춘의 상상, 시동을 걸어라!

첫사랑의 실연을 복수한다?! 애니메이션 제작 발표!
'소꿉친구가 절대로 지지 않는 이야기' 개막!!

소꿉친구가 절대로 지지 않는 러브 코미디

1~5

애니메이션 방영작

©Shuichi Nimaru 2020
Illustration : Ui Shigure
KADOKAWA CORPORATION

카치 시로쿠사. 현역 여고생 미소녀 작가, 그리고 내 첫사랑. 남들 앞에서는 접근하기 힘든 오라를 내는 그 아이도, 내 앞에서는 웃는 얼굴로 이야기해 준다! 이거 가능성이 있지 않아!?

그런데 그 시로쿠사에게 남자친구가 생겼다고 한다⋯⋯. 그리고 실의에 빠진 나에게, 내가 고백을 거부한 소꿉친구 **시다 쿠로하**가 속삭이는데──.

그렇게 괴롭다면 복수를 하자.
최고의 복수를 해주자.

**첫사랑과 첫사랑, 복수와 복수가 얽히는
신종 러브 코미디, 등장!**

니마루 슈이치 지음 │ 시구레 우이 일러스트 │ 2022년 3월 제5권 출간
청춘의 상상, 시동을 걸어라!

이세계 고문공주

1~7.5

나의 이름은 『고문공주』 엘리자베트 레 파뉴.
긍지 있는 늑대이자, 비천한 암퇘지로다.

죽은 뒤 이세계에서 다시 살아난 세나 카이토. 정신이 든 카이토의 앞에 나타난 자는 절세의 미소녀 엘리자베트. 그녀는 자신을 『고문공주』라 칭하고, 카이토에게 종자가 되라고 명령한다. 이를 거부한 카이토는 '고문'과 '집사' 중 하나를 택하라고 강요당한다……. 어쩔 수 없이 함락된 카이토. 하지만 그는 엘리자베트의 종자가 된 것도 모자라, 죄인인 『고문공주』의 사명── 14계급의 악마와 그 계약자 토벌에 따라다니게 되는데……?

©Keishi Ayasato 2019
Illustration : Saki Ukai
KADOKAWA CORPORATION

아야사토 케이시 지음 | 우카이 사키 일러스트 | 2022년 4월 제7.5권 출간

청춘의 상상,시동을 걸어라!